吃貨動口不動手

下

風文創
1251

覓棠 著

目錄

第二十六章

姜娉娉和其他孩子吃完粗糙的餅子之後，就被要求休息了。

看著一群疲憊惶恐的孩子，姜娉娉心中嘆氣。因為乾旱，這世道怕是不安穩了，就算集市有官兵巡邏，拍花子也還是這麼明目張膽的抓人。

她打量這個房間，是很普通的擺設，有一張床、一張桌子，還有幾條凳子。她從床上坐了起來，看了看旁邊，小哭包顧瑞陽已經在打盹了，其他小孩也都要睡了。而外面，刀疤臉他們也已經回房間歇息，院子裡留有兩個人看守。

這有點難辦，要是把這兩個人引開，估計其他人也會醒。

一直到中午，姜娉娉都沒有想到萬無一失的主意。眼看著刀疤臉他們越來越興奮，姜娉娉知道這是買賣快要達成的喜悅。

不能再拖下去了，想想，快想想有什麼好主意！

突然，她看到院門口的茅房，心裡生出一個想法，卻不知是否能行。如今沒有二哥在一旁參謀，她只能將這想法告訴看起來最可靠的顧月初，見他點點頭，便哎喲一聲。

聲音之大，將屋裡的小孩都吵醒了，門口來了人。「幹啥呢？老實點！」

見人進來，她繼續喊痛起來。「哎喲，我肚子疼，我要拉肚子了，不行了！」

看守的那人提溜起姜娉娉。「又是妳？我告訴妳，別給我耍花樣，老實待著！」

姜娉娉被甩到床上，不疼，可她還是叫了一聲。「我想去茅房，我要拉肚子啦！」

「娉娉妹妹，妳怎麼啦？妳不要嚇我，嗚嗚嗚！」顧瑞陽兩眼淚汪汪的，然後朝看守的那人吼道：「娉娉妹妹想拉肚子，為什麼不讓她去茅房？她要去，讓她去！」

旁邊顧月初滿臉緊張。「妳怎麼樣？還堅持得住嗎？不行，她出了一身冷汗。」

姜娉娉趴在床上叫個不停，心想：可以啊，你們兩位的演技比我還好。

那看守的人沒有辦法，又怕吵醒刀疤臉他們自己會挨打，只得道：「行了行了，小聲點，去去去，告訴你們，老實點，繩子這頭在我手裡，你們跑不掉的。」

他又喊來另一個看守的，讓對方在這屋裡看著剩下的幾個孩子。

姜娉娉他們往外面走去，後面那人牽著繩子，催促道：「不是拉肚子嗎？走快點！要是讓我知道你們說謊，教你們吃不完兜著走！」

姜娉娉朝他討好的笑笑，並說：「茅房太臭了，你在這院子裡等著就行，反正院門關著我們也跑不了。」

那人想了想。「諒你們也不敢耍花樣，有繩子綁著，我看你們怎麼出去。」

來到茅房門口，姜娉娉卻沒有進去，她在心裡衡量著，要是他們現在開門跑出去，被抓回來的可能性有多大。答案是被抓回來的可能性非常大，但無論如何都要試一試。

就在她往門口走去的時候，旁邊的顧月初拉了她一把。「去茅房！」

姜娉娉轉過頭，不解的看著他。怎麼回事？計劃說的不是去茅房，現在應該是往院門口衝了啊。

但顧月初的手勁有些大，堅定的帶著她和顧瑞陽一起去了茅房。

看守的人見他們真去了茅房，而不是去院門口，放下心來。剛剛他以為那三個小孩要逃跑，不過若真是逃走也不怕，院門卡得很緊，他們是打不開的，就連他都要費力才能打開。就算打開了院門，跑到了外面，他只要一喊人，院子裡的人都會出來，很快就能把他們抓回來的。

這林子他們這些小孩是走不出去的，只有他們這些經常來的才能找對方向。

看守的那人想了半天，無論如何他們都逃不掉。「好了沒有？都都磨磨的幹啥呢？」沒有聽見人應聲，看守的人三步併作兩步來到茅房，往裡一看，哪裡還有三個孩子的身影。

「他們跑了！快來人！有三個孩子跑了！」看守的人喊道。

在屋裡休息的人一聽，都跑了出來。

刀疤臉氣急敗壞。「你怎麼做事的？連孩子也看不住！」

「行了，這些話等會兒再說，你們去找那三個逃走的孩子，這林子他們跑不遠，留下兩個人守在這裡。」

十多個人瞬間全出了院子，來到林子裡找姜娉娉他們。

姜娉娉一邊跑著，一邊張嘴想問，顧月初為什麼知道茅房那裡可以爬出去，可一張嘴，風就灌進了嘴裡，嗆得她咳嗽了幾聲。

刀疤臉他們聽見聲音。「快來，在這邊！」

「啪嗒」一聲，東西掉落的聲音引起姜娉娉的注意，她回頭一看，是顧月初的玉珮。「等一下！你的玉珮！」

下車時她忘記將玉珮還給顧月初了，這玉珮想來貴重，她家肯定賠不起，便下意識鬆開手想把玉珮撿回來。

顧月初沒回頭，只是拉緊她的手。「先跑出林子！」

姜植一群人跟著斑馬線來到林子的邊緣。現在正值中午，可這林子卻瀰漫著霧氣，林木茂密，這邊車子無法通行，只得下來走路。

顧大人的兄弟忍了一上午的話。「咱們跟著一條狗跑了一上午，現在牠對著這林子裡面叫，咱們要進去？」

顧大人點點頭。「進！」時間拖得越久，孩子們就多一分危險。

這一路走來，讓他有些心驚，恐怕這是一個團夥做案，每一處都沒留下太多痕跡，牽扯之廣可想而知，沒想到在省城也有這種團夥。

斑馬線停在一棵樹旁，不停的低吠，搖著尾巴。

這是一個玉珮，並不是娉娉的東西。難道斑馬線這次找錯了？
姜植三人被斑馬線引了過來，看著地上的東西，有些不明所以，心中無法接受。
見他們三人聚在這兒，顧大人一行走了過來。
姜植拱手道：「大人，草民的家犬這次可能找錯方向了。」
顧大人的兄弟嘲笑道：「我就知道！哼！浪費……哎，不是，這不是月初的玉珮嗎？」
那人從懷裡掏出方巾，將玉珮撿起來交給顧大人，顧大人一看，確實是！
「加強搜尋！」
「是！」
姜娉娉明顯感覺到他們在來回繞圈子，怎麼也走不出去這林子。
林子外面是大路，只要上了大路就能碰到人。可後面的腳步聲越來越近，呼喊聲也在後方，若正巧大路上沒人，那裡沒有遮掩，立刻就會被發現抓回去。
最後他們躲到一棵老樹後面，姜娉娉悄悄的探頭瞧了瞧，為首的那人正是刀疤臉。
現在的情況凶多吉少，恐怕要被抓回去了。
真是心有不甘，這次被抓回去，看管得肯定更加嚴謹，再也沒機會逃走了。正在她心裡絕望之際，聽到一聲犬吠聲。
這聲音……是斑馬線！沒錯了，就是斑馬線，她不會聽錯！

姜娉娉將手放到嘴邊，吹了一個響亮的哨聲。

哨聲嚇得顧瑞陽面色蒼白，弱弱的問：「妳在幹麼？」

刀疤臉的聲音傳來。「在這邊，快追！」

姜娉娉來不及解釋，她又吹了一聲，吹得更響。

「汪！」斑馬線如同閃電般從林子裡竄了出來，一下子就撲到姜娉娉的身上，牠跑得雖快，可落地卻很輕柔。

斑馬線發出嗚嗚聲蹭著姜娉娉，汪汪直叫。

「你怎麼來了？爹呢？是不是爹也來了？」這峰迴路轉的喜悅一下子將她的淚逼了出來，姜娉娉抱著牠的腦袋，喜極而泣，真的是斑馬線。

斑馬線蹭了蹭姜娉娉的脖子，又叫了一聲。

旁邊的顧月初和顧瑞陽這才知道剛剛姜娉娉吹哨聲的行為，原來是在召喚狗。

但他們這邊的動靜，早就讓刀疤臉他們知道三人躲藏的位置了。

幾個人跑到這邊。「老大，聲音就是從這邊發出來的！」

刀疤臉冷笑一聲。「搜！」

「趕緊出來吧，我看到你們了！現在跟我們回去，一點事也沒有，要是被我搜到，可不能善了了！」刀疤臉只想速戰速決，想把人詐出來，他已經聽到有不尋常的動靜了。

只要不是官兵，一切都好說，刀疤臉聲音冷靜。「出來！」

大樹後面，姜娉娉他們大氣都不敢喘一聲。

斑馬線從喉嚨裡發出低低的嗚嗚聲，牠目光凶狠的看著刀疤臉他們。前爪蹬地屈膝，就要一躍而起。

姜娉娉緊緊抱住牠的脖子，用頭蹭了蹭牠的頭，用氣音說道：「乖，別出去！等爹來了再說。」

刀疤臉一行人手上都有刀，姜娉娉壓抑著心裡的恐慌，祈禱著爹千萬不要一個人來，千萬不要有事。

早在姜娉娉吹哨聲的時候，姜植他們一行人也聽到了聲音，姜植聽出這是娉娉的聲音，見斑馬線像離了弦的箭一樣直奔林子過去，他們也連忙跟上。到了這邊，就見臉上有一道刀疤的男人，拿著刀帶著人搜著這林子。

顧大人揮揮手，帶來的一群官兵立刻將刀疤臉一行人圍了起來。

「是你？」顧大人認出刀疤臉，正是朝廷通緝的逃犯，二話不說。「抓起來！」

刀疤臉他們還想反抗，可寡不敵眾，很快就落了下風。官兵們將刀疤臉他們的武器收走，用繩子將他們一個一個捆了個結實。

「老實點！」

刀疤臉狠狠地啐了一口，今日老子是栽了，但只要院裡沒事，他的任務也就完成了。

「抓回去！秋後問斬！」顧大人揮揮手。

姜娉娉他們一直躲在大樹後面，在所有賊人都被抓住後，才從大樹後面出來。

「汪！」斑馬線叫了一聲，然後咬著姜娉娉的衣角。

姜娉娉控制不住，哇哇大哭，跑向姜植。「爹！」

她終於逃出來了，這一天一夜，她一直擔驚受怕。

另一邊小哭包哭得比她還響亮，哭著奔向了顧大人的兄弟。「爹！」

反觀顧月初最為淡定，他走到顧大人面前，喊了一聲。「爹。」然後又說道：「前面有個院子，被抓的小孩都關在裡面。」

顧大人一聽，揮揮手讓官兵去院子裡抓人，刀疤臉在一旁見了臉都青了。

姜娉娉坐在姜植的肩膀上，旁邊是斑馬線，她再也不怕了。

回到小院時，那婦人正指揮著留下的兩個人準備帶著小孩逃走，顧大人指揮官兵，一下就將他們圍了起來。

那婦人還想辯解。「大人這是做什麼呢，我們做著牙行的生意，這些孩子都是按規定得來的。」

她伸到衣袖裡掏出一個大大的荷包，裡面裝的是銀票，可她還沒靠近顧大人就被攔了下來。

她還不死心，可當她注意到姜娉娉三個小孩在邊上，一下子撲通跪坐在地上。「大人饒命，饒命啊大人，我是第一次做這個，我什麼也不知道，饒了我吧大人！」

官兵們帶著被關在屋裡的孩子出來。「報告大人，在屋裡找到一個帳本。」

那婦人一聽，面如死灰，這下徹底完了。「大人，饒命啊大人！」

顧大人的兄弟滿腔憤怒。「妳還敢求情？想想那些孩子，想想那些家庭，妳這種人死不足惜！」

那婦人全身癱軟，鼻涕、眼淚橫流的被官兵拖走了。

「等一下！」一個童聲響起。

接著姜娉娉就看到小痣從人群裡走出來。「大人，我能不能和我娘說幾句話？」

這話一出，所有人都驚訝的看著他。

這婦人是他娘？姜娉娉雖然猜測小痣的身分可能不單純，可也沒想到他會牽扯得這麼深。

官兵想要阻攔，顧大人抬了抬手制止了。

最後小痣湊到他娘耳邊說了一些話，就離開了。至於說了什麼，沒有人聽清。剩下的這群孩子，一個個嚇得瑟瑟發抖。

顧大人來到他們身邊，蹲下身安撫道：「別怕，你們都是勇敢的孩子，你們被我們找到了，捉迷藏結束了。你們爹娘正在家裡等著你們。」

最後顧大人將這些孩子安頓好，替他們尋找家人，所幸這些孩子都是住在省城附近，想必很快就能和家人團聚了。

顧大人轉過頭望著姜植一行人。「你們來自什麼地方？需要幫你們安排住的地方嗎？」

姜植回答說：「我們是涼山村人，離晉城不遠，等會兒就要回去了。」

顧大人點點頭，又慰問感謝了幾句，而小孩這邊也在依依不捨的道別。

「娉娉妹妹，我叫顧瑞陽，妳要記得啊！我知道你們家在省城邊上的涼山村，我一定會去找妳玩的！」小哭包拉著姜娉娉的手，覺得彼此已經是生死之交了，感情深厚。

姜娉娉回握著他的手。「到時候你來了，我一定請你吃很多好吃的。」

這小哭包的性格與二哥有些相似，說不定也是個吃貨。但說實話，她不覺得他們會來，小孩子畢竟忘性大。

「我也會去的。」顧月初淡淡的聲音在旁邊響起。

姜娉娉驚訝的抬頭，愣了愣，看著小古板好認真的樣子，應道：「哦。」

說完話，姜娉娉就跟著姜植他們坐上驢車回去了。他們走了大路，中間還路過晉城，晉城就是省城。

這是姜娉娉第一次來晉城，比鎮上繁華好多，她就像一個土包子進城，不停地張望。胭脂水粉的鋪子，酒館茶樓，表演雜技的應有盡有。

奔波了這麼久，幾人都睏倦疲乏，他們找了一個攤子，點了幾碗茶水，買了肉包子。

姜娉娉咬了一口，味道不錯，但她還是想念娘做的飯。

出了晉城，姜娉娉歸心似箭。「爹，我們還要多久才到家啊？我想娘了，想大姊、大哥了，想小路了。」

姜植在前面駕著車。「快了，妳先睡會兒。」

姜娉娉趴在斑馬線身上，慢慢地哦了一聲。她安心下來，熟睡過去，只覺得打了個盹的工夫，驢車就趕回了涼山村。

王氏一直站在村口等著，看見姜植幾人駕著車回來，連忙迎了上去。「娉娉呢？找到娉娉了沒有？娉娉！」

姜植還來不及回話，姜娉娉就從車廂裡奔出來，撲到王氏懷裡。「娘！」

「娉娉！」王氏心一顫，緊緊的抱住女兒。

她的娉娉，終於找回來了。她不敢想像，要是娉娉找不回來，要是娉娉出了什麼事，她該怎麼辦？

拿出吊墜，王氏給娉娉戴了上去，又用手摸了摸。「以後不要再嚇娘了！」

察覺到王氏的顫抖，姜娉娉用小手一下、一下的拍著她的肩膀。「知道了，娘！」

姜植也拍拍王氏。「走吧，先回家再說！」

姜三和枝兒爹先駕著車回去，而姜娉娉與爹娘三人一起慢慢走回家。

姜娉娉弱弱的說：「娘，把我放下來吧，我可以自己走的。」

從剛才看見娘，娘就一直抱著她，娘抱著她走了這麼遠會累的。

王氏搖搖頭。「娘不累，娘想要抱著娉娉！」

姜娉娉沒有辦法，只能任由娘抱著。

路上碰見村民，見姜娉娉被找回來了，一個個都放下心來打招呼。

「這麼小的孩子受了苦了。那偷小孩的會遭報應的！」

姜植扶著王氏，和村民們搭著話回了家。

回到家，姜娉娉受到眾人的一致關愛，過了好些天大門不出、二門不邁的生活。

在家裡無論她去哪兒，都要被問一聲，更不要說出去大門了。這可把她憋壞了，向王氏申請了好久，才得到去門面房幫忙幹活的機會，可去了才知道，門面房的生意根本用不著她幫忙。

本該是豐收的季節，村民們的臉上本該洋溢著幸福的笑容。可因為乾旱，地裡辛苦了一年的莊稼沒有收成，前面那條小河也漸漸乾涸；更不要說家裡門面房的生意了，來往的人生存都成問題，又怎會來買零嘴吃呢？

「娘，咱們家的糧食真的夠吃吧？」這些日子，姜娉娉一直沒想起這件事，看這樣子，災年就要來了，沒有個兩、三年是過不去的。

王氏摸摸她的頭。「放心，去玩吧！我再說一句，別跑遠！」

姜娉娉笑著跑出去。「知道啦！」

雖然娘說了放心，可姜娉娉還是有些擔心，畢竟這一鬧災不知道會到什麼時候，還是多多準備為好。現在還沒到最嚴重的時候，家家戶戶都有存糧，她想著要是能再賺些錢，從糧店裡再買些糧食就好了。

可是在這個時候，做什麼好呢？什麼都沒有糧食矜貴，家家戶戶都縮減開支，只拿銀子去換糧食，就連爹和姜三叔的生意也都不好做了。

第二十七章

姜娉娉坐在門口發呆的時候，看見大姊從外面回來，手裡拿著一束花，匆匆的從她身旁經過，徒留下一陣花香。

哎？不對。

姜娉娉追了上去。「大姊，等等我，妳走這麼快幹麼，等等我呀！」

在門面房裡的王氏將這一幕盡收眼底，搖搖頭笑了笑。她知道陸娘子家的小子看上了薇兒，陸娘子也明說暗示了好多回，經過這些日子的觀察，她是滿意的。

可孩子爹總是不鬆口，只說再看看，不急，現在什麼情況還不知道呢，於是她也就沒有回應陸娘子說的結親一事，只說薇兒還小；但她對於兩個孩子的正常來往是不干涉的，這些日子以來，明顯能看出薇兒比之前活潑了不少，這才是她這個年紀該有的樣子。

這邊姜娉娉跟著姜薇回了房間，她趴在桌子上低頭聞著花。「好香啊，姊，這是哪裡來的啊？」

姜薇背對著妹妹，清清嗓子。「路上撿的。」

「哦～～」姜娉娉拉長了音，滿意的看見大姊的耳朵紅了。「可是這上面怎麼有張紙條啊？」

姜薇猛然轉過身，將花束拿了過來，拿在手裡才知道被妹妹騙了。「哪有什麼紙條，娉娉妳學壞了！」

姜娉娉嘻嘻的笑了一聲。「大姊，這是怎麼回事啊？妳老實交代。」

姜薇滿臉通紅，她能說什麼？剛剛她去老院送東西，在路上碰到陸長歌，說是特地在那裡等她，問他等她做什麼，他又不說。

姜薇轉身就走，卻被陸長歌叫住，他將一束花放進她手裡，姜薇不要，他又不拿回去。路上人來人往的，她只好收下花束藏在身後。

這也就算了，可當她要回去的時候，陸長歌又語出驚人。「很快我就會向妳提親！」路上這麼多人，可把她窘急了，她連聲說道：「不行，你不准去！我不同意！」

他比她還小，懂得什麼是提親，懂得什麼喜歡啊？她從來沒有遇見過這樣直接的人，經常把喜歡放在嘴邊，一點都不含蓄。

說完，她就拿著這一束花回了家，一路上想扔又沒扔掉。

早知道這樣，她就應該扔了的，她輕輕將妹妹推出門。「妳出去，我要休息了、要休息了。」

姜娉娉站在門外，看著關起來的門。「是誰害羞啦？我不說，我不知道，哈哈哈哈哈！」

但姜娉娉也怕真的逗得狠了，大姊再出來撓她癢癢，逗完就跑了。這一打岔，將她掙錢的想法打亂了一些，可隨即她又想到了剛剛那花香。
或許可以試試製香？熏香或不用點燃的香氛膏，還有搽在身上的香膏之類。能不能成功還不知道，反正先試一下。可要製香，必不可少的就是沉香或檀香、丁香這些香料。
腦海裡想著這些，姜娉娉一溜煙的跑到木工房裡，想要找找看有沒有需要的木料。她轉了一圈沒看到爹的身影，問了娘才知道，爹又帶著枝兒爹去看家具了，這次是去省城，木工房裡的東西只能等爹回來了再找。於是她又去了姜凌路的房間，想要把自己知道的配方和製作方法記下來。
可真當她把毛筆拿在手裡，她才特別想念現代的鋼筆、水筆、圓珠筆。
這毛筆她不會用，但她就不信了，她會搞不定這小小的毛筆？
接下來的時間，她就一直在紙上蘸水練習毛筆字，全然忘了自己來這裡是做筆記的。
晚上的時候，姜凌路一回來，就看見桌上多了一張皺巴巴的紙。
姜娉娉想要製香掙錢的方法還沒想好，總是被事情打斷。她想著先把採集到的鮮花搗碎，可找不到合適的容器，就想著去姜三叔那裡做一個；可她需要特別小巧精緻的容器，手捏的不行，姜三叔那裡又沒有模具。這問題困擾了她好幾天，天天都待在窯裡研究。
直到有天姜植從省城帶回來一個東西，讓姜娉娉又驚又喜。
「爹，這是怎麼找到的？太好了！」這東西真的是解了她的燃眉之急。
這是一個轉盤樣式的東西，下面是個碟形的物體，兩個部分用曲柄連接起來。

「回來的路上看到了這個，這個是陶輪，用腳均勻的踢動下面這個碟形，上面的轉盤就可以用了，我看他們用這個做出來好多瓷器。」姜植將東西放下，他這幾日總見小女兒往窯場裡跑，在省城見到陶工用這個做出陶器，就想著給小女兒也買一個。

姜娉娉實在是太驚喜了，一把抱住姜植。「謝謝爹！我去試試！」

她得到這樣一個東西，就想趕緊試試，沒想到這個時代已經有了做陶器用的轉盤，她在現代只用過電動的，不知道這腳動的怎麼樣。要是可行，也可以放在姜三叔的窯裡，現在窯裡還是用著之前的模具，樣式單一，形狀也不夠自然。

姜娉娉將轉盤搬到蛋形窯，準備好陶土和水就開始做了，她打算先做一個陶壺試試。可上手之後就顧不上腳下了，將注意力放到腳下，手裡的陶器又變得歪七扭八了。她適應了好長一段時間，才琢磨出規律，最後勉勉強強的將陶壺製作出來。

「這轉盤真不錯，瞧著轉出來的陶器都光滑了許多，這形狀也好看！」姜三叔說不出來哪裡好，只覺得剛做出來的陶壺表面細膩光滑，整體線條都很流暢，渾然一體。

得到誇獎，姜娉娉更加信心滿滿，又做了好些東西出來，然後讓姜三叔拿去一塊兒燒。又過了兩天，姜娉娉將燒好的瓷器包裝好，覺得比先前的陶器好看許多，她想了想，將陶輪的使用方法教給姜三叔和姜三嬸後，就把陶輪留在這裡供他們使用了。

當下讓姜三叔他們喜得不行。

待姜娉娉走後，姜三媳婦朝著姜三道：「咱娘還說分成分給娉娉是咱虧了，我看是咱們賺了，你以後可不能聽咱娘的說風就是雨。」

姜三點點頭。「妳不說我也知道，當初要不是娉娉，咱們也走不到這一步。」

「我這不是怕你忘了嘛。」

姜娉娉回去的路上，又摘了一些花，有茉莉花、側柏葉、鬱金香、豆蔻等。她小心的溜進木工房裡，朝外看看，娘在門面房裡忙，沒注意到這邊。

「爹～～」她跑過去拉著姜植的衣袖，眼睛裡搜尋著需要的木料，也不知道有沒有。

姜植和枝兒爹正在做活，頭也不抬。「說吧，又有什麼事？」

姜娉娉笑笑，看到了目標。「爹，我想要一點點木料。」她用小指比劃著一點點，真的是一點點就行了。

見爹點了頭，她立刻跑過去，剛跑到木料旁邊，就聞到一股香味。這香味並不濃郁，卻一直縈繞在鼻息之間，經久不散。

這一個拇指大小的沉香，是姜植用剩下的木料。

是這個沒錯了！姜娉娉拿到木料後，又黏在姜植身邊好一會兒。

枝兒爹見了，有些羨慕。「娉娉這孩子跟你親。」

姜植看了一眼姜娉娉。「她這是有事了才來的，沒事的話整天跑得不見人影。」

「哪有啊爹！」

看著父女倆的互動，枝兒爹不由得想到了自家閨女。

也不知枝兒在鎮上怎麼樣？現在世道不好，容易出亂子，看來還是早點將枝兒接回家為好；可家裡的情況也不好，因是半道兒才到那村子的，落根深，總覺得不穩定。

想到這裡，枝兒爹嘆息一聲。

姜娉娉找到想要的香料出了木工房，她將所有的東西都擺放在一起，坐在沙發上開始思考先從哪一步開始。

姜娉娉將鮮花放進特意做好的瓷罐裡，就要開始做了，可手邊沒有趁手的工具，她連忙跑到木工房，一陣翻箱倒櫃找出想要的木樁，又風風火火的跑回房間，開始碾碎鮮花瓣。萃取出鮮花的汁液之後，姜娉娉去廚房拿了蜂蜜加入攪拌攪拌，又悄悄的將蜂蜜放回廚房。

這可是娘做甜點必不可少的東西，希望她用了這一點，娘不會發現。看著眼前變得黏稠的液體，姜娉娉總覺得缺少什麼，她沈思了一會兒。

對，沉香木還沒用！

可沉香只有這麼一點，她捨不得直接用，她又去木工房裡找來小工具，從沉香上輕輕的刮下來一層。

將沉香碾成粉末之後，她又跑到廚房，拿了一些陳皮、白芷之類的香料，她記得這些也是可以製香的。將這些粉末加到瓷碗中攪拌均勻，再搓成圓球後，放進姜植先前做的小盒子裡，壓成圓餅。

要是以後做得多了，她再讓爹做些特製的盒子，就像月餅模子，在上面刻上圖案，或者想辦法做成像現代的那種圓弧的蚊香，肯定很受歡迎！

姜娉娉收回越飄越遠的思緒，將剩餘的花瓣放到麵包窯裡烤乾，又做了一個簡單的薰香，她用側柏葉子打底，上面疊加茉莉花，最後再加上沉香屑，壓成圓餅狀。

將香餅壓實放好，靜置半月，就會清香四溢。這種香料，她記得是用在書房的，不用點燃，只是放在桌上，自然能聞到陣陣清香，使人頭腦清醒，醒目提神。

做好之後，她已經想好要怎麼用了，就放在大哥和小路的書房裡，大哥的自律自然是不用說，小路就算想打瞌睡也是不能了。

還剩下一些烤好的花瓣，一樣碾成粉末。她又肉疼的刮下一層沉香屑，和這些粉末攪拌在一起，粉末飄散在空氣裡，讓她不停地打噴嚏，她趕緊加水，將粉末攪拌成漿糊狀，又滴入蜂蜜，一塊兒放在瓷罐中。

她小心的跑到廚房，拿來油燈點燃，小心的烘烤，將這些香料徹底烘乾。

烘烤也是製香必不可少的一道工序。

姜娉娉小心的烘烤著，心裡祈禱可千萬不要焦啊！

最後她小心翼翼的將烘乾好的香料放涼，這一步應該是成功了。她又將這烘乾的香料捏碎成粉末，用小勺一點一點的放進小盒子裡壓實，這一種香也完成了。

「姜娉娉，喊妳多少聲了，快點出來吃飯！」王氏的聲音從前院傳過來。

姜娉娉還在思考有什麼香料方子，這時才看到天都已經黑了。她連忙拍拍身上的粉末，又打開窗子透風，做完這一切才往前院走。「來了、來了。」

可即便是她在外面停留了一會兒，進了屋，其他人還是聞到了她身上的氣味。

王氏忍不住打了好幾個噴嚏。「妳幹啥了？這是啥味啊？這麼衝！」

姜娉娉低頭嗅了嗅。「沒有啥味啊。」她伸出袖子讓大姊也聞聞。「有味道嗎？姊。」

回答她的是姜薇的噴嚏聲。

姜凌路道：「有點怪怪的，像斑馬線去花叢裡滾了一圈，又鑽進廚房溜了一圈出來，味道甜甜膩膩的。」

姜娉娉悄悄的吐了吐舌頭，轉移話題。「娘，好餓好餓啊！吃飯吧！」她看了一圈屋裡。「爹，怎麼不見王叔？」枝兒爹往常都是和他們一起吃飯的。

姜植道：「妳王叔回家一趟。」

姜娉娉點點頭，她喝了一口粥，聽見娘說：「枝兒爹家裡就只有兩個婦人帶個孩子，現在世道不安穩，我瞧著這樣也不是個方法。」

確實是這樣，枝兒爹經常在這裡做工，家裡就只有枝兒娘和枝兒祖母帶著個孩子，枝兒則是跟著范嬸子，這世道家裡若沒男人護著，實在不安全。

「等他過兩日來了，和他說將家人接過來吧！」姜植沈思了一下。

這樣下去不是辦法，眼看著天越來越乾旱，地裡的莊稼長不起來，沒有收成，就要餓肚子，人一旦餓肚子就容易生事端。他這裡的木工活，因為接的是省城的活，倒是沒受影響，還是照樣忙不過來。

王氏點頭，一錘定音。「行，就這樣說吧！」

這段日子枝兒爹的吃苦耐勞他們一家人都看在眼裡，多了一個人幫忙做事，省了他們很多的力氣。

過了兩天，枝兒爹又帶了許多豆腐、豆皮來了。

姜植將之前討論的和枝兒爹一說，枝兒爹當即就紅了眼眶，不住的說：「多謝姜大哥，多謝姜大哥！」

姜植本說讓他考慮考慮，畢竟那裡還是他的家，可枝兒爹二話沒說就應了下來。

枝兒爹回去接家人過來的時候，姜植將驢車借給他使用。他駕著驢車回家的時候，心裡一陣沸騰，他只覺得遇見姜大哥一家真是幸運。

可他沒有將這一切當作是應當的，他知道自己以前混帳，現在生活有了起色，他應該時刻警惕自己才對。如今的生活來之不易，他要更努力的生活才是。

回到家將這件事對枝兒娘她們一說，兩人都紅著眼抹淚，直說要好好的報答姜植一家才是。

枝兒爹一家坐在驢車趕往涼山村的一路上，秋風蕭瑟，不斷有枯葉落下。

就算是看見這樣衰敗的景象也不能阻止他們一家對未來生活的嚮往，雖說現在世道不好，可只要一家人在一起就能克服萬重困難。

到了姜家，枝兒爹先將大水缸裡的水打滿，又去劈柴了。

枝兒娘說她能幫家裡做家務，餵雞鴨豬羊；就連枝兒祖母王奶奶都說，她只有做衣裳、縫補衣裳還能拿得出手，希望能幫上一點忙。

王氏將他們一家安置在前院的客房裡，聽著他們連連道謝的聲音，忙擺擺手，溜了。她實在是應對不來這樣的事。

姜植又帶著枝兒爹去找了里正劉束，將枝兒爹一家的事做個報備。

轉眼又到了中秋，今年的中秋雖然準備的吃食不豐盛，可卻相當熱鬧。

如今天氣大旱，雖說家裡開始縮減衣食，可該有的卻不能少，又加上有這麼多人聚在一起，這個中秋反而一樣過得有滋有味。

第二十八章

過完中秋，姜娉娉又開始琢磨自己的製作香料大業。

「娉娉快出來，有人來找妳了！」王氏的聲音從前院傳來。

姜娉娉停下手裡的活，熄滅油燈，想不到是誰，要是認識的人，娘直接就喊出名字了。她來到門外，就看見顧月初和顧瑞陽兩人。

姜娉娉一臉驚訝，省城離這裡可不近。「你們怎麼會來這兒？」該不會又是自己偷偷跑出來的吧？

顧瑞陽說道：「娉娉妹妹，我們知道妳的家在哪裡了，特別好認！下次我們再來的時候，就很好找了……」他說了半天，都沒有回答到重點。

王氏端來小零食和甜點讓他們吃。

顧月初先道了謝，才朝著姜娉娉解釋。「爹和二叔辦案路過這裡，我們就順便過來看看。」他停了一下。「和拐賣小孩有牽連的人都已抓捕歸案，也都幫那些小孩找回了父母。」

「對對。」顧瑞陽吃著蛋塔。「這個真好吃！」

姜娉娉有些驚訝，她本以為那些人販子的牽扯之廣，肯定不好處理，沒想到這麼快就能將那群人連根拔起。

「小痣呢？他……」不管怎麼說，姜娉娉還是覺得小痣還小，雖說那婦人是他的娘，但從小生活在那樣的環境裡，他沒有任何選擇，至少她覺得小痣當初是不願意的。

顧瑞陽一臉迷惑，顧月初卻立刻反應過來她在說誰，想了下，淡淡地道：「他被安排在鋪子裡做學徒。」

姜娉娉點點頭，知曉後續後她便不再問，接著又是一番寒暄，多是顧瑞陽說話，顧月初偶爾說上一句，沒多久兩人便跟著顧大人派來的官兵走了。

天氣漸漸冷了起來，冬天越來越近，依舊是乾燥得不下一絲雨。

里正劉東又加強了涼山村的巡邏，日夜有兩撥人輪流值班。

這天姜植巡邏回來後，王氏趕緊端了一碗熱湯出來。「快喝了暖暖身子。」

王氏問道：「現在外面情況怎麼樣？」

姜植將湯一飲而盡，放下碗。「這幾日外面有了些遊蕩的人，往後只會越來越多。」

王氏有些擔憂，皺著眉道：「我們幾個在家裡還好，宇兒和小路上學堂怎麼辦？」

「劉東哥已讓人輪流接送村裡的孩子上學堂，現在這世道誰也說不好，只能是走一步、看一步了。」姜植嘆口氣，現在這個時候，他只想好好守著家裡人。

姜娉娉突然說道：「爹，咱們村裡能不能像省城那樣將村子圍起來？咱們現在住得太分散了，若將村子圍起來，要是一家有了事情，其他人家也能很快知道。咱們村裡這麼多人，肯定可以安安全全的。」

她家在村子的邊緣，旁邊甚少人家，要是將村子圍起來，也算是安全一點。像她家這樣地理條件的不少，可其他家裡的人沒有她家多，要真是出了什麼事，就真的沒有人知道。等到將村子圍上之後，村子裡的安全就有了保障，巡邏也會方便許多。

姜植想了一下，覺得可行，當下就去找了里正商量這件事。

第二天一早，姜娉娉跟著王氏和姜薇去村裡集合，村裡人都聚集在這裡了。

里正劉束先說了這段日子以來發生的事情，又安撫了一下村民們惶恐不安的心。最後說道：「鄉親們，今日叫你們來，想必你們都知道了，如今大旱越來越嚴重，為了村子裡的安全，我打算在村子周圍圍上籬笆，讓咱們能有個安心、舒心的家園！」

這次動用的是村子裡修路剩餘的錢，本來打算不到萬不得已時是絕不會動的，可如今要修建籬笆牆，還是拿出來防患未然的好。

村民們都知道如今的形勢，現在外面漸漸亂了，等到入了冬，青黃不接的時候只怕會更亂。此時知道里正做的這番舉動都是為了村子的安全打算，大家都沒有什麼異議。眾人的心一塊兒使勁，便是什麼困難也都能克服。

姜娉娉跟著王氏幫忙了一個上午，累得不行。

到了中午，里正夫人和王氏幾人，一起將大鍋飯做好，讓來幫忙的村民吃了。

姜娉娉喝了一口雜糧粥，拌著鹹菜一起入口，又咬了一口餅子。現在糧食珍貴，家家戶戶都省著糧食吃，就連她家也是如此，已經連續好些天沒見著葷菜了。

雖說大舅送來的臘肉還有不少，可娘說是留著以後再吃，還不知道以後是什麼光景呢。大舅家的滷肉生意好長時間沒做了，他們獵回來的肉要麼醃起來，要麼換成了糧食。

她吃完餅子又喝了一口粥，不知道是不是因為幹活花費了力氣，她餓得尤其快，這會兒吃了餅子才算是緩了過來。她一抬頭就見一個餅子在她面前，順著手往上看，就見枝兒娘滿臉笑容。

「娉娉，這餅子妳吃了吧，嬸子吃不下了。」

姜娉娉哪裡不知道枝兒娘這是想讓給她，連忙搖頭。「王嬸，我吃飽了，妳快吃吧！」她知道枝兒娘一貫儉省，剛來家的時候吃飯從不敢多吃，現在還算是好些了。

枝兒娘又將餅子讓給枝兒。「慢點吃，娘這裡還有。」

前兩日枝兒爹去鎮上將枝兒也接了回來，如今一家人聚在一起，枝兒娘的心才算是定了下來。

幹活一直幹到黃昏，姜娉娉坐在灶前燒火取暖，聽著娘和枝兒娘一邊做飯、一邊說話，爹去巡邏還沒回來。

「再有兩、三日，籬笆牆就裝好了，往後咱們也能安心些。」王氏將白菜切好，又放了一些枝兒娘做的豆腐，打算做一鍋白菜豆腐湯，加上麵包窯裡烤得焦香的餅子，雖然簡單，可也美味頂飽。

外面的風吹得呼呼作響，枝兒娘看了一眼外面的天氣。「這天像是要下雪啊！」

王氏一聽。「要是下得下來才好呢！下了化作雪水，明年的莊稼才有救了。」

正說著話，見孩子他爹帶著兩個孩子回來。「回來得正好，快去洗洗手吃飯。」

姜植邊洗手、邊將學堂停課的事說了。因為乾旱，家家戶戶沒有餘錢，鎮上的學堂辦不下去，也怕出了亂子，就直接停課了。

在這人人都吃不飽飯的時代，上學堂是件奢侈的事情。

姜植沒說的是，鎮上已經出現乞丐、難民，回來的路上更是如此，這個冬天只怕是難捱了。

飯吃到一半，姜植被村裡人叫走，說是出了事情。家裡人都嚇了一跳，姜植安撫幾句，隨著人出去，枝兒爹也跟了上去。

「娘，放心啦，一定沒什麼事的。」姜娉娉靠著王氏說道。

她能感覺到娘的手在顫抖，連帶著她也緊張起來。雖然說村裡治安很好，可這個時候，什麼都是說不準的。

吃過了飯，王氏喊著讓孩子們都去睡覺了，她在前廳等著姜植回來。

風呼呼颳了半夜，雪也沒有落下來。

前廳裡，王氏半瞇著眼突然驚醒，見姜植還沒有回來，心裡想著別是出了什麼事情。她披上衣裳，走出門，見枝兒娘也探著頭朝外面望去，兩人當下決定去村裡看看，剛打開門，就見姜植和枝兒爹迎著冷風從外面回來。

「出了什麼事？」王氏察覺到姜植眉頭緊皺，果然是出了事情。

回到前廳，姜植他們喝了口茶暖暖身子，才說道：「來了幾個竊賊，已經報官帶走了。」

王氏不知道中間的過程，可也能想到這當中的危險。「有沒有事？沒人傷到吧？」

姜植搖搖頭。「沒有人受傷，幸好發現得及時。」

話雖然這樣說，可誰都知道，往後的情形只怕會比這次還要嚴重。

第二天村裡人就將籬笆牆建好了，這籬笆牆一圍起來，村民們的心總算是稍微穩定下來。

從昨日以後，里正劉束更是加強了村裡的巡邏。

天氣越來越冷，北風呼呼的吹，吹到人的臉上像是被刀子割了一樣。村裡靜悄悄的，除了巡邏的人，很少人會在大街上走動。

姜娉娉窩在沙發上，終於想起了她之前做的熏香。

她滿心期待的打開盒子看，盒子裡是她做的第一種丸子類的熏香，打開之後，確實散發著淡淡的幽香，但裡面還夾雜了一絲奇怪的味道。這味道她說不上來，有一點點奇怪，像是打翻的霜淇淋放在鍋裡炒了一下，雖然還是那個味道，可也不能說是霜淇淋了。

第一個變成這樣了，她又打開第二個，沒想到倒是有些驚喜，她只是聞了一下，彷彿已經置身在一片竹林當中，味道沁人心脾，別有一番滋味。

她又對第三個做的粉狀的熏香充滿了期待，這個耗時最久，又是碾碎加水，又是烘乾成粉的；可打開之後，盒子裡的熏香竟然變了顏色，原先是細膩白皙的顏色，可現在卻成了灰黑色，就像芝麻糊，她聞著味道也有些像。

肚子「咕嚕」叫了一聲，她聞著芝麻糊的味道，餓了，好想吃芝麻糊。將燈火熄滅，她在這大冬天的開了窗戶，散了一下味道，還是好想吃芝麻糊。

「娘，我想吃芝麻糊，能不能做一點啊？」姜娉娉跑到廚房，拉著王氏的衣角。

想想口水都要流出來了。

家裡現在一天兩頓飯，頓頓都是稀飯鹹菜或者雜麵饅頭鹹菜，有時候吃得比較好的話會是肉絲饅頭，讓她一下子回到了小時候剛學會吃飯那段日子。

王氏點了一下她的腦袋，從櫥櫃裡拿出一個罐子。「坐下燒火吧！」

姜娉娉一把抱住王氏的大腿。「娘啊！我最最最喜歡妳啦！」

「少來這一套，妳快點燒火吧！」

火一燒開，不一會兒芝麻的香氣就飄出來了，姜娉娉吸了吸鼻子。就是這個味道！她現在還是想不明白，為什麼做的熏香會是這個味道，也不知道哪裡出了錯……

當王氏將煮好的芝麻糊端過來時，姜娉娉就將所有製香的想法都拋到了腦後。

等回到屋裡，姜娉娉看著這一團亂，躺在了沙發上。

在昏昏欲睡的時候，她決定給第二個熏香取個名字，好不容易做成功一個，就叫「青竹丹楓」吧。她越想越覺得這個名字好。

等姜薇來她房間收拾屋子的時候，見她躺在沙發上睡著了，拿來毯子替她蓋上。桌子上，還擺放著姜娉娉做失敗的雜七雜八的熏香，她沒有動，打算等妹妹醒了再說。

姜娉娉就是瞇了一會兒，睜眼看見姜薇在這裡。「大姊，妳來啦！」

姜薇應了，走到桌子旁邊。「娉娉，這些收拾不收拾？」

看著桌子上的熏香，姜娉娉心有餘而力不足，她只知道怎麼做，卻沒有動手做的能力。看著大姊，她想到一個主意。「大姊，要不妳來做吧！」

大姊的心細，做事又認真仔細，和她毛毛躁躁的性子一點也不一樣，要是大姊來做熏香，她在旁邊告訴她怎麼做，這樣肯定可行。她越想越覺得好，就湊到姜薇面前一通說，嘰哩呱啦的說了好些話。

最後，姜薇只小聲的說：「那我試一試？」

姜娉娉兩眼發光。「大姊妳真是太太太好啦，我最最最喜歡妳啦！」

姜薇臉紅的笑笑。她聽著娉娉說了這麼多，其實只有一句話打動了她——這些東西要是不用就浪費了，裡面還有沉香呢！

接下來的日子，她們就在姜娉娉房間裡，琢磨著如何製香，大部分時間，是姜娉娉說，姜薇做。可更多時間，姜娉娉是抱著大橘睡覺，要不就是和姜凌路一起玩，這樣就剩下姜薇自己一個人坐在桌前琢磨著怎麼做了。

越琢磨姜薇越喜歡，製香是一種很靜心的事情，她一認真起來就沈浸在自己的世界中，和這些香料相互認識。在她按著娉娉說的方法做出來第一種丸香時，她忐忑的看著娉娉，不知道是不是這個味道。

姜娉娉震驚了，這味道，真是像極了以前的熏香。

看來大姊的天賦極高，她只是告訴大姊怎麼做，大概的用料是多少，大姊就能做出來。是大姊太聰明還是她太笨？姜娉娉搖搖頭，一定是大姊太聰明了，一點就通。

姜薇見妹妹搖頭，有些失落。「不是這個味道嗎？看來這些香料還是浪費了。」

姜娉娉趕緊說：「大姊，就是這個味道，沒錯了！」

這味道有些清甜，卻不甜膩，剛剛好。

姜薇驚喜的看著她。「真的嗎？妹妹妳沒有騙我？」

「當然是真的啦！大姊，妳要相信妳自己。」

一連過去多日，姜娉娉她們倆都在屋裡製香，可姜娉娉突然意識到，這樣不行，她們自己做的，自己聞的，相當於閉門造車，無法聞出香的好壞。

於是姜娉娉就拿出來讓家裡人一起聞聞看，可家裡人不知道時下的熏香，這些一般是家中有條件的人用的，他們都不太懂這些。

突然姜娉娉看見門外來人，笑了。她怎麼把他給忘了呀！

姜娉娉看著陸長歌嘻嘻笑笑。「長歌哥，你又來找大姊啊？」

陸長歌點頭。「妳大姊呢？」

「在後院呢。」

她尾隨陸長歌，想著悄悄的躲到門口，卻被娘拉住了。

「妳過去做什麼？小孩子家家的。」王氏不讓她過去。「去喊妳二哥回來看書寫字。」

姜娉娉還想往後院探頭。「娘，這不符合妳以往的行事風格啊，之前妳不都是讓我去看著嗎？」

王氏笑了。「以前是以前，現在是現在，妳不懂。」

姜娉娉確實不懂，之前長歌哥來找大姊的時候，王氏總是在旁邊觀察，可能是時間久了，見他們也只是普通說話，就沒再管了。

而現在兩家人對於大姊和長歌哥的婚事已經商量得差不多了，可因為大旱，世道太亂，先只有口頭說了，還沒定下來。

姜娉娉沒有辦法，只好去找二哥，她就不去大姊那裡當電燈泡了。

轉眼到了過年的時候，這個新年不同於去年，過得很低調樸實。

街上、路上看不見一個人影，家家都緊閉著家門。

因為涼山村建了籬笆牆，又加上有巡邏小隊，這些日子倒是沒有出什麼亂子。

除夕時王氏做了餃子，有豬肉大蔥餡的，韭菜雞蛋餡的，茴香豬肉餡的。熱氣騰騰的餃子一出鍋，霧氣飄散到空中，這個時候才終於有了過年的氣氛。一家人都圍坐在一起，餃子的香氣飄散在四周，外面北風呼嘯，屋裡溫暖如春。

餃子蘸醋，讓姜娉娉一連吃了兩碗。她好久沒有吃到這麼香噴噴的餃子了，娘的手藝還是這麼好。

「娘啊，真好吃，超級好吃！」她吃得飽飽的，就連旁邊的大橘和斑馬線也都饜足得舔著嘴巴。

姜凌路突然舉起手來。「我吃到一枚銅錢！哈哈哈哈哈，看來我要發財啦！」

姜娉娉吃了兩碗都不知道有銅錢。「娘，妳放了幾個呀？」

她吃了兩碗都沒吃到。

「五個！」王氏也吃到了一個。

姜薇和枝兒也都吃到了。

就在姜娉娉想著還有一個的時候，姜凌路又說：「哎呀！我又吃到一個！」他拿著兩個銅板在姜娉娉面前炫耀。「哈哈哈，妹妹妳沒有吧，我有兩個，哈哈哈哈哈哈。」

兩個人頓時張牙舞爪，鬧騰了起來，氣氛被帶動起來，眾人臉上有了笑意。

姜娉娉鬧了一會兒，和大橘一塊兒窩在沙發上。

自從秋日後，家裡的歡聲笑語就變少了，好像嘻皮笑臉是對苦難的不尊重。現在這個樣子才對嘛！無論發生什麼事情，只要全家人都在一起，就很值得高興。

第二十九章

過了年，雨水還是很少，里正和姜植帶著眾人去修整地裡的莊稼，沒水也要找水來灌溉，地裡的種子已經播下了，不能看著它乾在地裡不發芽。

村裡的人也都出來找野菜。這個冬天總算熬過去了，春天來了，一切都會好起來的。帶著這樣的希望，眾人也就更有幹勁。

沒多久，天暗了下來，瞧著是要下雨的跡象。

姜娉正低頭找野菜，就見王氏從前面跑過來。「走走走！快回家！」

她們現在在後山上，加上樹的遮擋，林子裡顯得更暗了，一會兒的工夫竟像是天黑了一樣。

姜娉娉連忙揹上小筐子，聽話的跟著王氏。

這次的雨真的要落下來了。路上的人都急切的往家裡趕，唯恐慢一會兒雨滴就砸在身上。

小孩子們倒是高高興興的喊著。「要下雨啦！要下雨啦！」

姜娉娉一行人剛進家門，雨滴就落了下來，一開始彷彿是試探，隨後見沒有什麼阻礙便勢不可擋的嘩啦嘩啦全落了下來，還沒到家的人都被淋成了落湯雞。

姜娉娉抱著大橘，攔著斑馬線不讓牠出去。「終於下雨啦！咱們地裡的莊稼能出苗啦！娘，爹呢？」她很開心，可同時她心裡也有幾絲莫名的恐慌。

王氏望著門外。「妳爹他們去田裡了。」

等到中午，姜植幾人才從田裡回來，一個個都被雨淋得不成樣子。

王氏趕緊找來乾淨衣裳，又把前廳的火炕燒起來。

看著外面陰沈沈的天，姜植心裡壓著一個石頭，他緊皺著眉頭，不知道這雨是吉是凶。有一人出聲響亮道：「這場春雨總算是落了下來，地裡的莊稼有救啦！都說春雨貴如油，還沒見過下這麼大的春雨呢！」

彷彿應和著那人的感嘆一樣，一道閃電在天邊出現，過了一會兒，天空響起一個驚雷，聲音震耳欲聾，眾人皆被這雷聲嚇了一跳。

下一秒，外面狂風大作，伴著雨水威力更加巨大，屋頂的瓦片被吹得呼呼作響。這下屋裡更安靜了，連剛剛說話的那人也安靜無聲。

劉東憂心忡忡，難道太爺說的是真的？

待雨勢變小，眾人連忙各回各家。

這雨一直下到晚上，也不見有停的跡象，還越來越猛烈。若說剛下雨的時候，眾人心中還很歡喜，可如今只怕是恐慌居多、歡喜居少了。

姜娉娉實在熬不住，睡著前還聽見王氏在祈禱，讓雨停了吧，別再下了。

和姜植、王氏一樣睡不著的還有村裡眾人，家家戶戶寂靜無聲卻又心驚膽戰。

等到早上，姜娉娉從夢裡驚醒的時候，看見一縷陽光從窗子照射進來。天放晴了？

她趕緊跑下床出了門，清晨的陽光，照耀著大地，照在人們臉上，帶出一臉的笑意。

「天晴了，天晴了！」她聽到外面小孩子高興的喊叫聲。小孩也不知道這意味著什麼，只是見大人高興，他們也跟著高興。

廚房裡，王氏手腳麻利的做著飯，姜植已經去田裡了。

一夜的工夫，田裡的莊稼冒出了頭，青青的，站在遠處看過去，一片生意盎然。

吃過飯，姜娉娉本打算和大姊一塊兒製作熏香，可她總是坐不住，一直想跑出去玩。在她又一次看向窗外的時候，看到小路穿著雨靴就要出去，連忙喊住他。「等等我，我也要一起去。姊，等我回來給妳帶好東西！」

姜薇無奈的笑笑。「路上小心點！」

姜娉娉跟著姜淩路來到河邊，河裡經過昨天下了一天的雨水，已經蓄積了一些。河道兩邊也都是來網魚的人。河裡的魚，總是一下雨就憑空冒了出來，小小條的，炸起來特別好吃。

姜娉娉坐在邊上，有樣學樣的編了一個網子，想著可以網一些魚來。她這樣和姜淩路一說，兩人一拍即合，去找地方網魚。

兩人跑到下游的河道口，小心翼翼的下了水，拿著網子的兩端，每網到一些小魚，就倒進小筐子裡。兩個人網好了魚，嘻笑著跑回家去，路上碰到的人臉上都是帶著笑。

「娘！娘！看我們帶什麼回來了？」姜凌路將小筐子往地上一放，足足有小半筐子的魚。

王氏呀了一聲，突然問道：「你們這是去哪兒弄的？」

姜娉娉兩人見情況不妙，連忙跑了出去。

「你倆給我等著！」他們跑得老遠還能聽到王氏的河東獅吼。

回到屋裡，姜娉娉好好的洗乾淨手上和臉上的魚腥味，網魚的時候不知道，現在才發現味道這麼重。

吃飯的時候喝了兩大碗酸辣小魚湯，姜娉娉就連睡著了夢裡都是在河裡網魚。

半夜一道驚雷劈了下來，將眾人從睡夢中驚醒。

「發生了什麼事？」王氏驚慌的問。

姜植打開窗戶，外面呼嘯的風力道很大，夾雜著水氣飄進來。

他聲音沈悶。「要下雨了。」

王氏心中一驚。怎麼還要下雨？不是已經下過一場大雨嗎？

本來早上的時候天空放晴，都以為這場大雨已經過去，誰知道半夜又像是要下雨了。姜植望著黑得像炭的天空，難道這場雨還是躲不過去？恐怕真如太爺所說的那樣，大旱之後必有大澇。

回應他的是落下的雨點，這回的雨點比昨天的更加來勢洶洶。

姜植用力的關上窗戶，和王氏兩人坐在炕上。

王氏抓著姜植的手臂，這場雨讓人害怕，讓人心驚膽戰。這回兩人的心情和昨天晚上完全不同，要說昨天晚上，他們還是帶著希望，如今是已經知道沒有希望了。

這場雨恐怕在之後很多天都不會停。

第二天，雨果然沒停，吃飯的時候，氣氛沈悶，眾人心情肉眼可見的低落下來，好像有巨大的陰影籠罩在上方。

「爹，下這麼大的雨，河道會不會出事？」姜娉娉想起昨天去河裡網魚，之後河裡的水只怕會越積越多，他們家又住得離河這樣近，要是雨再這樣一直下，且不說他們家，就連村裡都會被淹沒。

姜植也知道事情的嚴重性，他穿上簑衣。「我出去一趟，你們在家裡關好門窗別出門。」

經過一夜的思考，姜植知道現在的當務之急不是自怨自艾，而是要想辦法將損失降到最小。

等姜植和里正他們冒著雨來到村邊的那條河時，只見河道的水流湍急，漲勢迅猛。眾人被嚇壞了，他們從來沒有遇到過這樣的情況。

「咱們先回去商量。」里正帶著眾人回去，圍在一起商量。

他們又去請教了太爺，看看有什麼辦法。一直忙到天黑，才想出個方法：加高河堤。

等姜植回到家，渾身已被雨淋透了。

王氏趕緊找來乾淨衣裳讓他換上。「外面怎麼樣？」

姜植嘆了口氣，語氣不樂觀。「現在只能先加高河堤試試了。」

王氏端來一碗薑茶。「趕緊喝了祛寒，這種天氣淋了雨可有得受了。」

姜娉娉在旁邊聽著。

加高河堤？先不說涼山村的地勢，現在一直下著雨，恐怕加高河堤的材料也不好運來吧？她現在對於那條河的情況還不瞭解，等明天白天看看再說吧。

第二天一早，雨勢稍微小了些，穿上簑衣不至於淋濕。

姜娉娉早就收拾好自己想要跟著姜植去河那邊看看，王氏攔著不讓她去，被她插科打諢的混過去了。她順利隨著姜植來到河邊，旁邊已聚滿了村民。

河的水位雖降下去了一點，可要是再下一場雨，肯定會漫出來的。

到時候村子裡就危險了。村民的臉上帶著沈重，手裡拿著傢伙的村民已經開始自覺的堵河道了。一時之間，河流旁邊，村民們不顧雨水還在不停地下，拿著工具不停地堵著河水，防止水漫過來淹沒村莊。

走在河邊，姜娉娉發現，靠村子這邊的河道地勢較高，而靠近田地的河道地勢則低一點。

「爹，你看對面，咱們可以把河流往另一邊田地引，那邊地勢低，咱們這樣一堵一疏，河裡的水也就能控制住了。」她將這想法說給姜植聽，不知道會不會被接受。

姜植給她繫好簑衣。「現在雨越下越大了，別凍著了，妳們回去吧！」

不知道爹有沒有聽進去她的想法，姜娉娉被王氏拉著回家了。

等她走後，姜植望著這條河。

以前他們村莊靠著這條河，地肥土沃，魚蝦無數，像一個長輩一樣庇佑著它的子孫；而現在，長輩成了向他們索命的利器。

腦海裡想著姜娉娉說的辦法，如果只是堵住，雨小了還好，要是雨一直下，恐怕堵塞也是無用的。如果一堵一疏，雙管齊下，或許能解決掉這個要脾氣的長輩。

姜植來到里正劉東旁邊，說了這個想法，只不過不是姜娉娉突發奇想的三言兩語，他更加完善的說了些實用的辦法。

劉東聽完後，看向河的另一邊，覺得確實可行。田裡的莊稼已經長不成了，挖了溝渠也不算可惜，再說了這溝渠以後對莊稼也大有用處，灌溉會更容易些。

他們將村民分成兩撥，這邊繼續裝土堵住河道，另一邊，先從田地裡挖溝渠，一路挖到河邊停下，最後將這溝渠與河邊的連接處挖通，將河水往田地裡引去。

村裡人多力量大，又是關係著自家的安全，村民們都使著力氣甩開膀子，與老天爭著時間挖溝渠。這溝渠一道一道的從涼山村的上游挖到了下游，這河裡的水才算是稍稍控制住了。

這件事解決之後，眾人放心休息了幾日，可這老天一直是連續不停地下雨，甚少見過晴天。

姜娉娉見娘沒一會兒就撓一下胳膊。「娘，妳胳膊怎麼了？」

王氏又撓了一下，沒在意。「沒事，就是有點癢。」

「我看看。」姜娉娉不放心，拉著王氏的胳膊看，胳膊上有些許紅點，被她撓出了血絲，有些已經結了痂，再一看，王氏的脖子上也有。

「娘，這是怎麼回事？」她又摸摸王氏的額頭，見沒發燒才放了心。

王氏仍舊不在意。「有啥大驚小怪的？就是太潮濕了，看這天氣，沒一個晴天，人哪受得了。」

姜娉娉低頭想了一會兒，她這段時間因為製香，大致瞭解了這些香料和草藥的用處。她來到廚房，還好之前讓爹準備了一些草藥，可是她不知道用量。

正巧，這時她聽見枝兒的聲音。真是打瞌睡送枕頭，這不就有懂的人來了嗎？

「枝兒姊，枝兒姊，求妳幫個忙～～」

枝兒聽見聲音，來到廚房。「怎麼了？」

姜娉娉將王氏身上起的紅疹說了下，她只知道祛濕可以煮一些紅豆薏米，再加一些荷葉、陳皮煮成茶，可這外敷的藥她不懂怎麼做。

枝兒一聽是這事，當下說道：「用生大黃、黃柏、黃連若干，研磨成細粉，加水塗抹上就可以了。」

姜娉娉不知道這若干是多少量。「枝兒姊，要不妳來做外敷的，我來熬粥，咱們大家都要開始預防起來。」

枝兒點點頭。「行，我在鎮上的時候跟著范奶奶做過這些。」

兩個人很快就將所需湯藥做了出來，正好這時姜植和枝兒爹從外面回來，姜娉娉和枝兒連忙端來紅豆薏米茶和外敷的藥。

「娘，妳喝了這個紅豆薏米茶，我來給妳塗藥。」姜娉娉將碗放到王氏手上。怕娘說她大驚小怪，她又加上一句勸。「現在不注意，萬一越來越嚴重怎麼辦？」

本來這種潮濕的天氣就容易滋生細菌，但好像大人們都是能忍就忍過去了，認為沒什麼大不了的，姜娉娉她可不能讓娘也這樣。

她拉著王氏的胳膊上藥，吹了吹。「娘，疼不疼？還癢不癢？」

王氏搖搖頭。「咱們娉娉長大了，知道心疼娘了。」

姜娉娉無語，她是有多不可靠，才這麼做一次就讓娘這麼感動，她覺得自己挺成熟的啊！

姜植喝了這紅豆薏米茶，只覺得渾身舒暢，輕鬆自在，當下決定去告訴里正，讓他通知村裡人。

王氏攔著他，讓他穿上簑衣。「河水現在多深了？你明早過去也不耽誤，不差這一個晚上，我只害怕晚上看不清路且路上滑。」

姜植聽見這話，乖乖坐了下來。「明天再去。」

晚上睡覺的時候，姜娉娉還能聽到雨滴落到瓦片上噼哩啪啦的聲音，不知道這大雨什麼時候才停。這樣想著，她又想到明天能先做一些防治蟲蟻的香囊，防患於未然。

還有，雖然村裡的地勢高，可水卻已經積到腳踝高了，還不知道外面是什麼樣的光景呢。要是雨再這樣一直下，只怕整個家被雨水沖走的不在少數。

從去年開始大旱，一直到今年大澇，地裡的莊稼長不出來，沒有收成，人吃不飽飯。

過了幾天，村裡的家家戶戶都喝起了紅豆薏米茶，還戴起「娉娉牌」防蟲蟻的香囊。

此時，村裡的積水已經到了小腿膝蓋高了。姜植和王氏直接勒令孩子們都待在家，不許再出去，涼山村除了巡邏的，家家戶戶都躲在家裡。

這天，突然在村門口出現一陣騷動，此時的雨稍微小了些，毛毛細雨鑽到衣裳裡，引得人一陣冷顫，等姜植幾人趕到的時候，人已經聚了一圈。

幾個衣衫襤褸的老人和小孩，站在村子門口，望著裡面的人。

由於村子的籬笆牆不過一人高，里正劉東撥開人群，走了出來。

「不知各位從哪裡來？」

從那群人中間走出一名老者，文質彬彬，雖說經過一路的長途跋涉，可看著精神倒好，只是他旁邊的孩子，面色潮紅，不停地咳嗽。「老夫姓趙，我們是隔壁縣的，發了大水把村子、田地都淹了，再不跑出來命都沒了。一路上我們走走停停，聽說晉城有開糧倉救濟災民的，我們就趕來了，走到這兒實在是走不動了。」

劉東和姜植對視一眼，不知這些人都是從哪裡知道的消息，可他們住得這樣近都不知道，這風聲也不知是真的，還是人們尋求希望下的想像。

打開籬笆門，劉東讓人進來。「既如此，先在這裡歇歇腳吧！村裡有老大夫，讓人給孩子看看吧，先把病看好再說。」

第三十章

外面的人本不抱什麼希望，見這村子做了籬笆牆，不敢亂嚷，可眼下實在是走不動了。誰知，這村子竟然不嫌棄他們這些外來逃難的人，還讓他們住下來，給孩子看病。

一瞬間，眾人紅了眼眶，有些婦人帶著孩子就要跪下。

劉東和姜植幾人連忙拉住他們，將人請了進來。

他們不停地道謝，說是碰到好人了。現在能有人給一頓飯吃，才真的是救命恩人。

劉東擺擺手，說道：「都是鄉里鄉親的，再說我們能做的也就只有這些了。」

現在這世道，都不容易，他們村裡地勢高，倒是沒有因為大雨淹沒房屋。之前村子裡多做些吃食生意，家家戶戶也都攢了些銀子，早早就備下了糧食，現下景況還過得去；可誰也說不准往後是什麼光景，畢竟瞧著這雨天不知道什麼時候才會停止。

劉東帶著逃難的人來到村子裡經常開會的地方，將人安置在幾間房子裡，安排人輪流給他們做飯，糧食就從村裡出。「安心在這裡先住下，等身體好些了再說。」

災民們又是不停地道謝。

又過了兩日，天氣稍稍放晴，村子裡排水的排水，晾曬東西的晾曬東西。

這幾天逃難過來的災民又多了些，開會那地方的房間已經滿了，又找了一些空置不用的房屋來安置這些逃難的人，才勉強都收容了。

涼山村裡的人倒是齊心協力，本就是個雜姓村，並沒有很排外。這些逃難的人一下子像是找到了歸屬之所，每天跟著涼山村的人排水、堵河道，又去田裡排水。

都是農民出身，又是經歷過災難的人，如今對於涼山村能夠伸出援助之手都心存感激，恨不得不吃不喝也要幹活。

劉東和姜植幾人也給他們安排了事情做，也是為了讓他們能夠安心的住下，強壯的人安排他們去巡邏，察看漏水、積水的地方；那些婦人就安排她們做大鍋飯，糧食就先從村裡的公中出。

一陣琅琅讀書聲從村子裡傳了出來，眾人循著聲音來到平日裡開會的地方，就見難民中自稱姓趙的老人正帶著幾個孩子讀書識字。

見有人來了，他放下手裡的書本。「吵到你們了？老夫閒著無事，帶孩子們認得幾個字也算不是廢人一個了。」他又說：「老夫才疏學淺，還希望各位不要嫌棄，要是有……有孩子想過來唸書，也是極好的。」

他身後一人補充道：「趙先生是我們那裡有名的老夫子，之前學堂還開辦的時候，好多人都是奔著趙先生的名聲來的。」

趙先生擺擺手，往事不提也罷，他們現在是寄人籬下，還是儘量不要多事。

有學問的人走到哪裡都是令人敬佩的，劉東幾人連忙上前。「哪裡哪裡，老先生此舉真的是解了我們燃眉之急，還請老先生辛苦些，村裡的這些孩子，都是學堂停了，在家課業也丟了。」

趙先生推辭道：「要是老夫肚子裡這點學問能幫到你們，自然是極好的。」

他雖然這樣說，卻沒有多大的把握，現在的光景，吃飽飯都是問題，哪裡還會有人家送孩子讀書識字呢？

劉東忙道：「既如此，就多謝趙先生了。你老安心教書，剩下的事我們解決。」

劉東連忙安排下去，將村裡幾間連著的屋子收拾出來，用作學堂。

姜植幾人又急忙趕製出了一些桌椅板凳。

村子裡的孩子一聽能上學堂，個個都手舞足蹈。由此看來，涼山村的學習氛圍倒是極好的。

只有姜凌路除外，他聽說村裡要建個學堂，嘴角耷拉著坐在妹妹身旁。「妹妹，我不想上學堂。」他低垂著腦袋，有些苦惱。

姜娉娉正在屋裡跟在姜薇身邊擺弄著香料，聽見這話，輕輕「嗯」了一聲。她知道他只是這樣抱怨一下，幸福的日子又到頭了，最後他還是會乖乖去上學。

村子裡要辦學堂的事她也是剛知道的，像涼山村這麼大的村子，早該有學堂了。之前是因為距離鎮上的學堂近，才沒辦成。

現在雖說還下著雨，可村裡漸漸有了應對之策，生活也慢慢步入正軌，就是依舊擔心地裡的莊稼。如今雨水氾濫，種子早已浸泡得發霉變質。

姜娉娉將蠟燭熄滅，有點把握不住火候。「大姊，枝兒姊，這樣可以了嗎？」

她現在是兩個人的小助手，她將小蒸籠拿下，將裡面的香料拿出來，瞬間一股香氣撲鼻而來。

她聞了太多的香味，已經分辨不出來了。「現在已經蒸好三次了，這樣可以了嗎？」

她最開始是出主意的那個人，很快姜薇就學會舉一反三，進步很快。閒得無聊的時候她也會來幫忙看著，順便提點意見，或按照大姊的說法操作；但要是讓她一天到晚都坐在這裡製香，她可做不來，無聊死了。

姜薇用手揉捏了一下，直到聞出砂仁的特殊氣味時才點點頭。「這樣就可以了。」她看出姜娉娉坐不住，笑著搖搖頭。「行了，不圈著妳了，出去玩吧！別玩水。」

姜娉娉和姜凌路對視一眼，兩人連忙站起來喊「謝謝大姊」，就一溜煙的跑出去了。

雖說村裡的地勢高，可有些路上的積水已經有膝蓋高，兩人在門口看著這水流了半天，雖難得放晴，但積水很深，他們個子小，也出不去。

姜凌路拿著摺好的小船，放到水面上，用手輕輕一推。「划走啦，划走啦。」

姜娉娉只看著，本不想玩，可是看他玩得不亦樂乎，一下就忘了，也加入進來。

玩了一會兒，姜娉娉突然站起身。「我知道了！」

「知道什麼啦？」姜凌路還是低頭玩著水裡的小紙船。

姜娉娉嘿嘿一笑，小聲說了起來。

姜娉娉推著姜凌路來到木工房，兩人探出頭，喊了聲。「爹，王叔。」

姜植不用抬頭看，就知道兩人來這裡肯定有事。「說吧。」

姜娉娉湊過去，從兜裡拿出一個果脯塞到姜植嘴裡。「爹，甜吧！我特意給你留的！」不等姜植說話，她又說：「我們想要一個小船，不用太大，和咱家的大木盆一樣就可以啦！」

想了想她又說了一些現代船隻的方向盤原理，可以控制方向，也就是船舵。這個時候，船的舵還在船的後方位置，姜娉娉根據現代的原理改良了，將想法說給姜植聽。

最先明白過來的是姜凌路，他很快就想像出來船的樣子，並且添了很多自己的想法。

「爹做的木工這麼好，小小的船肯定是不在話下，妹妹放心吧，爹肯定會做的。」姜凌路總結道。

姜娉娉驚喜的看著姜植。「真的嗎？爹，那我們去外面等著，不打擾你們。」

「放心吧！爹這麼厲害，一會兒就做好了，咱們先出去吧！」

兩個人熟練的一唱一和，沒給姜植說話的機會，笑著退出了房間。

姜娉娉看了一眼木工房。「這樣能行嗎？」

姜凌路胸有成竹的說：「肯定可以，放心吧！」

一直到下午，姜植才將兩個孩子喊過來。「來看看。」

他知道，這段時間孩子在家裡憋壞了，尤其這兩個，之前都是閒不住的個性，現在已經數月沒出過家門了。所以對於孩子們想要小船的想法，他還是樂意滿足的，這些木料家裡都有，做起來也不費什麼功夫。

孩子們的這些想法，仍然讓他感到新奇，並且起了創作慾，就像一開始的勝利車，還有後來的沙發、浮雕、輪胎，都讓他的作品更多了一些新巧。這些奇思妙想的想法，他歸結為小孩子天馬行空的想像，要知道小孩子的想像力是無窮無盡的，就像這雨天一樣，一直下個不停，還好今日是個難得的晴天。

姜娉娉兩人走近一看，小船是個前窄後圓的形狀，前面如他們所說的那樣是個類似方向盤一樣圓圓的轉盤，可以兩個人並肩而坐，腳下是腳踏板，採用了做陶器的轉盤的原理，只是構造連接更複雜，腳下用力，船尾的船槳就旋轉起來，船上還有小小的船帆。

姜娉娉歡呼一聲。「爹，你真的做成啦！」

她和姜凌路兩個人趕忙將小船推到門外，外面的積水有些深度。

「妹妹，來，上來，我們先試試。」姜凌路先上去試了試。

船的底部設計使得船很平穩，人站上去的晃動不大，確定穩定後，姜娉娉也坐上去，兩人一起坐著，船裡的空間也並不狹窄，很寬裕。

沒想到爹和王叔兩個人，這麼快就做成了。「這個小船就叫順風船吧！」

王氏提著一個籃子，正要出門，見兩人在門口興高采烈的樣子。「行了，別玩太久，注意安全，要是掉水裡了，可沒有乾衣服換。」

她轉過頭朝著姜植說道：「你就慣著他們吧！現在要船，到時候跟你要星星、要月亮，你也給他們摘下來！」

姜植今日不輪班巡邏。「這不是閒著無事嗎？走，我和妳一起去老院。」

姜娉娉聽見聲音，忙說道：「娘，我和二哥去老院吧，把籃子放上來我們送過去。」現在雖說已是暮春，可到底還是有些涼，正好她也想試試看這順風船怎麼樣。

姜凌路在旁邊直接拿過王氏手裡的籃子，放到後面。「娘，我和妹妹去，妳在家裡好好歇歇，等我們回來再跟妳說。」

兩人腳下都有腳踏板，方向盤卻只有一個，姜娉娉還想試試，可剛上手，船就行得歪七扭八，無法直行，最後還是姜凌路控制著方向盤，順風船才向前面划去。

王氏看著兩人開著小船漸漸遠去。「慢點呀！小路看好你妹妹。」她還是有些擔心。

姜娉娉見這小船行駛得四平八穩，放下心來，也有心情四處看看。自從村子裡積了水，她就甚少出來，現在村裡和之前的村子，有些不相同，之前路上行人很多，現在路上幾乎見不著人，有些牆面上也生了斑駁的綠苔。

兩人慢悠悠的踩著踏板，碰到村裡人就朗聲打著招呼，又介紹了一番順風船，總算來到老院。

老院大門緊閉，姜娉娉許久沒來，見水已經積到門口了，不知道裡面是什麼情況。

「祖母！祖母！」兩人穿的不是雨靴，所以沒有下小船。

姜三孏聽見聲音，連忙從裡面出來開門。

所幸裡面沒有什麼積水，姜娉娉兩人進了院子，下了小船，拿出籃子。「三孏，這是我娘做的辣白菜，還有饃饃。」

姜三孏連忙將他們往屋裡請，接過籃子才發現門口的小船。「呀！本來以為是個木盆，現在湊近了一瞧，這小船好精緻，是你們爹給你們做的吧？」

姜娉娉點點頭。「是的，三孏，家裡怎麼樣？」

姜三孏笑了笑。「咱們娉娉擔心啦？像個小大人了，放心吧，家裡一切都好好的，也讓你們爹娘別掛念。」

姜老太太聽見聲音。「娉娉來了？進來坐。」

姜娉娉兩人應了聲，姜三孏關上院門，進到屋裡，見姜老太太和姜老丈坐在炕上。

姜老太太瞥見籃子裡的東西，笑了笑。「年紀大了，受不得濕氣，這幾天總是腰痠背痛，還是這宅子太舊，一下雨屋裡就潮濕，你們南院怎麼樣？」

姜娉娉只當沒聽出來姜老太太話裡有話，回答道：「我們家也是一樣啊，門前靠著河，不遠處又有一個小池塘。」

沒說多久的話，外面就颳起了大風。

姜娉娉一看天色暗了下來，站起來。「祖父、祖母，我們先回家了。」

兩個人行色匆匆的走出房門，一會兒的工夫，天邊劃過一道閃電，驚雷響動。

姜娉娉心裡焦急，她朝著姜凌路說道：「二哥，我們趕快回去！」

他們坐上小船，雨滴落了下來，雖不大，可天氣陰沈得厲害。兩個人回去的路上，和來時的悠閒不同，腳下的踏板踩得飛快，順風船的速度也快了許多。

快到家時，雨漸漸大了起來。

王氏站在門口，自驚雷響起的時候就一直在門口等著，卻總不見人回來。

她心裡焦急，穿上簑衣就要出去看看。「他們倆怎麼還不回來？別是遇見了什麼事，現在外面這樣亂，我就不該同意他們出去的。」

枝兒娘在旁邊安慰道：「放心好了，他們兩個這樣懂事，見下雨了肯定知道咱們要擔心的，只是路有些遠罷了。」

王氏來回走動，靜不下心來，就在她坐不住的時候，姜植從木工房裡出來，一回生、二回熟，這個下午他又做了一艘大型的船出來，現在只差最後一步。

當聽見兒女未歸，他同樣坐不住了，安撫的拍拍王氏。「我出去看看。」

雨勢大了起來，明明上午還是晴天，這會兒卻狂風大作，樹枝被搖晃得吱呀作響。

姜植穿上雨靴，穿上簑衣走出門，天色已經暗下來，枝兒爹也跟了上去。

大雨說下就下，就在姜植他們剛走出門時，雨滴落了下來。

王氏望著外面，不知道兩個孩子被雨淋濕了沒有。

豆大的雨點噼哩啪啦的落下來，落入水中激起一個個小水泡。

姜凌路緊緊的握住方向盤，小臉繃著。「妹妹坐好抓緊了。」

順風船被風吹得搖搖晃晃，總是轉彎，難以直行。

姜娉娉心知現在必須鎮定，她點點頭。「咱們慢慢來，先穩住船。」

雨勢太大，眼睛都要睜不開了，這次的雨比之前的更大，順風船裡已經積了一些雨水。

姜娉娉費力的睜開眼睛，她收起船帆。雖然現在船身還算穩當，可由於風太大，還是控制不了方向，現在他們的位置已經稍微偏移了，順著風被推到了另一邊的路上。

也不知道爹娘有沒有擔心，等會兒回去，肯定是要挨揍了。

就在這時，她聽到一聲呼喚。

「二哥，是爹的聲音，爹來找我們啦！」姜娉娉又仔細的辨認那聲音，生怕錯聽。

聽見聲音越來越近，姜娉娉急忙喊出聲。「爹，我們在這兒！爹！」

姜植聽到聲音，連忙過來，在一個拐角處找到了兩個孩子。兩個孩子身上已經渾身濕透，他將帶來的斗笠蓋到兩個孩子頭上，兩手推著順風船。

「坐穩了，咱們回家！」

姜娉娉的心一下子安定下來，雖說現在大雨還是下個不停，可心裡不再慌亂了。

直到這時，她才發現水深已經到了爹的腰部。

這麼深，要是剛才不小心翻了船怎麼辦？她搖搖頭將這想法甩開，一轉頭看見姜凌路的臉色有些發白，顯然也發現水深的事了。

姜娉娉安慰道：「二哥別怕！爹已經來了，沒事了。」她小聲的說著話，轉移他的注意力。「等會兒娘肯定是要揍咱們的，咱倆一人抱著一隻手，好好的和娘說，應該就沒事了。」

姜凌路確實被嚇得不輕，握住妹妹的小手，只覺得是自己將妹妹置於危險當中了。

他點點頭。「知道了。」

第三十一章

回到家，王氏先拿出烘得熱呼呼的衣服，讓兩個孩子擦洗之後換上衣服，又讓他們灌了一大碗薑茶，最後才沈聲道：「知道錯了沒？」

姜娉娉和姜凌路對視一眼，來了。

兩人一人抱著王氏的一個胳膊，異口同聲的說：「娘，我們錯了！娘，妳揍我們吧！」

話是這樣說，可他們抱著王氏的胳膊不撒手。

王氏氣得甩開胳膊，照著屁股一人給了一巴掌。「讓你們長個記性！」

姜娉娉兩人連連點頭。「娘，消消氣、消消氣。」

這樣撒嬌賣乖一會兒，姜娉娉以為娘的氣肯定是消了，可當她抬頭望去，見娘依然是緊皺眉頭，眼睛裡泛著擔憂。

「娘，怎麼了？」她輕輕的問出聲。

王氏嘆了口氣。「下這麼大的雨，我擔心妳外祖母家。」

她話沒說完，姜娉娉已明白過來，外祖母家在山腳處，地勢低，下了這麼長時間的雨，也不知道是個什麼情況。前一段大舅還讓人捎來信，說家裡一切都好，別掛念。可這哪能不會掛念？

姜娉娉看了看外面的天色，現在還有光亮，能看見雨水像是把天空撕扯出一個口子，嘩啦啦的全落了下來。這樣大的雨，外祖母家又是在山腳處，會不會有山洪？

這個念頭剛生起來，一聲驚雷響在耳邊，姜娉娉嚇了一跳。

「娘，外祖母家……一定會沒事的！一定會沒事的！」她說著，又看到姜植正在做大型的順風船。「等雨停了，可以讓爹划著船去外祖母家看看。」

王氏順著她說的看向木工房，點點頭。「等雨停了，去看看，去看看。」

這場雨，下了一夜，家裡的人，壓著心事，一夜也沒睡個安穩。

第二天一早，雨停了。姜植拖拉出做好的大型順風船，打算和枝兒爹一起去王家村看看情況。這大型順風船約莫能乘坐五、六個人，高高的船帆一拉起來，很有那麼回事。

臨走前，姜植交代王氏一番。「昨夜這場雨下得大，路上的水已積到胸口高了，先把房間收拾出來備上吧；不過妳也不用太過擔心，前幾日大哥才剛讓人捎信，說家裡一切都好，現在我過去看看，妳放心在家等消息吧！」

王氏點點頭，擔憂道：「路上注意安全，也不知水深水淺，你們沿著大路走總不會有錯。」

姜植拍拍王氏的手，轉身上船。

路上，靜悄悄的少見人影，姜植二人看著被淹沒的村莊，被淹沒的田地，心頭沈重。順風船行得快，越接近王家村，越覺得荒涼，水也越來越深。

姜植勉強靠著經過的村莊辨認，走到路口，哪裡還有王家村的影子，滿目都是渾濁的泥水，只能瞧見水面上漂著屋梁上的橫木，瓢盆順著泥水打著漩，茫茫一片，不見人影。

他連喊幾聲，又四處察看，都不見回應。

這下壞了！瞧不見人，不知道人是在水裡，還是避雨去了。

正呼喚著人的時候，只聽見轟隆一聲，山上的樹枝晃動，伴隨著泥土碎石點點掉落。姜植頓感不妙，連忙掉頭。

「快掉頭！快！只怕是山洪要來了！」

一時間順風船像是直直的打了個圈，然後飛速的退出了這山腳下。

山洪傾瀉而下，差點追上順風船的尾巴，若是一般船肯定逃不過。姜植心有餘悸，待將順風船停到一棵樹下後，他站起身來，遠眺著王家村。

此時的村子再一次遭受到山洪的侵襲，已經看不出原本的樣子了。想來這山洪不是第一次了，王家村裡的房屋被泥水沖得不成樣子，家裡人只怕是凶多吉少。

姜植心中壓抑，這時枝兒爹指著斜後方的一個山丘。「姜大哥，你看！」

姜植望去依稀能辨認出山丘上有些人影，心裡燃起希望，又一次揚帆出發。「走！我們過去看看！」

距離山丘越來越近，姜植一眼認出王家大哥的身影，高聲喊道：「大哥！大哥！大哥你們怎麼樣？娘呢？孩子們呢？」

王家大舅背靠著大樹，乍一聽見姜植的聲音還覺得是幻聽，又聽見旁邊人歡呼道：「有人來了！有人來了！」

他定睛一看，正是妹夫！

「我們在這兒！在這兒！沒啥事，沒啥事……」聲音漸漸地低了下去，村子沒了，家也沒了，萬幸的是家裡人都還在。

王家村本就是一個小村莊，人口不多，此時山丘上約有五、六口人家。

姜植將順風船停好。「娘，你們怎麼樣？剛剛去村子裡，不見人影，想著你們可能是避水去了。」

柳氏輕輕咳嗽一聲，聲音空落落的。「我們沒事，這麼大的雨水，路上不好走吧？」

姜植從包裹裡拿出水和包子，遞給柳氏。「娘，你們先喝點水，吃點東西。」

他和王家大哥站在一旁，從談話中得知，原來他們已經在這山丘上待了兩天了，在給姜植他們報完信後，當天夜裡，就覺得家裡的牲口有些躁動。空氣中瀰漫著潮濕的泥土味，腳下的地微微顫動，有經驗的老人察覺出不對，連夜帶著村裡人逃了出來。

可到處都是雨水，深不見底，他們沒地方躲，只能躲到這個山丘上。

躲了兩天，乾糧也快要吃完了，眾人心裡的絕望越來越大，周圍寂靜無聲。沈默像瘟疫一樣在人群裡蔓延開來，嘴巴像是縫上了一樣，發不出聲音。他們想不到會有誰來這地方，誰又能知道他們在這裡等人營救。

姜植聽完，像是感染了沈默，良久沒說話，雖然大舅兄只簡單說了經過，可姜植還是聽出了他言語中的後怕。「幸好人沒事，這兩天我們一直不放心，想著過來看看。」

他見眾人歇息得差不多了，說道：「走，咱們先去涼山村吧！天氣不好，咱們先回去再說。」

王家大舅這才反應過來。「你怎麼過來的？這是你打造的船？」

姜植點點頭。「昨日娉娉他們兩個出的主意，求我做了一艘小的順風船，我看做出來還行，就打造了一艘大的，方便過來這邊看看。」

王家大舅來來回回看了幾遍，連連的點頭。「真是不錯！」

趁著現在沒下雨，他們先將老人、婦女和孩子送到涼山村安置，等下一趟回來再載剩下的人。

「放心吧！我們兩天都等了，不差這麼一會兒，你們先回吧！」王家大舅朝姜植他們擺擺手，不管怎麼說，總算是有了希望。

姜植先將柳氏幾人送到涼山村安置下來。

王氏早早就等在門口，見娘和嫂子還有村裡的孩子來了，連忙迎了上去。「娘！嫂子！」話沒說完，淚先流了下來。

姜娉娉幾個孩子見了也趕緊叫人。

見王氏一直拉著外祖母她們說話，姜娉娉小聲提醒道：「娘，快讓外祖母和舅母她們進屋歇歇吧，妳鍋裡還熱著飯呢。」

王氏一拍頭。「走走走，咱們回家去！」

姜植送完柳氏他們先去找了里正劉束，和他說了情況。里正讓人騰出幾間屋子來，安置王家村的其他人。

現在這個光景，他們涼山村雖然沒有什麼大的本事，可伸出手幫個忙的心還是有的。而姜植趁著日頭還在，又連忙趕回王家村載人，足足跑了三趟，才將人和糧食都運送回來。

這場大雨過後，雨水才算是慢慢地消停下來。此時已到初夏，出了太陽，家家戶戶都將被褥拿出來曬，而里正劉束則帶著涼山村的眾人，開始修整村子。

經過這幾個月的大雨，村裡的房屋有些需要重新蓋，還有村裡的道路，等排完水也要重新修。

最慘的是田裡的莊稼，經過幾個月的雨水浸泡，早就壞了，到時候秋季收不了糧食，又要挨餓。只是田裡的水一直排不出去，可真是愁壞了村民，水排不出去就種不了莊稼，到現在田裡的積水還到腰深。

姜娉娉一連數日見姜植都是眉頭緊皺，不知道是什麼原因，問過大姊姜薇後才知道是在擔心田裡的莊稼，田裡的水一直排不出去，田地一直閒置著沒辦法種莊稼，愁煞眾人。

到底有什麼法子解決田裡的排水問題呢？

姜娉娉想破了腦袋也沒想出所以然來，她決定跟著姜植去田裡看看，轉頭看見長歌哥來找大姊，她笑嘻嘻的看了大姊一眼。「哎呀，我走了走了，不然等會兒該討人嫌啦！」

姜娉娉笑著跑出門，跟著姜植去田裡看看。

她跟在姜植後面，遇見人就打招呼。「爹，咱們村裡好多人啊！」

一路碰到許多村民，只覺得村裡的人似乎多了許多，有最初來村裡的趙先生一行人，還有後面聞聲而來的人，還有王家村的人，他們都在幫著涼山村的人修整房屋，排水清理。

除此以外，依稀還能聽到村裡琅琅的讀書聲。

「是啊，都是些無家可歸的人。不過妳劉東叔已經將這情況報了上去，再等幾日就會有結果了。」路上泥水太滑，姜植將姜娉娉抱起來托在肩膀上。

「那往後他們就在咱們村裡安家落戶了嗎？」

姜植也拿不准，只道：「應該是的。」

他們村子本就是個大村，田多人多的。現在外面的難民只怕有更多，上頭正愁不知道怎麼處理，能有個地方安置這些人，上頭應該不會拒絕。

說話的工夫，父女倆來到田邊。

田裡的水就像那汪洋一片，不見田地的影子，只見村民們都在田埂上一點一點的排水。可田旁邊就是河，到處都是積水，田裡的水排不出去，他們這些動作也就是做無用功。

姜植將姜娉娉放在地勢高的地方，讓她在這裡等著。

在來之前，姜娉娉還抱著一絲希望，看看有什麼解決的方法。到了之後才知道狀況，排水排不出去，等水自然消退又不知道要等到猴年馬月，要知道這場雨已經下了幾個月，積水也就積了幾個月。

這田啊，已經跟池塘沒兩樣了。

她看著田地感嘆，腦海裡突然出現一個想法。「爹！爹！我知道啦！」她猛地站起來，朝姜植揮著手。「爹，咱們可以種蓮藕呀！現在正是種蓮藕的季節，反正水排不出去，咱們乾脆就種蓮藕吧！」

姜植站在田埂上，看著被淹沒的田地發愁，此時聽到她說的話，再一看田裡的水，想到之前在池塘裡種的蓮藕，如今田地的積水已經到腰深了，這個法子或許可行。

姜娉娉怕爹不明白，又說了好些辦法。「咱們在地裡種上蓮藕，過幾個月等蓮藕出了，田裡的水差不多也消退了，還省得我們費勁排水；再說我們還可以在田裡養一些鴨子，到時候養大了還能收鴨蛋。」

這樣田地也不算是荒廢，能有些進項，這也算是因地制宜吧？

田邊有些村民也都聽到了這番話，他們對視一眼，走過來聽著。

姜植托起姜娉娉，和村民們討論著種蓮藕這事行不行，越說越覺得這辦法好。

眾人臉上都帶上了笑意，像是初升的太陽，對未來充滿希望和憧憬，大家都笑著說：「娉娉這腦袋瓜子就是聰明，不像我家的那個就知道玩。」

村裡人都是淳樸善良的人，沒有什麼惡意，一起經過大旱、大澇，心更是緊緊的靠在一起。

姜娉娉笑笑，她只有這想法，要是讓她動手幹，她也不會，具體怎麼樣還是得靠大人們決定。

最後姜植拍板決定回去和里正他們商量這件事。等將姜娉娉送回家之後，姜植幾人急急忙忙的找來里正，說了在田地裡種蓮藕的想法。

眾人一商議，覺得這方法可行，具體的還要問過村裡的老人才知道。

當天晚上，村裡種植蓮藕的決定已經確定了，紛紛通知到各家各戶。第二天一早，里正和姜植幾人，就去省城或者其他縣城買種子來播種。原先家家戶戶都有留種，可要是種到田裡還是不夠用。

村子裡的婦女也開始行動起來了，她們找來受過精的鴨蛋，或者是鴨崽餵養起來，等到再大一些就放到田裡、池塘裡。

等姜植他們買來蓮藕的種子，請教了人才知道要先泡發種子，再種在瓦罐或是大缸裡，等長大一些再移植到田裡。

正巧了，姜三家的陶罐正愁賣不出去，都堆在家裡被水泡得不成樣子了。反正也賣不出去，姜三就讓人拿去用，村裡人不好直接拿走，都是拿一些東西來交換。

田裡水深，有好些人家請姜植打造了小木船來種蓮藕，畢竟順風船精巧、價格貴，他們只需要簡單的小船便足夠了。

村裡家家戶戶都忙碌了起來，小孩子們也都在村裡的學堂跟著趙先生讀書識字、做學問。

等將蓮藕種到田裡之後，村裡才算是稍微閒了下來。

里正帶著人重新修繕了學堂，正式取了名字，就叫「涼山學堂」。附近其他村子裡的孩子也來這兒唸書識字，束脩也不多，來的孩子還是非常多的。

此時的涼山村，在附近的村子裡已經出了名，儼然是一個大村子，人口數量比鎮上只多不少。村裡的路也已經修整好了，來往的人多了起來，一片欣欣向榮的景象。

夏天來了，越來越熱。

姜娉娉走在村子裡，躲在陰涼處，她剛從外祖母家回來。外祖母家就在離南院不遠處，大舅他們向里正申請買了一塊地，建了房子。

姜娉娉回到家，就聽見陸娘子的聲音從前廳傳來，還有另一個婦人的聲音。

「今日來，是來向薇兒提親，之前因為許多事一拖再拖，現在再拖下去，恐怕我這孩子就要急得跳腳了。」

經過這段日子的相處，陸娘子和王氏極為熟悉，時常相互幫襯。

兩家對於兩個孩子的事也都是知道的，陸娘子早就把姜薇當作了自己人，可這禮數還是不能少的。這不，她挑了一個好日子，在長歌的催促下來姜家提親。

經過這些日子的觀察，王氏對陸長歌也是滿意的，只是覺得他比自家閨女年紀小，怕少年玩性大，不知道疼人。

陸娘子一看就知道王氏擔憂的點。「妳還不知道長歌？自從我們第一次來村裡，他就對薇兒……」當著媒人的面，陸娘子不好說得太多。「這些日子妳都看在眼裡，長歌年紀雖小了薇兒一歲，可他這個孩子，自小不用我操心任何事，長這麼大，只求我了這一件事，天天說，天天念叨。再說了，就算長歌不說，我也是要來的，薇兒這孩子，秀外慧中，溫柔端莊，我這心裡喜歡得緊。」

王氏聽完這一番話，笑眯了眼，她早就探過閨女的口風，當時閨女只顧著臉紅害羞，也沒給個準話。她心裡是滿意的，可也要看閨女的意思，她不好直接給出答案，最後只說等孩子爹回來商量一下。

陸娘子明白王氏的想法，又誇起了姜薇。

姜娉娉聽到這裡，去了後院大姊的房間，見她正臉色通紅的擺弄香料，也不知道心思在這上面沒有。

姜娉娉起了逗弄的心思。「大姊，妳知道陸嬸子來幹什麼的嗎？她代長歌哥提親來的，可是……」她嘆了口氣，瞧著大姊的神情。

姜薇回過了神，問道：「可是什麼？」

「可是娘回絕了她。」姜娉娉停了一下，又說道：「反正大姊妳也不喜歡長歌哥，總覺得他煩，這下正好，娘已經回絕了她。」

姜薇錯愕。「娘回絕了？」

「是呀，娘說妳不喜歡長歌哥，所以回絕了。當時妳不知道，娘說得真真的。」姜娉娉故作惋惜的說道，見姜薇臉色都白了，連忙轉了話頭。「不逗妳啦！我騙妳的，哈哈哈哈哈。可是，大姊，剛剛妳在想什麼？」

聽著妹妹的話，姜薇愣了一下。

她剛剛在想什麼，在想娘怎麼會回絕呢？心底還冒出了酸楚。

第三十二章

待陸娘子走後，王氏急急忙忙的來到姜薇房間。「薇兒，告訴娘，妳是怎麼想的？」

姜薇輕輕的點了點頭。「一切都聽爹娘的。」

王氏聽見這話，驚訝的看向了一旁的娉娉，她本以為，這回又得不到準話，都準備好好問了，哪知道閨女這就同意了。

薇兒這丫頭，作為老大，總是溫溫柔柔的照看著弟弟、妹妹們，就是性子悶了些，心裡的想法總是不說出來。

「薇兒，有什麼想法直接告訴娘，我和妳爹永遠都是站在妳這一邊的。」王氏甚少說這些溫情的話，她平日都是大剌剌的注意不到這些；可今日陸娘子來提親，一下子讓她意識到閨女真的是長大了，和前兩年不一樣，她突然有些傷感起來。

姜薇點點頭。「嗯，我知道了，娘。」見娘一直看著她要個確實的答案，她臉紅著背過身。「女兒願意的。」

王氏聽完這話，笑了，猛地站起身來。「妳們爹呢？我得好好跟他說說打什麼家具呢！不行，我得先去妳們外祖母家一趟，床被、新衣什麼的還沒準備呢！」

姜娉娉見王氏這情緒來得快，去得也快，風風火火地就要開始準備嫁妝了。

她望著大姊，有些感嘆。「大姊，真好！」

還記得她小的時候，都是大姊在照顧她，給她穿衣，紮髮辮，做小衣裳，整個童年都有大姊的身影。

可是一想到大姊很快就要成親了，她一下子又覺得傷感起來。

姜娉娉站起身，伸手抱住大姊。「大姊。」

姜薇摸摸她的頭。「怎麼啦？」

姜娉娉搖搖頭。「沒事，我就是想叫叫大姊。」

大姊和長歌哥兩個人性格很合得來，兩個人顏值又高，站在一起十分賞心悅目。

想到這她又開心起來。「我也跟著娘過去看看。」

到了外祖母家，王氏正眉飛色舞的和大舅母她們說著話。

「薇兒的親事一直壓在我心上，如今總算是定下來了，等過幾日讓人看了生辰八字後就正式訂親了。」

大舅母高興道：「我那日見過長歌那孩子，瞧著端正清明，又對咱們薇兒有情，是個可以託付的良人。」

早在前些日子，大舅母她們就知道了姜薇的這樁親事，如今見水到渠成，都很高興。

這兩年很少有這樣高興的事情了。王氏特意來請教一些成親需要注意的事項，幾個人熱火朝天的商量起來。

說到最後，大舅母直接拍著胸膛說，這些事情包在她身上。

晚上的時候，姜植聽說了這事。「妳這麼著急幹麼？咱們薇丫頭還小。」

旁邊姜宇和姜凌路也接話說：「就是、就是！」

王氏瞪了一眼家裡這三個男人。「薇兒今年都十七了，今年定下來，明年十八成親，已經比其他人晚了。」

「十七也還小呀！」姜娉娉小聲的說。要是在現代，還沒有成年呢！

王氏氣呼呼的說：「就你們捨不得是吧？一提起薇兒的親事你們就這態度，哼！說得只有我捨得一樣！」

見她真動氣了，姜植在旁邊勸了幾句，兩人回屋去了。

又過了兩日，陸娘子問了姜薇的姓名和生辰八字，讓人去相看，不出意外的話下一步就是下聘訂親了。

姜植和王氏立刻去老院告訴他們這個好消息。

這幾日，姜娉娉明顯感覺到，王氏總是坐不住，閒不下來，確切的說是自從媒人上門提親之後，王氏做事就總是風風火火的。

尤其是到了下聘的這一天，王氏恨不得守在大門瞅著門口的動靜。

「娘，今天妳看著門口都不下百次了，這才只是訂親，要是等到大姊成親時，妳不是更緊張？」姜娉娉實在看不下去，開口勸道。

王氏嘴硬道：「我哪裡緊張了？妳小孩子家家的懂什麼。」話音剛落，王氏又問道：「我頭髮沒亂吧？臉上有東西沒？這個衣服的顏色老不老氣？」

這還不緊張？姜娉娉笑著打趣了一番。「娘不緊張，是我們緊張，我們緊張得吃不下飯，睡不著覺。放心啦娘，頭髮沒亂，臉上沒東西，這衣服的顏色也很襯妳。」

與王氏的緊張相反，當事人姜薇倒是很淡定，她臉上帶著笑意，眼睛亮亮的，碰到打趣的人才躲回房間。

王氏又去清點了一次回禮，她一早就準備好了，肯定是只多不少。

院子裡熱熱鬧鬧的，親近的人都來了。

到了吉時，男方來下聘了，先進來的人放著鞭炮，旁邊的人端著喜餅、喜糖，將下聘必備的八大樣聘禮抬了進來。

涼山村好久沒有這樣熱鬧過了，村裡人都討論著陸娘子家下的聘禮。

接著進來的人端著托盤，上面蓋著紅布。

掀開一看，眾人驚訝的相互看了看，涼山村裡都是實實在在的莊稼人，哪裡見過這樣好的頭面、首飾？只見托盤上有一副完整的頭面，旁邊還有金首飾，後面的人還跟著抬了一箱子布疋、衣裳、配飾等。

王氏此時有點慌張了，她在準備回禮的時候，就想到了陸家下的聘禮一定很足，就多準備了些回禮，可她沒想到，陸家能拿出一副完整的頭面來。平常的人家，聘禮中能有一支銀簪子或是銀手鐲就已經是非常有面子的了。
不過這也代表陸家很看重自家閨女。這樣一想，王氏又開心了。
等人將聘金抬進來的時候，姜家院子裡的人徹底沸騰了。
「乖乖，這聘金有一百兩?!」一人驚訝的問道。
眾人不敢相信，要知道，早兩年沒災的時候，鎮上的富戶娶親下聘的聘金也不過幾十兩，更不要說村子裡了，聘金都沒有超過十兩的。
「怕是不止。」
「這陸家當真是捨得，要知道姜家下面還有兩個兒子沒成親呢。」
姜植和王氏連忙招待眾人用茶、用點心。
姜娉娉在屋子裡陪著姜薇，聽著外面的聲音。「大姊，長歌哥當真是喜歡妳喜歡得不得了。」
姜薇臉色一紅。「妳怎麼也跟他學會這些了，整天把喜歡掛在嘴上。」
姜娉娉哈哈一笑。「那妳不高興啊？」她感覺逗大姊還挺好玩的。
姜薇嬌瞋的瞪了她一眼。「連妳也打趣我！」
姜娉娉笑嘻嘻的抱著姜薇的胳膊撒嬌。「大姊～～」
這時，陸長歌走了進來，從懷裡掏出一件用帕子包裹著的東西，遞給姜薇。「給妳。」
姜娉娉認出那帕子是大姊的繡工，她笑著看了大姊一眼，見大姊臉果然紅了。她走了出去，將空間留給他倆，省得沒吃席面就吃飽了狗糧。

吃完席面就到姜家回禮的環節了。

王氏拿出回給陸家的贈禮以及給媒人的禮金，還有給幫忙的人的紅包。

眾人又一次震驚了，沒承想姜家準備的回禮也這樣貴重。平常的回禮都是準備二樣、六樣，而姜家準備的回禮竟是足足有十八樣。

一直忙到晚上，姜家院子裡的熱鬧才算是消停下來。村民走在回家的路上，還在津津樂道這一場喜事，多少年沒見過有這樣熱鬧的好事了。

一直到深夜，姜家院裡的燈火才熄滅。

姜家自姜薇的親事定下之後，隨即又有一件大事要忙。

那就是姜宇的縣試要開始了，之前因為天災，推遲到現在，如今重啟，自然是要好好準備。

縣試要一連考五場，每場考試間隔一天，一次考試下來就要十天，要是通過了縣試，隔兩個月還有府試，府試考三場，也需要好些天。只有這兩次考試都通過了，才算是有資格參加正式的科舉考試。

王氏心疼姜宇小小年紀，就要遭這樣的罪；可她也知道，要是走讀書這條路，這才只是開始。在課業上家裡人幫不了他，只能靠他自己；但是在生活方面，家裡還是盡最大的可能讓他過得舒心，能夠靜下心來準備考試。

這幾日，姜娉娉見王氏總是皺著眉，她湊過去，小聲的問道：「娘，怎麼啦？」

王氏嘆了口氣。「沒事。」

聲音低低的，怕影響到姜宇準備考試，雖然姜宇說過很多次，要大家不必如此，但家裡的說話聲音依舊是小小的；倒是姜宇這個當事人，看著比旁人還淡定一些。

姜娉娉想了想。「是擔心銀錢的問題嗎？」她沒有想過家裡剩多少銀子，畢竟這兩年地裡幾乎沒有收成，收入全都是靠著姜植打家具掙的。

旁邊姜薇聽見這話，掏出一個荷包給王氏。「娘，這裡面有七、八兩銀子，都是你們和外祖母給我的，先拿去給小宇用吧。」她臉色紅紅，又說：「還有前段日子收下的陸家的聘禮……」

「大姊，聘禮肯定是要給妳做嫁妝的。」姜娉娉打斷了姜薇的話，接著說：「放心好了，我手裡還有十幾兩銀子，差不多應該夠了吧？」

她手裡還存有一些銀子，是之前姜三叔給的分成，還有幫王氏幹活的工錢，她都攢著沒有亂花。

王氏聽見兩姊妹的話，笑了。「妳們有這心就夠了，聽見妳們這樣說，我這心裡暖洋洋的。家裡的銀子夠用，別多想。」

且不說銀子夠用，就算是不夠用，她也不會輕易去動閨女的聘禮，那些都是閨女的嫁妝。

姜娉娉納悶了。「娘，那妳為什麼還整天愁眉苦臉的？」

王氏嘆了口氣。「是妳大哥，他自小就總是把心思藏在心裡，什麼話也不說，我擔心他這些天憂慮過重，可又不知道有什麼法子排解。」

姜娉娉一愣，她倒是沒有想過這些，只是看著大哥平日裡很穩重，像爹一樣不怎麼愛說話；可就像娘擔心的，如果大哥只是表面上淡定，其實內心焦慮得不行呢？

「娘，妳別擔心，等小路回來，我倆過去找大哥問問。」姜娉娉安慰道。

王氏點點頭。「也只能如此了。」

待姜凌路從學堂回來，姜娉娉找他說了這事，然後就要去找大哥。

姜凌路拉著她。「依我看，娘就是多慮了。」

姜娉娉不知道他為什麼這樣說，但還是去找大哥聊聊才放心，她一直沒有去找大哥，是怕影響他的學業。

到了姜宇的房間，兩人喊了一聲「大哥」。

姜宇放下手裡的卷子。「你們來了。」

「大哥，這是娘讓我們送來的點心，先吃些墊墊肚子。」姜娉娉將托盤放到桌上，抬頭看向姜宇，見他眉宇間淡然自若，漸漸放下心來。

姜宇吃著點心，聽著姜娉娉、姜凌路兩人說著閒話。「看來你今日在課堂上沒有被趙先生罰打手心。」

姜凌路撇撇嘴。「當然沒有了，大哥，都快考試了，你還有心情打趣我。」

這些日子以來，姜家誰都沒有提過考試的事情，這還是頭一回說。

姜宇笑了笑，說道：「放心，你們告訴娘，讓她放寬心。我清楚自己的實力，並不擔憂這次的考試，讀了這麼多年書並不只是為了考試，而是想要讓自己在書中學到的知識發揮所長。」

他很少說這麼多話，姜娉娉真的感覺到大哥變成熟了。

這個成熟指的是他的思想，他並不局限於科舉考試，認為功名大於一切，而是在於他對自己有著清醒的認知，知道自己讀書是為了什麼，同樣的對於自己有著清晰地定位，不好高騖遠，也不妄自菲薄。

在這一點上，姜娉娉自認是比不上大哥的，她就是一個俗人，天天只想著吃什麼、喝什麼、什麼好看，再加上一個怎麼賺錢，偏偏她有著稀奇古怪的前世記憶，還只懂動嘴，動手能力實在上不了檯面。

「嘿嘿嘿，那我們就放心啦！」姜娉娉走到窗下，微風吹過窗戶，帶來涼爽的氣息。

姜宇報名之後，距離縣試就沒剩幾天了。

他們所在的涼山村隸屬於晉城下面的一個鎮，而晉城就在京城的旁邊，是京城的左膀右臂這樣的存在，是一個非常繁華的省城。

縣試是要在縣城裡考試的，由於地理位置的原因，姜宇被分到了隔壁縣考試，一家人忙著給他準備考試需要用到的東西。

姜娉娉早就做好了青竹丹楓味的香囊，別的香她做得不好，但這個她還是拿手的。一場考試就要一天的時間，吃喝拉撒都在裡面，那氣味可想而知。這個香囊讓大哥戴在身上，不僅可以淨化空氣，也讓人心氣平和，頭腦清明。

王氏對於考試用的四書五經等書籍不懂，但吃食是她拿手的，特意做了軟和頂飽的香酥餅，還有一些點心。

姜薇做了吸汗的帕子，又做了兩身涼爽的衣裳。如今正值夏日，天氣炎熱，往年的縣試都在春日二月，今年延遲到現在才舉辦。

姜凌路送了大哥一套筆墨紙硯，他跑了好些店鋪，又跟姜娉娉要來他的銀子，可是花費了不少的心思。

姜植特意做了一個拿取方便的行李箱，能將大家準備的這麼多東西分層擺放，在考場的時候不至於手忙腳亂。

外祖母他們一早就送來了銀錢，還有一些吃食，說等到考試時大舅母會陪著一起去。

枝兒一家送來了幾雙鞋子，枝兒祖母宋氏做鞋子時下足了功夫，將鞋子做得又軟又結實，就連大舅母都自愧弗如。

涼山村裡人口多，參加今年縣試的有六個人，索性商量著一起結伴參加。他們打算提前兩日去隔壁縣，姜家是王氏和大舅母又帶上姜娉娉一起陪同姜宇赴考。

第三十三章

姜植駕著驢車，將一行人送到了隔壁縣，先去找離考場近的客棧，卻被告知已經客滿了。

眾人無法，只找到了一個距離較遠的客棧，而且住宿價格也水漲船高，往日裡住宿加一日三餐只需要一百文出頭，如今直接一口價二百文。可來住宿的都是些考生和陪同的家長，不住宿又不行，只能交錢，要是再晚一天，恐怕連這樣一間房也尋不到。

已經下午，王氏就先讓姜植回去了，家裡還需要人照應。

王氏和大舅母收拾著房間，姜娉娉幫著姜宇收拾東西。她小胳膊小腿的，整理起來也有模有樣，逗得姜宇一陣樂。

這個房間有裡外兩間房，外面一間房擺了床和書桌，供學子們溫習功課，裡面一間房就給陪同家人住。

晚上的時候店小二送來了晚飯，是三個素菜加雜麵饅頭。這年光景不好，這和他們在家裡吃得差不多，有的學子在家裡還吃不到這樣的飯菜，就比如姜二嬸一家。

王氏拿出做好的香酥餅。「天氣熱，不經放，先吃了吧！」

大舅母說道：「咱們帶有米麵之類的食材，回頭我去廚房和他們商量一下，看能不能在早上做些吃食給宇哥兒帶上。」

姜宇想要推辭，姜娉娉攔著他，歡呼道：「那大哥可有口福了，我知道、我知道，聽說考一場下來可是很累的，吃不好可不行。」

大舅母笑著打趣道：「咱們娉娉也是想吃好吃的了吧？是不是呀？」

「哪有啊！」

到了考試那天，大舅母一大早就先去廚房做好了吃食讓姜宇帶上，已經事先打點了銀子，占用一會兒廚房。

王氏本來說她早起去做，可大舅母一句話就將她給堵了回來，她做飯不差，手藝也是頂好，可確實不如大舅母耐心細緻。

姜娉娉今日自覺地早早起床了，她還記得要送大哥去考試。

王氏見到她還笑道：「今日難得起來得早了，快過來吃飯，妳大舅母特意給妳留的。」

姜娉娉漱洗好後，見她的碗裡和大哥的碗裡一樣都是大舅母特意做的吃食。

有肉餡的餅子和煮得糯糯的白米粥。這兩樣吃食，在現在這個光景能吃到，姜娉娉只覺得久違了，畢竟不是大旱就是大澇，這兩年家裡吃食的標準嚴重下降。

可她看到王氏和大舅母碗裡還是清湯寡水的，又是吃雜糧饅頭。「娘，大舅母，咱們一起吃！」

姜宇也推開擺在面前的肉餅。「我們吃完這肉餅，肚裡並不如這雜糧饅頭吃著好受，還是一起吃吧。」

姜娉娉點點頭，每個人都分著吃一些就足夠了。

剛吃過早飯，就要陪同姜宇一塊兒去考場，出門就看見姜植滿頭大汗等在門口，他奔波了一個早上過來，就是為了能一塊兒將姜宇送去考場。

縣試一共需要考五場，只有通過前一場的人，才能進入下一場考試，中間隔上一天。

姜植在這裡待了一天等姜宇出來後，拍拍他的肩膀又匆匆忙忙的趕回涼山村了。

吃完飯，王氏就勸著姜宇去床上休息，考了一天，身體累得不行，休息好了再溫習功課。

第二天結果很快就出來了，這場考試刷掉的人不多，涼山村來的六個人有五個人進入了下一場考試。

姜娉娉她們受到姜宇的影響，也都慢慢恢復了平常心。

一連考了五場，花費了十天，這次縣試才落幕，學子們都瘦得脫了一層皮。

涼山村參加縣試的人，進入到第五場考試的只有姜宇、姜二叔家的姜松和另一個村裡人。至於縣試成績要過兩天才能知道，他們就先回涼山村等結果。

剛回到家，姜宇就開始溫習功課了，只因再過兩個月就要開始府試了。

縣試成績很快出來了，榜上有名的只剩姜宇和另一個村裡人。

王氏更為緊張了，早早的便開始著手準備。

轉眼到了秋季，再過不久府試就要開始了，可在這之前還有一件事迫在眉睫。

此時，養在水裡的鴨子已經長大了許多，田裡也結出了蓮蓬，水也消退不少，村裡喜氣洋洋的等待著豐收，這可是之前想都不敢想的事。

率先收成的是一大批蓮蓬，剝開之後剩下蓮子，村民看著這些蓮子發愁。

知道的吃法也就是煮粥，可總不能天天如此，頓頓如此吧？

「娘，咱們家有沒有冰糖？」姜娉娉看著新鮮的蓮子，她想到了許多吃法。

冰糖蓮子，超級好吃。還有蓮子茯苓糕，軟糯香甜，只是想想，口水都要流下來了。

將這兩種做法和王氏一說，王氏就明白過來了，當下就捋起袖子開始動手做，加上枝兒娘的幫忙，當天就做出了冰糖蓮子和蓮子茯苓糕。

姜娉娉一連吃了好些，確實是這個味道，最後還是王氏攔著她說蓮子不能多吃，這才作罷。

王氏還做了一個鹹的吃法，就像炒花生一樣，乾鍋放鹽將蓮子炒熟。這道炒蓮子受到了家人的一致好評，說是「鹹香酥軟」。

王氏的幹勁十足，當下又起了將「姜家食肆」重新開張的想法。之前因為大旱接著大澇，食肆就關門了，如今有了這些小吃，食肆可以重新營業了。要是賺得了錢，正好給姜宇作為考試的盤纏，她算是知道了，科舉考試可真是一項花費極多的事。

她先是在自己家門口賣，反響平平，只因村裡家家戶戶都有蓮子，這些吃食雖說沒有王氏做的好吃，可說到底還是有多得吃不完的蓮子。

姜凌路出了主意說可以去鎮上賣，再不行就去省城賣，支個小攤子就行。

鎮上和省城並沒有涼山村這樣的地理位置，不會有這麼多的蓮子，再加上現在正是吃蓮子的季節，多少能賣出去一些。

王氏一聽，看向姜植。

「確實可行。」

得了準話，第二天王氏就做了一些出來，先去鎮上試賣看看情況。

現在吃食矜貴，都是缺少吃食，因此「姜家食肆」的小攤子支起來後，雖然有人來問，可一問清價錢，就紛紛走開了。

王氏知道賣得貴了些，可做這東西費勁，須得先將蓮子泡好，去除蓮心，再進行製作。這過程頗費工夫，再加上配料也都是些矜貴的東西，自然價格就貴了。

在鎮上賣了一天，沒賣出去多少。

晚上回到家，王氏還是想再試試看，畢竟這幾個吃食的味道確實是極好的，商量之後，大家決定去省城販售。

一早，王氏又做了一些出來，因這是頭一回，所以讓姜植載送過去，姜娉娉和姜凌路也鬧著要去。王氏被磨得沒辦法，只能帶著兩個孩子，一同去的還有枝兒娘。

到了省城，姜娉娉四下看看，雖然經歷過大旱和大澇，可對晉城的影響，倒是不太大，瞧著和上次經過的時候差別不大，只是路邊多了許多難民。

走了一刻鍾，她已經在路邊看見兩個粥棚了。

是當地的官府在施糧布粥，她頓時覺得晉城的官員倒是很愛護百姓。

「爹，咱們村子裡的蓮子可以試著賣給省城的糧倉，價格可以稍微低一些，至少是個進項，同樣也是做了好事，又能打響咱們涼山村的名號。」姜凌路突然出聲朝姜植說道。

姜娉娉抬頭看著他，確實如此，村裡的蓮子銷不出去，城裡設了許多粥棚，定然需要食材，也算是間接做了好事。

更何況，涼山村此時結出的蓮蓬應該是獨一份。

姜凌路見她明白，笑了，補充道：「妹妹還不算太笨，這對於咱們里正的仕途也是大有好處的，還有之後蓮藕成熟了，也會有妳之前說過的『廣告效應』。」

姜娉娉驚訝的看著他。「二哥，你腦子真好使。」

王氏哼了一聲。「只要是關於掙錢的門道，他比誰都摸得清。」

姜凌路得意一笑。那可不？他一路上看著道路兩旁的鋪子，加上剛剛路過的粥棚，腦袋裡就湧現出了這個想法。

姜植默默地聽完，覺得這方法確實可行，只是不知道，這價格要多低才算合適，打算等回去和里正他們商議之後再說。

待姜植繳了攤位費之後，他們擺好了攤子，剩下的吆喝叫賣，都不用大人操心，兩個孩子都解決了。

將攤子擺在省城，確實是好賣了許多，省城人多，有錢的人也多，在鎮上覺得貴的價格，在這裡並不會覺得貴，都是些買來嚐鮮的客人，下午的時候，王氏一早做好的這些吃食，就已經賣完了。

不等姜娉娉兩個人開口，王氏就一人給了十文錢的工錢。

枝兒娘還是頭一次見著這樣的情形，王氏笑道：「自小他倆就有主意，小算盤打得精，要不然妳以為他們為啥跟著我來省城？」

這樣說著王氏又數了二、三十文遞給枝兒娘。「同樣的，這也是妳的工錢。」

枝兒娘連忙擺手推辭。「本來我們一家就夠給你們添麻煩的了，能給你們幫忙我心裡高興，萬不能再說給工錢這話了，你們給枝兒她爹的工錢已經足夠多的了。」

「這是兩碼事，我說這是妳的，妳就得拿著。」王氏將錢放在枝兒娘手裡。

另一邊，姜凌路買了兩串糖葫蘆，剩餘的工錢交給妹妹保管。

姜娉娉拿著今日的工錢，咬了一口糖葫蘆，算著之前存下來的，將近有十五、六兩銀子了吧。

她決定了，她要好好的存著這些銀子，到時候當作二哥創業做生意的資金。

她算是看出來了，二哥在做生意這方面極有天賦，思考全面，很多大人沒有想到的事情，他都能想到，並且一點就通。

要說之前，她還沾著現代思維的光，可以說出一些生意之道，如今可真是感覺到了，二哥這腦袋瓜子就是做生意的料，她還是等著抱他大腿輕鬆掙錢。

現在她看著姜凌路就像是看著未來的財神，笑咪咪的。「二哥，到時候你若是不想讀書而是做生意，我一定是站在你這邊，全力支持你。」

姜凌路正吃著糖葫蘆，酸得齜牙咧嘴。「知道了。」

好了，這還是她那個好吃、好玩的二哥，也就只有在賺錢的時候看著像個小大人。

回去的時候，路過賣文房四寶的鋪子，車子停了下來。王氏今日賺了銀錢，想著給姜宇添置些筆墨紙硯之類的，她不懂這些，讓姜凌路幫忙參謀。

姜凌路想了想。「娘，府試不需要帶筆墨紙硯，依我看還不如給大哥買些考試用的書籍呢。」

姜凌路挑了本四書五經之類的書籍，姜娉娉搶先付了錢，說是送給大哥的一片心意。

王氏知道她手裡攢的錢沒花，便不和她爭。

回到涼山村，姜植先去找里正商量將蓮子賣給省城糧倉的事。

聽姜植說完，劉東喜道：「如此甚好，我這就召集村民開會。」停了一下他又說：「算算日子，府試就快要到了，有什麼需要幫忙的儘管說，我一定盡力。」

姜植點點頭，道謝。

之後幾日，姜植和里正他們一直奔波於省城和涼山村之間，跟省城的商人打交道，談價格。

官府聽說之後，來了涼山村考察，來的大人正是之前和姜植他們有過一面之緣的顧大人。他是晉城的主簿，掌管著晉城的糧食與戶籍，晉城周濟難民等舉措正是他提出來的。如今他知道涼山村有豐收的蓮子，還有未挖出土的蓮藕，水裡還有鴨子，自然是要來實地考察一番。

有好幾位官員陪同，烏壓壓的一大群人，來到涼山村一看，確實如此。

田地上面種植的是連綿不絕的蓮藕，田裡的水已退到小腿處，碧綠的荷葉下面是一群群鴨子在玩鬧嬉戲，豐收的喜悅掛在村民們的臉上，這種喜悅是從心底散發出來的，所以才更加的珍貴。

顧大人已有許久沒有見到過百姓的臉上有這種豐收的喜悅了，當下讓隨從記下涼山村的蓮子產量，並承諾村民們，這些蓮子和未挖出的蓮藕，晉城全收了。

因姜家離得近，在察看了一圈田地之後，里正邀請顧大人他們去姜家歇歇腳，喝盞茶。

剛進院子，就聞到了一陣桃花香，院子兩旁栽了一排的桃花樹。

王氏端來茶和點心，茶是用今年新出的荷葉做的清熱去火茶，在這乾燥的秋季，抿上一口只覺得心曠神怡，沁人心脾；端來的點心，正是用這院裡的桃花做成的桃花糕。

倒是這茶盞引起了顧大人的注意，姜植見狀，解釋道：「這是小女前些日子燒製出來的，因熱茶燙手，她加上了把手，這上面的圖案是家裡的貓狗，讓大人見笑了。」

顧大人對那個古靈精怪的小姑娘有些印象，沒有見怪，好奇道：「這是在哪裡燒製的？」

姜植介紹姜三給顧大人認識，眾人又去看了姜三叔的蛋形窯。

之前建的蛋形窯經過雨水的侵蝕，已不能用了，姜三前些日子又重新建了新的蛋形窯，他自己忙不過來，找來姑母姜紅和村民幫忙。

顧大人等官員從未想到這涼山村裡，竟有這樣規模的窯廠，且看產品的質地，並不比省城那些大的窯廠出產的瓷器差。

轉了一圈，看見涼山村裡路邊有些小攤吃食生意，依稀還能聽到學堂裡的琅琅讀書聲，得知村裡有兩位學子今年通過了縣試；又想起周邊還建有籬笆牆，整個村子彷彿已經度過了大旱、大澇的危機，朝著美好的明天發展。

「之前報上來收有難民百十人的是不是就是你們村子？」顧大人問道。

里正和姜植對視一眼，回答道：「正是涼山村。」

顧大人點點頭，交待隨從。「回去將呈上來的申請拿給我，村裡的戶籍問題也該解決了。要是其他村莊都像涼山村這樣，就不會有這麼多的難民了。」

說完轉過頭看向里正和姜植他們。「你們做得很好，往後有什麼需要的儘管開口。」

里正和姜植他們躬身，只道不敢煩勞大人。

待顧大人他們回去後，涼山村算是解決了蓮子和未採收的蓮藕的銷售問題。村民們說著說著就說到了這種蓮藕的主意，正是由姜娉娉提出來的，又是對她一番誇獎。

姜娉娉在家可不知道這些，在顧大人來的時候，她和姜薇、枝兒正研製著香料配方不便出門。她有時候也會跑到姜宇的房間臨摹字帖，有時候又和姜凌路一塊兒研究吃食，東跑西竄的可把她給忙壞了。

更忙的還是王氏，又開始準備姜宇府試需要的東西了。

不過一回生、二回熟，前有縣試經驗，此次參加府試，倒沒那麼手忙腳亂了。

姜植更是提早去晉城訂好了房間，只等著考試的時候去住了。

第三十四章

府試共有三場考試，第一場和第二場都是各考一天，最後一場則需要考兩天。陪同的還是王氏和大舅母，又帶上姜娉娉，而姜植將他們送到住的地方後，因時間晚了就先回村裡去了。

在等姜宇考試的過程中，姜娉娉坐不住，她老早就想要在省城裡逛逛了。他們的房間在二樓，打開窗戶正對著熱鬧繁華的大街，她就趴在窗戶上往下看著絡繹不絕的人群，聽著連綿起伏的小攤叫賣聲。

這裡的小攤比鎮上的正式許多，有序的排列在道路的兩旁，出來逛街的都是些少爺、小姐，後面帶著小廝、丫鬟，也有三三兩兩的婦人結伴出來逛街。

這個朝代的風氣開明，並不規範女子不得拋頭露面。

房間裡靜悄悄的，姜娉娉看了一會兒窗外，又將目光轉向王氏，她湊了過去，抱著王氏的胳膊。「娘，我想出去玩~~」見王氏不回應，她將頭埋在王氏懷裡。「娘，好不好嘛~~好不好嘛~~」

王氏擔心閨女悶壞了。「行了，出去玩會兒吧！不過，不能太長時間。」

姜娉娉歡呼一聲。「我就知道娘最好啦！」她又拉著王氏和大舅母撒嬌。「娘，妳們坐在這裡等著也是等著，咱們出去逛逛，正好去接大哥回來。」

王氏被她磨得沒辦法，三人一塊兒出去了。

大街上因為府試的原因，小攤販賣的東西有些是祈福用的，說買回去之後必定高中，還有些是書籍、文房四寶之類的用品，一個個說得天花亂墜，姜娉娉和大舅母一人拉著王氏的一隻手，才沒讓她從頭買到尾。

「娉娉妹妹，真的是妳！」熟悉的聲音從後方傳來。

姜娉娉回頭一看，跑過來的正是顧瑞陽。

「剛剛我沒看到妳，是堂哥說看到妳了，我還以為他哄我呢！」

走在後面的顧月初沒急著說話，先朝王氏和大舅母問好見禮。

顧瑞陽這才反應過來，停下和姜娉娉說的話，連忙向兩位大人見禮。

王氏和大舅母點點頭，誇了他們一番，就讓三個孩子說話了。

「娉娉妹妹，妳怎麼在這兒?前幾天，聽伯父說去了你們村裡，早知道我也跟著過去了，下回我一定要提前和伯父說。」顧瑞陽小嘴嘰哩呱啦說個不停。

姜娉娉等他說完，才回道：「我大哥過來參加府試，我們陪著他一起來。」她手裡拿著糖葫蘆還沒吃，見顧瑞陽一直看，將糖葫蘆遞過去。「你要不要吃？」

說完她反應過來，又收回了手，這小孩一看在家就是嬌生慣養的，哪裡會差這樣一串糖葫蘆？

顧瑞陽吞了吞口水。「可以嗎？」他對糖葫蘆這樣的甜食真的是一點抵抗力都沒有。見他真想吃，姜娉娉點點頭，又要遞給他，卻被站在旁邊的顧月初接了過去。「他不能吃甜的，牙口壞了。」

顧瑞陽聽見這話，也沒有反駁，只是鬱悶的撇撇嘴。「你為什麼要在娉娉妹妹面前說我牙口壞了呀？這多影響我形象。」

姜娉娉愣了一下。他不吃，那我的糖葫蘆你還給我呀！

最終這串糖葫蘆也沒回到姜娉娉手裡，三個人有說有笑的去前面逛了，確切的說是姜娉娉和顧瑞陽兩個人在前面有說有笑的，顧月初一個人跟在後面拿著糖葫蘆。

姜娉娉驚奇的發現，她和顧瑞陽很能玩到一塊兒，吃到一塊兒去。

分別的時候，顧瑞陽還意猶未盡，他許久沒有碰到這樣臭味相投的人了。「娉娉妹妹，我明日再來找妳！咱們一起去前面那個茶館，裡面有演皮影的，也有說書的，還有鬥蛐蛐兒的，最重要的是那裡面的桃酥點心真的是一絕，在別的地方吃不到。」

姜娉娉點點頭應下，倒是有些期待起來了。突然有一隻手撫上她的髮辮，姜娉娉抬頭一看，這隻手的主人是一路上沈默不語的顧月初。

「有落葉。」顧月初解釋道。

他白皙的掌心裡有一片楓葉靜靜地躺在那裡，如同天邊的夕陽一樣紅。不知為何，盯著那隻手，她感到耳朵微微發熱。

姜娉娉他們在晉城待了五、六天，每天都是顧瑞陽興沖沖的跑來找她玩，後面跟著顧月初。

等姜宇考完試他們要回涼山村的時候，顧瑞陽還有些依依不捨的拉著姜娉娉的手。「娉娉妹妹，到時我一定去找妳玩！」

姜娉娉點點頭，她覺得到時候再加上小路，一定能玩得非常開心。

姜植駕著驢車來接他們，姜娉娉坐在車上與他們道別。

「咱們娉娉這幾日天天跑出去玩，不見人影。」路上，王氏和姜植說著話。

姜娉娉聽見這話，不願意了。「娘，我可沒有只顧著玩啊。我這幾日已經把晉城都摸清了，晉城的私塾有好幾個，其中有兩個比較好，我選不出來。」

姜植道：「說出來聽聽。」

姜娉娉這幾日沒有只顧著玩，她說了自己陪同姜宇考試的事情之後，就說到了上學堂一事，接著顧月初就提醒到依照姜宇這樣的學子，是需要上私塾或是書院的。

「有一處是達官貴人辦的私塾，師資優良，也有很多的機遇，裡面有很多人都是要參加明年院試的；還有一處是平民百姓辦的私塾，聽說夫子的來頭沒有另一個大，可最重要的是這裡的學習氛圍融洽。」

姜植聽完，點點頭。「過兩日我再來打聽打聽。」

王氏道：「看來我們娉娉也不是只顧著玩了。」

姜娉娉一仰頭。那可不？

此次府試考完，過幾日結果才會出來，如果通過，就是正式的童生了，至此才有資格參加真正的科舉考試。

姜娉娉到底還是有些擔心的，她並不知道姜宇的成績如何。「大哥。」

像是知道她要說什麼，姜宇看著路上的行人。「試卷上的考題，我都溫習過，我已盡人事，剩下的就是聽天命了。」

姜娉娉就是喜歡大哥這樣的學習態度，不會鑽牛角尖。

等一行人回到家，姜薇和枝兒娘已經做好了熱呼呼的飯菜，是應景的當季飯菜，慶祝姜宇又考完一場試。院試是三年兩考，離得最近的一次是明年春季，要是通過了府試，涼山村的學堂確實已經不再適合姜宇了。

吃過了飯，姜植和王氏坐在一起說著話。

說著說著又說到了姜薇的親事上面，王氏不住地感嘆。「我這剛回來，就碰見陸娘子拉著我問兩個孩子的親事，我本是打算等到明年年底的。」

姜植卻道：「明年年底也是太早，等到後年也行。」

王氏橫了他一眼。「後年？那薇兒都十九了，你出去看看，哪有這麼大還不成婚的？行了，跟你說也說不通，睡覺！」

姜娉娉待在姜薇的房間，在旁邊看她製香。

「大姊，這副耳墜我怎麼沒有見妳戴過，是不是……」她特意停了一下，看大姊的表情。

果然，姜薇臉紅的反駁道：「不是，不是。」

姜娉娉笑了，耳墜是淡紫色的，有點像水晶的模樣，很襯大姊。「我還沒說完呢！看來肯定是長歌哥送的了。」

見姜薇實在不好意思，姜娉娉笑著離開了房間，臨走前她還不忘回頭加上一句。「大姊，我們早就知道啦！」

身後傳來姜薇羞惱的聲音，姜娉娉笑著又去了姜凌路的房間。只見她未來的財神如今正在頭懸梁、錐刺股的奮筆疾書，她湊近一看，是夫子罰抄的課業。

旁邊斑馬線百無聊賴的搖著尾巴，她摸了摸斑馬線的頭。「二哥，你這次被罰抄多少遍？」

姜凌路一看見她。「妹妹，快來，幫我抄作業。這回夫子氣得狠了，罰我抄了十遍，這麼多我一夜不睡也抄不完呀！」

姜娉娉看看桌上已經寫完的。「你少來，這不沒剩下多少了。咱倆字跡不一樣，被夫子發現罰得更多。」其實夫子罰抄作業也就是要個態度，只要態度端正，並不會揪著不放。

姜凌路手抄著作業，嘴巴沒閒著。「你們去省城這幾日可給我無聊壞了，妳快給我說說，省城好玩不？」

姜娉娉給他講了省城的小攤子，又說了說書人講的故事，最主要的是說遇到了顧瑞陽他們，到時候見了面，想來他也會和顧瑞陽一見如故。

姜凌路本就是小孩子心性，聽到這裡，真想和他們結交一塊兒玩，頓時覺得抄作業也沒那麼無聊了。

姜家焦急的等待了幾日，府試的結果終於出來了，考中的一共有十人，姜宇排在中間名次。對於這個結果，姜宇是意料之中，依然平靜，而其他人則是高興壞了。

王氏喜得做了好些飯菜，一家人好好熱鬧熱鬧。

家裡出了一個讀書人，這真是多大的榮耀啊！就連姜老丈也親自過來問了幾句，又規勸了一番。

待這股高興過去，姜植就趕緊幫姜宇在晉城找了私塾，最後選擇姜娉娉說學習氛圍好的那個。

院試之前先在這個私塾學習，等考過了院試，取得了秀才的功名，是要統一上府學的，也就是晉城裡的書院。正規的書院管理嚴格，除了學官的監督考核之外，還要經過考試選拔，只有經過考試，才能參加本屆的鄉試，也就是秋闈。

總而言之，還有好長一段路要走。

等將姜宇的私塾安排好之後，已到了秋後，家裡的蓮藕也熟了。

姜家這些日子是真的忙得腳不沾地，也忙得有滋有味。他們只想著趕緊將田裡的蓮藕挖出來，才不耽誤播種莊稼。所幸此時田裡的水剛好消退，蓮藕比較好採收。

姜娉在蓮藕剛採收的時候還有些新鮮感，糯米桂花藕、糖醋藕丁、香炸藕盒、茄汁藕餅等等都吃過一遍，可家裡的蓮藕依舊是多得吃不完。

不只是姜家，整個涼山村都是這樣。

蓮藕產量本就高，加上整個涼山村都種植了蓮藕，雖然顧大人說晉城可以收了這些蓮藕，一時之間，晉城市面上出現了許許多多的蓮藕，可就算是這樣，涼山村的蓮藕依舊是多得堆積如山。

姜娉娉望著桌上出現的藕菜，陷入沈思，如果她說不想吃恐怕不行。

轉頭一瞧，桌上還有枝兒娘磨的豆漿，香醇絲滑。

「娘，娘！」她扯著嗓子喊王氏，她剛剛突然想到可以做藕粉，吃不完的蓮藕可以用來做藕粉。

王氏聽見聲音，走了過來。「幹啥呢？我告訴妳，今天必須把飯給我吃了。」

姜娉娉點點頭，緊接著將做藕粉的事跟王氏說了。

見王氏半信半疑，她慫恿道：「娘，做做試試吧！咱們的蓮藕吃不完，雖說可以放著，可是要是做出藕粉賣了錢，咱們也好多買一些過冬的東西啊。」
王氏被她磨得沒辦法，只得答應試一試。她和枝兒娘一起動手，先將蓮藕洗刷乾淨，然後像磨豆漿一樣在石磨上將蓮藕磨成糊糊狀，再將這磨好的蓮藕糊糊用紗布包起來，一點一點的擰乾水分，因為怕浪費，又加了幾次水擰乾。
這紗布裡剩下的藕渣也不會浪費，可以做炸丸子。
炸好的丸子金黃酥脆，姜娉娉一連吃了好些。「娘，將這擰出來的水靜置一夜，待第二天倒出多餘的水分，最後將沈在木盆底部那一層厚厚的沈澱物取出來曬乾，就是藕粉了。」
王氏點點頭。「本來我還怕妳浪費，現在看來炸丸子也怪好吃的，就是太費油了。」
姜娉娉一笑，那還不簡單。「娘，妳忘了咱們還有麵包窯？咱們可以抹上油用烤的，就沒那麼費油，是不是又給咱家的食肆增添了一個小吃呢？」
王氏點了一下她的腦袋。「是是是，天天琢磨吃的倒是在行。」
又過了幾天，藕粉曬好了，王氏用開水沖了一杯。「這就是妳說的藕粉？怎麼稀稀的不成樣子？」
姜娉娉看向碗裡，清湯寡水的。「娘，不是這個樣子的，我來沖一杯妳嚐看看。」
她來了興趣，非要沖一碗完美的藕粉出來，她挖了一勺藕粉，稍微倒了一點涼開水攪拌，然後又迅速倒熱開水進去不停地攪拌，最後晶瑩剔透又黏稠的一碗藕粉就沖泡好了。她還加了一些曬乾的桂花，瞬間香氣就出來了。

「娘，嚐嚐看。」將碗端到王氏面前，她不相信有誰會拒絕這樣一碗成功沖泡的藕粉。

王氏見她像變戲法一樣，只用一點藕粉，竟能沖出這樣一碗濃稠得像熬了幾個小時的粥，她試探的嚐了一口，驚訝道：「味道竟然還不錯。」

姜娉娉得意一笑。「當然啦！就是這藕粉產量也太少了點，十斤藕才得了半斤的藕粉。」

「這妳就不懂了，這藕粉雖然量少，可這滿滿一大碗卻只用了點藕粉就做成了。」王氏感嘆道。

等姜植回來時，王氏已經上手了，迅速做了一碗出來。

姜植想了一下沈吟道：「我只聽說南方有這樣矜貴的東西，還從來沒有見過，回頭找人問問是不是同一種東西。」

姜娉娉一聽，覺得也是。南方盛產蓮藕，與蓮藕相關的吃食定是不少，這藕粉肯定是早就有的，只是不知道這邊如何。

等到第二天，姜植去了一趟晉城，發現鋪子裡確實有賣藕粉，不過價格昂貴，一兩藕粉就要一兩銀子，他沒有買來嚐嚐看，乾脆從自家帶了一些拿給掌櫃看。

那掌櫃看姜植一身粗布麻衫，本不欲理會，等姜植拿出了藕粉，掌櫃的眼睛都亮了。

「怎麼稱呼啊？這是哪裡得來的？」

姜植一一回答，最後掌櫃讓小二沖泡了一碗，這藕粉正不正宗還是要沖泡出來試了才知道。

看著逐漸變得晶瑩剔透的藕粉，掌櫃收起先前的態度，他從未見過這種質地的藕粉，直接稱呼姜植為姜植兄弟。「你那裡還有多少？我全都要了。」

姜植吃了一驚，面上卻不顯，只說過兩日再來答覆。

那掌櫃還想再談一下價錢，最後直接道：「我看你是實在人，我也不和你拐彎抹角，一兩藕粉八百文錢，要是可以，你儘管往我這邊送，有多少我收多少。」

姜植點點頭，走了。

等看不見人後，那小二問掌櫃。「怎麼直接把咱的底牌露出來了？要是他去別家，到時候不來咱們家怎麼辦？再說了，也不知道他那裡有多少，要是太多，咱們吃不下可怎麼辦？」

掌櫃的也不惱。「你懂什麼？這正宗的藕粉堪比燕窩矜貴，這個季節，南方的藕粉還沒運來，他那邊藕粉要是多，咱們搶先運往京城，賺得可不是一星半點兒了。」

小二一臉受教，連忙恭維掌櫃有智慧。

第三十五章

姜植從鋪子裡出去，又一連問了其他家，得到的答覆大同小異，最後竟是詢問的第一家給的價格更高一些。

等他回去將晉城的情況一說，王氏震驚了。「這一兩藕粉就能賣到八百文？要知道一斤藕只要兩文錢。」低頭看見碗裡的藕粉。「快快快別喝了，咱們留著賣錢。」

姜娉娉也很吃驚，她知道藕粉不容易取得，可沒想到會這樣的貴，又聽姜植說這藕粉那掌櫃要得多，自己家裡滿打滿算也就只剩下幾百斤的蓮藕，瞬間感覺錯過了好些錢。

不過一想到村裡還有大量的蓮藕沒有賣出去，姜娉娉又心動了。

她想著可以收購村裡的蓮藕，然後自家做了藕粉去晉城賣。

這個想法剛說出來，就被姜凌路給否決了。「爹，我覺得咱們要和里正商量一下，要是只有咱們自己做，可能就是一時的生意。」

姜植讓他繼續說下去，現在只要關於家裡做生意的事，大家都很看重姜凌路的話。

姜凌路想了想，將他想到的說了。「村裡的人大多比較樸實，沒有什麼壞心思，可難保沒有見錢眼開的人。」

姜娉娉有些不服，可又沒辦法否認。

姜凌路又接著說：「咱們這藕粉懂行的稍微一琢磨就知道怎麼做，這是一方面，另一方面就是咱們賺的錢不多，可承擔的責任卻大。」

姜娉娉沒料到姜凌路想得這麼多，可也覺得他說的有些道理。「還有呢？」

「還有就是，既然要做就做出個牌子，就叫『涼山藕粉』，除了一炮打響涼山村的名聲，也能一併帶動咱們的食肆生意。」姜凌路回道。

姜娉娉舉手，這題她會。「這樣一來，涼山藕粉就成為了涼山村的招牌。」

姜凌路點點頭。「看來經過我的耳濡目染，妹妹也變聰明一點了，可喜可賀呀！」

姜娉娉氣得張牙舞爪。這是挑釁吧？是吧？

姜植和王氏聽完兩個孩子的話，沈思了一番，這可比種田賺錢多了。

姜娉娉又說：「既然是做咱們村的涼山藕粉，那包裝也要設計，讓人一看就知道是涼山藕粉。」

想來想去還是必須做出裝藕粉的盒子，姜植的雕花手藝日益精湛，可設計出盒子的樣式。這樣一來，只要有藕粉賣，就需要盒子，也算是給姜植多了一筆生意，同樣也能起到宣傳的作用。

畢竟藕粉可不只是在晉城賣，更多的是賣給京城的達官貴人。

晚上的時候，姜植去找里正說了這事。

當下里正有些吃驚，藕粉竟然這樣掙錢，這是他沒想到的；不過更讓他沒想到的是，姜家竟然將這方法分享出來讓村民們一起做。

還有之前的小攤吃食生意、籬笆牆、疏通河道、種蓮藕、養鴨子、賣蓮子，如今又是做藕粉，這一樁樁、一件件都是姜家無私分享的表現；換做是他，他可能做不到這樣。里正看著姜植，去找了村裡的老人商量。

村民本就擔心家裡的蓮藕堆著沒地方賣，這下知道能做成藕粉，個個都對姜家心懷感激。最後由里正夫人和王氏組織了幹活麻利的婦女，在村子裡做藕粉。

里正和姜植等人，跑晉城去討價還價。

姜植又特意去了珠寶鋪子看首飾盒子的樣式，他可以經過自己的改良設計出適合裝藕粉的盒子。

村民們都幹得熱火朝天，腳不沾地。雖說忙了一些，可心裡有奔頭，家家戶戶的蓮藕都做成了藕粉，裝在姜植做的盒子裡，賣去了晉城。

這「涼山藕粉」的盒子是姜植和枝兒爹雕刻的，做工極為講究，大大小小的盒子，賣給村裡大約一個盒子五十文錢，他們一天就要做出幾百個。

賣到晉城之後，買家居然看出這是涼山村姜植做的盒子，紛紛認為這藕粉一定極為講究，算是間接的打響了「涼山藕粉」的名號。

賺了銀子，買了糧食，這個冬天才算是好過許多。

此時，田裡的鴨也長大了許多，有的人家賣了一些，有的留著明年下鴨蛋。村民一商量，一致決定，往後乾脆就種蓮藕、養鴨子了。

一時之間，圍著姜家人說話的人又多了些。

今年涼山村的一切措施，上面都看在眼裡，當眾嘉獎了涼山村，就連年禮也比往年發得重一些，幾乎要與隔壁縣的縣丞持平，讓里正一家喜得不行。

過年的時候，來姜家拜年的人都沒停下來過，恭賀聲此起彼伏。

「多虧了姜家，多虧了娉娉，才讓咱們能過個豐收年，要是放在去年這個時候，想都不敢想。」

有人接道：「可不是？別說去年了，你看看現在外面有多少顛沛流離的難民，遠的不說，就連鎮上也是如此。」

「聽說這個冬天各地都不好過，地裡的莊稼還沒有收成，手裡又沒有糧食，咱們還是賣了蓮子、藕粉，還養了鴨子才過得好些。」

等過了這個年，姜家一家就忙碌起來，就連地裡的活計也要往後推。原因無他，只因抵不過陸家的一再念叨，姜植和王氏總算鬆口，定下了兩個孩子成親的日子。

到了成親那日，天還沒亮姜家就熱鬧起來了。

村裡來幫忙的人很多，先是由全福娘子為姜薇梳妝。

王氏和舅母們檢查著姜薇的嫁妝，有些是姜薇的聘禮，有些是親朋好友送來的添箱，更多的是王氏為姜薇攢下來的嫁妝，等會兒男方的人到了是要先拉過去陸家的。

真到了這一天，王氏也不知道做何感想，一面是高興閨女有了好歸宿，一面又捨不得閨女嫁出去。

大舅母不用看就知道她心裡在想什麼。「不是我說，咱們薇兒就嫁到不遠處，還有什麼捨不得？回頭妳在家裡做好飯，喊她回來吃都不耽誤。」

王氏一聽，確實是如此。「可我這心裡總是有些不捨，總感覺她還是那一團小娃娃，什麼時候就長這麼大了。」

舅母們也想到了姜薇小時候。「可不是，那時候小小的一團，乖得很！」

幾個人正感傷之際，姜娉娉湊了過來。「娘，舅母，妳們還在這兒呢！先給大姊煮一碗餃子吧。」

姜娉娉知道娘的情緒又上來了，她怕姜薇會很長時間都吃不了飯便來提醒，王氏和舅母們這才不再傷感，忙碌起來。

等將餃子端進屋裡時，屋裡已經圍滿了人，都是來看新娘子的。

姜娉娉就坐在姜薇身邊，聽著周圍人說著吉祥話。

「瞧瞧這新娘子，跟天仙似的。早就知道薇丫頭模樣好，這一打扮還不得讓陸家那小子看呆了。」

其他人也紛紛起鬨說著，將姜薇本就紅紅的臉說得更通紅了。

慢慢地，眾人又轉移話題。

「陸家的那房子真是漂亮，裡面還有花園和假山湖水。」

旁邊一人接道：「是啊，陸娘子一早就說了，等薇丫頭嫁過去就讓她當家作主，一家子都聽她的。」

「主要是陸家那小子心裡、眼裡就只有咱們薇兒，到時候嫁過去，夫妻和睦，上面婆婆寬和，婆媳關係不用擔心，日子過得美呀！」

到了時間，陸家來迎親了，為首的陸長歌胸前戴著大紅花，平時總是不苟言笑的模樣，這時臉上也忍不住露出笑容來。按說這麼近的距離，本不用雇轎子，可陸家就是雇了轎子，還是真正的八抬大轎。

說實話，村裡人從沒見過這陣仗，只有鎮子上的富戶人家娶親時才有這樣的排場。

村裡的小孩笑鬧著圍在一旁。「坐轎子嘍！坐花轎嘍！」

前廳裡，陸長歌對著姜植、王氏躬身。「爹娘放心，我一定好好待薇兒，絕不讓她受一點委屈。」少年身量已經長開，像山上的松柏，不懼風雨，給人的感覺是他肯定會說到做到。

姜娉娉笑嘻嘻的溜到姜薇房間裡，趴在姜薇耳朵旁邊，將這話有模有樣的學著說了出來，說到「薇兒」的時候還加重了語氣。

姜薇哪會聽不出妹妹的調侃，笑著撓妹妹的癢癢。「妳一個小孩子還會調笑人了！」她一動，頭上的釵環叮噹作響，整個人更水靈了。要說剛剛靜態的美如同畫一樣，現在就是那畫裡的人走了出來，讓人能全面的看到她的美。

姜娉娉樂呵一笑，看得有些愣住了。「大姊真美！」

姜薇臉一紅，雖說今日來的人都這樣說，可她還是會不好意思。

等陸長歌通過岳父、岳母那一關之後，就來這邊了。

喜娘連忙給姜薇蓋上紅蓋頭，而姜娉娉則站在門口迎接要喜錢。

出門的時候，是姜宇揹著姜薇上轎子的。

姜宇這兩年身量見長，已經有姜植一般高，他一步一個腳印，輕聲說道：「大姊，受委屈了不必忍著，這裡永遠都是妳的家。」

姜薇強忍著哽咽點點頭。

姜植和王氏看著這一幕，沒忍住紅了眼睛。孩子漸漸大了，一個個都會離家。

姜娉娉站在旁邊拉著他倆的手晃了晃。「爹、娘，我和二哥去長歌哥家裡了啊！」兩人一路跑去了陸家，王氏在後面拉都拉不住。由於都是一個村子裡的，來姜家的人，也隨著迎親隊伍去了陸家瞧熱鬧。

陸娘子請來了幫工，幫忙做席面，就算是這樣她還是忙得腳不沾地。

不一會兒，就有人來陸家看嫁妝了。

看見這屋子裡的嫁妝，眾人吃了一驚，驚羨道：「這家具是薇丫頭她爹打的吧？瞧瞧這一扇屏風，只怕就花費不少。」

眾人點點頭。「還有這櫃子和桌椅板凳，要是沒有個一、兩年只怕打不出來這麼精細的家具。」

說著說著就說到陪嫁上面來了，眾人一看，姜家竟然將之前的聘禮原封不動的給姜薇做了嫁妝，更不要說光是一些衣服、首飾就有滿滿兩大箱子。

一時之間也不知道該羨慕誰了。「這姜家對閨女是真好，瞧瞧這嫁妝，只怕十里八村都找不出來。」

眾人紛紛點頭稱是。

待將姜薇迎進新房，陸長歌在眾人的打趣聲中到外面敬酒。

姜娉娉兩人湊到姜薇身邊。「大姊，妳餓不餓？我們去給妳找吃的來。」

姜薇搖搖頭，她現在不餓。

姜娉娉嘿嘿一笑。「大姊真好看。」姜凌路也附和著。

姜薇拍拍兩個小孩。「你們倒是打趣我來了！」

兩人在新房嬉鬧了一陣，笑著躲出去後不久，陸長歌進來屋子裡，端來了一碗湯。「這是娘特意給妳燉的，先吃一些。」

煲了兩、三個小時的雞湯，加上紅棗、枸杞，未打開蓋子，已經是香氣撲鼻。

姜薇這才覺出餓來，因穿著嫁衣，行動不便，只得讓陸長歌端著碗，她喝了些雞湯。這期間，她感受到頭頂的視線比這屋裡的紅燭還讓人忽略不了。喝完之後，陸長歌又拿帕子給她擦了擦嘴，看得出來他很享受這樣的互動，要不是怕弄亂了姜薇的髮型，他恐怕就要直接揉揉她的頭髮了。

姜薇抬頭瞪了他一眼。「做什麼一直瞧著我？」

陸長歌笑了笑，沒說話。

碗裡的雞湯還剩了些，姜薇本想說讓他放在桌上，誰知陸長歌竟端起碗三下五除二的喝完了。放下碗後，姜薇才瞧見他的手紅了一圈，是碗盅燙的。

一瞬間，姜薇覺得心被什麼撞了一下，她抬頭看向立在身旁的少年，只見少年滿心滿眼都是她，直到這時，她才察覺到少年的情誼有多重。

之前總以為少年是一時興起不懂情愛，總以為少年一再的說喜歡是不懂什麼是喜歡，她也總是不把少年說的喜歡放在心上。或許她不應該因為少年年紀比她小，就不相信少年的喜歡。

陸長歌見姜薇看他，將手背在身後，解釋道：「等會兒還有人進來，我先……」他的聲音漸漸停了。

姜薇拉過他的手，長長的衣襬隨著她的動作拂動。「傻子，就不知道燙嗎？」

她輕輕摩挲了一下他的手，感受到上面的熱度，呼出口氣吹了吹，抬頭見少年的耳朵紅了。原來，他也不是總這麼坦然。

就在兩人溫情脈脈之際，門口傳來一聲咳嗽聲，提醒道：「有人來啦！」

姜薇瞬間放下手，看向門外。「你先出去。」

陸長歌走到門口，剛好和村裡的婦人迎面碰上。

那些婦人打趣道：「這麼會兒的工夫就等不及啦？」

「怪不得到處不見新郎官的影子，原來是和他媳婦躲在這房間裡了。」

「快快快吃酒去，還不到晚上呢，可不能這樣著急。」

陸長歌平日就算是再坦然，也不是這群婦人的對手，臨出門前又看了眼屋裡的姜薇。被這群婦人察覺到，又打趣了一番。

陸長歌出去後，被角落裡一雙小手拽住衣角。

「姊夫，我倆的喜錢，嘻嘻。」姜娉娉和姜凌路兩人一人伸出一隻手討要喜錢，剛剛在門口提醒他們的正是他倆。

陸長歌掏出喜錢給他們。「去屋裡幫著你們姊姊，她臉皮薄。」

一直忙碌到了晚上，姜娉娉和姜凌路才回到家，相比較陸家的人聲鼎沸，姜家就顯得冷清得多。

姜植和枝兒爹在木工房裡做著活，如今省城又多了一些訂單，姜植的名號漸漸傳遍整個晉城。

王氏和枝兒娘做飯、餵豬，也是忙個不停，只是偶爾停下來的時候還是能瞧見王氏面上露出一絲茫然。

「爹，娘，我們回來啦！帶回了喜糖，明天大姊還讓我們過去。」姜娉娉和姜凌路聲音很大，將一家人引了過來。

見兩個人瘋了一天才回來，還說明日要再去，王氏湊了過去。「妳姊怎麼樣？」

姜娉娉點點頭。「娘，妳就放心吧！長歌哥對大姊什麼樣子，妳又不是不知道。」

王氏知道。「明日你們再過去看看。」

姜凌路搖搖頭。「我明日要去學堂了，娘，打個商量，我不去學堂行不行？」

王氏氣樂了。「姜凌路，你說呢？」

姜凌路撇撇嘴。「明明是妳說讓我去大姊家看看的。」

王氏教育孩子又嚷開了，一時間，姜家的院子又熱鬧起來。

姜薇回門這日，王氏一大早就守在門口，見閨女和女婿來了，連忙讓人進家裡。

「可算是來了，過了今日，也沒有這麼多禮了，什麼時候想來就來，等明天做了吃的，我讓娉娉去喊你們。」王氏樂呵呵的說著，這就是住得近的好處。

眼瞅著閨女的氣色挺好，與女婿之間也是氣氛融洽，王氏總算是放下心來了。雖然娉娉和她說過很多次了，讓她不要擔心，可她沒親眼見著，自然會擔憂。

做了一大桌子菜，一家人聚在一起熱熱鬧鬧的。

第三十六章

姜薇成親的日子一過，姜家又忙碌起來，春季，田地裡的蓮藕要發芽了。有了上一年的經驗，今年村裡不至於手忙腳亂。今年田裡的水沒有去年的多，但有了之前為了河道排水挖的溝渠，正好能將河道的水引進田，也算是解決了這一問題。

值得一提的是，養的鴨子下鴨蛋了。

姜家養了四十隻鴨子，之前過年、辦喜事殺了幾隻，如今剩下三十五、六隻，都下了鴨蛋。每天光是收鴨蛋就可以收到一筐，喜得王氏天天笑得合不攏嘴。

先不說賣錢的事，這些鴨子吃得好，每日在田地裡、河裡吃些魚蝦之類的，這鴨蛋可比雞蛋營養高。因此王氏隔三差五的就提上一籃子給姜薇送去，讓她好好的補補身體，言外之意是讓她趕緊生個娃。

姜娉看不慣說道：「娘，大姊還沒著急呢，妳急什麼？長歌哥也說了再過兩年也不遲。娘，妳還是別操心了。」

王氏一聽就擺擺手。「行了行了，我知道了，整天都講這些大道理，我往後不說了還不成嘛！」她這不也是怕陸娘子心急，所以先把這話說了。

等到鴨蛋多得吃不完，王氏又開始琢磨著能做些什麼來賣。蛋塔肯定又可以做了，每天拿到的鴨蛋這麼多，也不用怕原料貴了。

姜娉娉又想了好些小吃，鹹鴨蛋、蛋黃酥還有雞蛋糕等等這些吃食，才將自家的鴨蛋自產自銷了出去，如此「姜家食肆」又擴大了店面，賣的種類也多了起來。

而其他村裡人的鴨蛋也是如此，開始用來做一些吃食生意，有的是拉去鎮上或者省城裡賣。賺了銀子，生活就好了起來，翻新舊宅，嫁娶成親，甚至有的人家還請起了短工。

一時之間，涼山村又恢復了災前的繁榮，甚至更加興盛。

村裡的攤子也不是隨意就能擺放的，里正會收取攤位費。因攤位費不貴，又加上繳了費用之後可以得到村裡的保護，村民們便都樂意繳交。當然更重要的是里正用這些上繳的攤位費開辦學堂，又將「涼山學堂」擴大了，如今十里八村的人都來涼山村上學堂；又用這些攤位費好好的修了村子裡的路，目的就是防止村裡一到下雨天就泥濘不堪。

見姜家門口的桃樹到春日一開花就異常好看，村裡其他人家也都種起了原先看都不會看一眼的觀賞性花樹。因此顧瑞陽和顧月初兩人來涼山村找姜娉娉玩時，每一次來都有新發現，多了哪些小吃，誰家新蓋了房子，道路也變好了。

這兩人也算是見證了涼山村一點一點的發展起來的過程。

轉眼又到了秋季，三年兩考的院試就要在晉城開始舉行。這次比之前的縣試和府試困難許多，錄取的人數也是少之又少。

姜植還是先到晉城訂下之前住過的客棧，這次，他暫時放下了手裡的活計，專心陪著姜宇考試。而王氏現在手裡有了銀錢，自然是什麼都想幫姜宇準備好。

到了考試那天，天還沒亮就要在考場外候著，等待檢查。

姜植和王氏陪著姜宇一起在考場外等待，秋天的早晨還是有些冷，露水也能將衣裳浸濕。等到姜宇進了考場，姜植和王氏便回到客棧等，路上還買了些肉包子給姜娉娉。

姜娉娉醒來的時候，兩人已經回來了。她吃著包子，聽著旁邊的人說著話，這客棧大多數住客都是參加院試的學子們，說的都是哪裡的書院好，又說誰家的考生今年必定考中。

其中有位衣著光鮮亮麗的婦人，站在人群中接受著別人的讚賞。這位夫人姓侯，是晉城人家，家中人口簡單，家庭富裕。她得意的笑了笑，她當然知道自家孩子學問如何，這次院試就連夫子也說很有把握。

她面上沒說，心道：這才到哪兒，她孩子可是要去京城做官的！

姜娉娉和爹娘聽得津津有味，也不插嘴。

旁邊有人問道：「你家孩子叫什麼？今年這是第幾次考啦？」

姜植一一答了，那人聽說姜宇是第一次參加院試，拍了拍姜植的肩膀道：「沒關係，年紀還小，這回考不中還有下一回。」

姜植還沒答話，那位侯夫人就湊了過來。「你們是姜宇的家人？」

王氏點點頭。「是的。」

侯夫人是個自來熟，也不扭捏，更上前一步。「我家孩子和姜宇熟悉，經常回到家還誇獎你們姜宇，說他學問要是能像姜宇一樣就好了。」

旁邊的人聽到吃了一驚，街坊鄰居都是知道的，侯夫人的孩子自小就聰慧，還飽讀詩書，此次院試如同囊中取物一樣簡單，可沒想到侯夫人竟然和這平平無奇的三人熱切的說著話。

再一細聽，聽見姜娉娉三人是姜宇的家人，有些知道姜宇的，道：「怪不得！」

旁邊的人問：「怎麼說？」

那人回答道：「我家孩子也是一樣，回家時總說夫子又誇了誰誰誰，這當中就有一個名叫姜宇的少年。」

眾人七嘴八舌的將姜娉娉三人圍在中間，熱絡的說著話。

姜娉娉著實沒有想到，大哥的學問竟這樣好，她只知道，大哥在學問方面從不讓人擔憂，也很有毅力，可他回到家也沒怎麼說過夫子誇獎的事，本來只是覺得他對待學問和考試很有自己的想法，因此家人也都沒有想太多。

現在想來應該是在接受了晉城優秀師資教導後，本就有才華的大哥就像天上的風箏一樣順風而起，翱翔於天空之上。

眾人都散去之後，那侯夫人還熱切的拉著王氏說著話，兩人都是自來熟，話語間也不只是圍繞著孩子學問了。等到姜宇院試結束之後，王氏和侯夫人已經非常熟悉了，兩人相約著去對方家裡做客。

回到涼山村，姜娉娉餓壞了，馬上就跑去小吃街上邊吃邊喝邊逛，如今村裡的小吃街競爭激烈，攤攤都是美味，因此在晉城那幾日，她著實想念村裡的小吃街。

等到院試放榜之日，姜娉娉一家早早就去了晉城等。榜下萬頭攢動，姜植托起姜娉娉在肩膀上瞧，她見榜上只有二、三十個名字，姜宇的名次排在靠前的位置。

「爹，娘，我看到啦！大哥上榜啦！大哥考中啦！」姜娉娉將這好消息告訴等待著的爹娘。

姜宇在家溫習功課，沒來晉城看榜，姜植和王氏聞言心裡的石頭才放了下來。

王氏和侯夫人又碰面了，侯夫人的兒子也上榜了，只不過位置靠後些。侯夫人不在意排名，考上了就行，轉頭又拉起王氏說著話，對比之下，姜娉娉倒是成了家裡最興奮的那個。

回去之後，大舅母說要辦幾桌席面，不讓王氏出錢，這是姜宇外祖家幾個舅舅的一番心意。王氏拗不過，只得同意。

村民聽說涼山村出了秀才，商量著要請一班唱戲的，來村裡熱鬧熱鬧。

里正也有這個打算，此時的涼山村一切都是欣欣向榮的模樣，請戲班子的錢就從公中出了。

村裡許久沒有這樣子的熱鬧了，里正將這件事情和姜家說了。

姜植本不想答應，他們家不是喜歡出風頭炫耀的人，但禁不起村民的熱情，又覺得兒子考中秀才本就是一件喜事，遂添了些銀子，多熱鬧了幾天。

姜老丈也送來了一些布疋，說是要給大孫子做兩身衣裳，姜老丈又帶著姜宇去祖墳上還了願；連姜三和姜紅他們都送了些書籍、銀錢過來，收下的種種什物算是抵過了這幾場考試的花費。

涼山村請的戲班子唱了六、七天的大戲，村裡熱熱鬧鬧的，漸漸形成了集市。

這集市就在姜家南院不遠處的空地，面積很大，人也很多，瞧著比鎮上的集大了兩、三倍不止。就算是戲班子唱完離去，這集市也沒散去，就這樣留在了這裡。

考上秀才之後，姜宇就去了晉城的書院，書院裡都是些秀才學子們。

在書院裡，只有經過夫子的認可才能參加下年的秋闈，每隔三年，會在省城舉行。為此，姜宇做學問更加認真，在書院是十天休息一天。

王氏每逢姜宇休息回來的時候就會做一大桌子飯菜，她總覺得姜宇在書院裡吃不好，也休息不好。姜宇回來時，她總是不許姜娉娉和姜凌路纏著姜宇。

每到這個時候，姜宇總是笑著說：「有他倆在這兒也算是給我解悶了。」

等姜宇要去書院的時候，會給兩人布置作業，姜娉娉的就是練字帖和丹青，而姜凌路的就是比學堂夫子更加嚴苛的功課。

王氏現在是每天雷打不動的想著法子賺錢，還有姜植從晉城接的訂單更是多得不行。

一家人都積極的賺銀子，想著等到姜宇鄉試的時候，甚至是往前更進一步的時候能不愁銀子花用。

姜娉娉這些日子迷上了看話本，有時候能安靜的坐在院裡的桂花樹下待著不動一整天。主要是她自己一個人沒趣，姜宇去了晉城的書院，姜凌路也去了村裡的學堂。

而大姊每天和姊夫蜜裡調油的，她不想去當電燈泡，不過有時候她還是會和枝兒姊去大姊家看看製香製得如何了。

如今姜薇製香是越來越順手，也越來越有心得。「娉娉，妳看看這個成不？」她每回問陸長歌，得到的答案都是很好，這讓她有些拿不准。

姜娉娉早在姜薇拿出香時就聞到味道了。「大姊，姊夫沒有說錯，確實很好，有種夏日雨荷的清新，也有著秋日楓葉的蕭颯。」

姜薇笑著刮了一下她的鼻子。「比妳姊夫還能說會道。」

「大姊，我說的是真的，依我看，妳在家裡閉門造車可不行，反正也做好了成品，讓咱爹做些小盒子裝上，先去晉城試賣看看。」

姜娉娉不太瞭解這個時代的熏香到底發展得如何了，她只知道唯有自己試過，才會明白裡面的深淺。

姜薇被勸說得有些心動。「我再準備一些。」

姜娉娉又待了一會兒，見大姊和枝兒姊又忙著去製香了，她昏昏欲睡，恍惚間聞到了一股臭豆腐的香氣。她皺著鼻子一直聞，聽見姜薇兩人的笑聲才醒了過來。

想著剛剛半睡半醒間聞到的臭豆腐的味道，姜娉娉口水都要流了下來，她連忙跑回家。

「娘，我要吃臭豆腐！娘，做臭豆腐吧！」姜娉娉湊到王氏旁邊。

王氏和枝兒娘正在門面房裡忙得熱火朝天，沒工夫答應。「那玩意兒臭得要死，一股怪味。等我閒了吧！」

姜娉娉見還有迴旋的餘地，也加入到這忙碌的生意當中了。她知道，這臭豆腐頭一回做需要的時間長，光滷水就要準備好長的時間。

大約過了半月，姜娉娉都快忘了心心念念的臭豆腐。此時姜三叔家的蛋形窯又擴大了，生意也不單單在晉城了，也做到了其他地方去。他知道出去學習考察，所以家裡的陶器生意越來越好，實在忙不過來，又找了個長工。

姜娉娉心裡也很高興，姜三叔家的陶器生意好了之後，她得到的分紅也多了起來，如今她手裡可是存了不少的銀錢，出去逛一圈，村裡的小吃攤都不用看價錢就能隨便吃。

村裡的小吃攤大多都是她出的主意，只因她想吃，可是家裡的生意已經忙不過來，便想著能在村裡吃到也行，就到處當個光說不做的張嘴軍師。

她剛吃了一肚子的炸雞、烤串，還有大舅母家的滷肉，從外面回來，就聞到一股奇香，是臭豆腐的香氣，香得門口路過的人都皺著眉掩鼻而過。

「娘，是臭豆腐！妳做出來啦！」姜娉娉跑到門面房裡一看，那黑糊糊的正是臭豆腐。

王氏手上的動作不停。「這小饞貓在外面吃飽了，聞到味道才回來了？」

姜娉娉嘿嘿一笑，捏起一塊臭豆腐嚐嚐看。

是了，就是這個味道，外焦脆內軟嫩，鮮香微辣！

「好吃，就是再鹹上一點就好了。」姜娉娉一連吃了好幾塊，她口味重，其實現在這個味道也很剛好。

王氏往調好的醬汁裡又放了一點點鹽，嚐了一下味道，確實可行。這次做出來的臭豆腐，她沒打算賣，先讓客人嚐嚐看反應，打算等明日調整一番再賣。

來往的人見姜娉娉都說好吃，那是肯定真的好吃了，雖說聞著味道不怎麼樣，可也都願意嚐嚐看。這臭豆腐吃進嘴裡完全感受不到聞著的那股臭味，或者說只剩下香氣，果然不錯！

有的還想再吃一些，不太好意思再要，就問能不能買。

王氏見反應好，答應明日多做一些來賣。

因姜家就在集市邊上，這次新品小吃臭豆腐也算打響名號了。

第二天一早，姜家食肆剛開門，門口已經有人候著了，說是來買昨日的臭豆腐。一時之間，姜家臭豆腐成為食肆裡的招牌了，還比蛋塔之類的糕點賣得更好。

姜娉娉想吃臭豆腐的願望得到滿足之後，也帶了一些給姜薇。可姜薇習慣了香料的芬芳，受不了這個氣味，聞著難受，最後還是全進了姜娉娉的肚子。

「大姊，香的事情怎麼樣了？」姜娉娉想起前一段時間姜薇說要去晉城賣香的事情。

姜薇給她倒了一杯茶。「前兩天我做了一些，放在鋪子裡賣，至於賣得如何，要等去看了才知。」

姜娉娉性子急。「那咱們現在去看看吧！走吧！姊夫呢？」

「他在咱家木工房裡妳沒見到呀？」姜薇笑著搖了搖頭。

經她這樣一說，姜娉娉想起來了。「好像是見到了，怎麼回事啊？我這些日子總見姊夫待在木工房裡。」

姜薇解釋了一番。之前陸長歌不知道該做什麼事情，等瞧見了姜植雕刻的首飾盒子，才來了興趣，一天到晚窩在木工房裡跟著姜植學習雕刻。就連姜植都誇他看著是個十指不沾陽春水的公子哥兒，可做起事來卻異常的認真，在這方面也很有天賦。

「大姊，我怎麼沒見過妳頭上的這支簪子呀？」姜娉娉之所以會注意到，只因這簪子是木製的，卻又很是精美，上面鏤空，中間銜著一個珠子，互相搭配起來，讓這簪子顯得十分特別。

姜薇臉紅了一瞬。「妳姊夫做的。」

這算是陸長歌打造的第一支簪子，那天她正在午睡，矇矓之間感覺到嘴唇被碰了一下，她睜開眼睛，就見陸長歌拿出簪子，戴在她的頭上。

姜娉娉猝不及防的被餵了一口狗糧。「大姊，走走走，咱們去晉城瞧瞧。」

然而等回到姜家，人人都忙著，不能駕車陪她們一起。姜娉娉倒是想自己和大姊一塊兒，駕著驢車去晉城，可說什麼大人們都不放心。

最後陸長歌放下手裡雕刻的簪子，說和她們一起駕車去晉城。

路上姜娉娉就在想，涼山村去晉城的路很平坦，每天來來往往的又有這麼多人，要是有公車就好了，不但能載人，還能順便捎東西。

雖然從涼山村去晉城也有人駕牛車，可時間太早，常常趕不上。她決定了，等回去了就好好的和爹說這事，最好能安排出時間表，大約半個時辰一趟也是可以的。

第三十七章

到了晉城，姜娉娉他們先去了賣胭脂水粉的鋪子。

剛進鋪子裡就見店小二正向客人推薦著香餅，看那盒子，正是姜植做的。

姜娉娉和姜薇對視了一眼，有推薦就有人買，正是因為有人買，所以店小二才會這樣費心的推薦，看來這香賣得不錯。

店小二看見她們，連忙去喊了曹掌櫃來。

將姜娉娉她們送出去之後，曹掌櫃就交代店小二。「往後碰見她們來鋪子裡，早些通傳。」

店小二連連稱是，又更加賣力的賣姜薇送來的香，這香賣得多，他得的賞錢也多。

這邊姜薇賺得了銀子，也說要給姜娉娉分成，只因最開始的時候是姜娉娉說要做熏香的，這一段時間以來又幫助了她許多。

姜娉娉自然是不肯要，她確實是開了個頭，可後面都是姜薇做的，後來見實在推辭不掉，姜娉娉只好說道：「大姊，要不妳給我做……啊不，是買一件衣服吧！」

她說到一半改了口，只因看到陸長歌不忍大姊勞累的眼神。

姜薇摸摸她的頭。「行，要什麼都行！」

可去了鋪子裡挑來挑去，姜薇都不滿意，不是覺得款式不行，就是覺得顏色不好看。最後她還是挑了花色最好看的細布，說要自己給姜娉娉做一身。

姜娉娉朝著後面的陸長歌得意一笑，又弱弱的開口。「可是姊夫不會不同意吧？」

姜薇直接買下這塊布疋。「放心，不會的。」

姜娉娉見好就收，笑了笑。「大姊對我最最好啦！」

在路上逛著的時候，姜薇又給姜娉娉買了好些吃食，她是看著姜娉娉長到這麼大的，如今賺了銀子，想要好好疼妹妹一番。

回去的路上，姜娉娉又想到一件事。「大姊，香在晉城賣得這樣好，妳想不想開間鋪子？」

姜薇有些沒把握。「可以嗎？」

「當然可以了，先在咱們村子裡開怎麼樣？等規模做起來之後再開往周邊鄉鎮，開往晉城。」如今涼山村比鎮上的規模更大，一個鋪子還是能開起來的；可也不能只賣香，大姊的手工不錯，也可以賣一些香囊、帕子、繡品、成衣之類的用品。

她將這想法一說，姜薇心動了，最後說回去和婆家商量商量，姜娉娉見狀就知道差不多成了。

陸長歌坐在前面駕著驢車，聽著後面自家夫人說的話倒是有些苦惱，如今夫人製香就花了許多時間，他覺得要是開了鋪子，到時候豈不是連鋪子也比他重要了？

回到涼山村，姜薇將想開鋪子的事情一說，得到陸娘子的鼎力支持，一點也沒將兒子的眼神放在眼裡。在她看來，兒媳婦做什麼都是好的，要是能需要她幫忙的，她也當仁不讓。

姜植和王氏也是支持的，自家閨女能做生意，不管賺多賺少，起碼在婆家是立住了腳。姜凌路又出了一番主意，在哪裡建鋪面，怎麼起招牌，怎麼銷售，說了一大堆。

姜薇感受到家裡的支持，紅了眼眶，只是等她和陸長歌回到自己房裡之後，她才覺出丈夫有些悶悶不樂。「怎麼了？」

陸長歌搖搖頭，還是說道：「開了鋪子，妳更看不見我。」

姜薇一聽就知道他這是吃味了，總是這麼直接。「傻子。」她拉著陸長歌的手坐下，貼過去在他耳邊說了句話。

陸長歌眼睛都亮了，直勾勾的看著她。「不能哄我。」

姜薇點點頭，一抹紅霞飛到臉頰上，她捏緊衣角，垂下了頭。

這個傻子，總是這樣！

轉眼到了過年。如今過年的氣氛越來越重，涼山村家家戶戶賺了銀子，處處張燈結綵，甚至因此有了夜市，街上萬頭攢動，熱鬧非凡，人潮久久不散，十里八村的人都來涼山村採辦年貨或是做些小買賣。

加上現在涼山村到晉城有了固定的牛車或者驢車負責載送，也有固定的發車時間，一趟大約三、四文錢，半路上也是可以搭車，根據距離價格會稍微便宜點。

這是姜娉娉之前和爹娘說了公車的概念後，她爹特地去找了里正商量。

里正正發愁村裡人增多了，可有些人沒有地，也就缺少了收入來源，雖說可以做些小吃來賣，可有的人沒有這個手藝，姜植提出公車這個建議也算是解決了這些人的難題。

當時里正就組織了村裡的牛車、驢車，以租賃的形式讓沒有收入的人駕著車往返於涼山村和晉城之間。

剛開始的時候村民還有些不適應，覺得晚一會兒、等一會兒沒什麼關係，可里正還是嚴格按照姜娉娉說的方法執行，到點就發車。漸漸地村民們就感受到了這樣做的好處，公車有固定的時間，他們再也不用等這個、等那個，一點也不浪費時間，坐不到還有下一班。

涼山村的公車就這樣成立了。

這天一大早，王氏剛烤好了披薩，自己家吃的料是葷的，雜七雜八的混合在一起，倒是別有一番風味。而姜娉娉望著院裡的鴨子，又看看還熱騰騰的麵包窯，突然想吃烤鴨。

「娘，我想吃烤鴨，就在麵包窯裡烤行不行啊？」姜娉娉湊到王氏旁邊。

冬天的時候，家裡的鴨子不下蛋，有時候王氏會宰一、兩隻來吃。

王氏將手裡的托盤放到桌上。「做了炸丸子、炸雞、炸魚還有些肉，這不，還有妳說的披薩，這些還不夠妳吃？」

姜娉娉看著托盤上的包餡披薩，這哪能稱為披薩？這明明就是餡餅！

她晃著王氏的手臂撒嬌。「娘，做吧、做吧。」

王氏被她磨得沒辦法，只能答應。

姜娉娉興沖沖的說起做烤鴨的方式，王氏便收拾乾淨鴨子備用。畢竟烤鴨要想做得好吃，前期準備必不可少，需要準備一些香料將鴨子醃入味，這個過程大約就需要一天的時間。

姜娉娉等得著急，先去吃了一些炸雞解解饞。她嫌棄沒有味道又讓王氏做了一些番茄醬，番茄醬特別好做，王氏滿足了她這個小小的要求，去了地窖裡拿出幾個番茄來，熬製成番茄醬。

早在最開始的時候，姜娉娉就發現這裡有番茄，並且是當作水果吃的，等姜娉娉說出可以做菜的時候，王氏還覺得非常不能理解。在她看來用番茄做菜就像用蘋果、梨之類的水果做菜一樣怪，等姜娉娉讓姜薇做出簡單的番茄炒蛋之後，王氏這才相信番茄可以做菜。

自此，番茄就搬上他們家的餐桌，次數還挺頻繁。如今每年王氏都會種一些番茄摘下來儲存在地窖裡，約莫能吃到過年的時候。

鴨子醃好之後，就是開始烤了，麵包窯已經預熱好了，接下來就是調製醬汁。

這個醬汁非常關鍵，關係著烤鴨能不能烤成脆皮的。姜娉娉記得是用蜂蜜和白醋調製的，將鴨子放進麵包窯前，先塗抹一遍，中間需要多次拿出來塗抹調製好的醬汁。

本來姜娉娉還有點擔心會不會烤焦，可接下來就發現，麵包窯的溫度並不是特別高，而且因為麵包窯比較厚，溫度達到一個溫度之後，就不再上升，所以用來烤鴨非常合適，平時王氏烤一些糕點或者蛋塔也沒有烤焦的。

姜娉娉越想越滿意這麵包窯，真的非常合適。

等待烤熟的過程，異常難熬，烤鴨的香氣已經從麵包窯裡飄了出來，連門面房裡也能聞到，門口來買吃食的人聞到這樣香的氣味都在問：「做了什麼這樣香？」

「是新的吃食嗎？」

村裡都知道姜家的吃食總是比較新穎，味道也好，隔三差五的就會出一些新品。所以在味道越來越濃郁的時候，門面房前面已經聚集了很多人，他們都在等著新品出來。

姜娉娉不知道這些，這個時候她守在麵包窯的旁邊，每過一刻鍾就喊人將烤鴨拿出來塗抹醬汁。好不容易到了時間，那烤鴨的香氣橫衝直撞的從麵包窯裡奔湧出來。

姜娉娉吸了一口氣。

真香！現在缺點什麼？缺點捲餅！還有蔥絲、黃瓜，再加上點醬料，這滋味絕了。

不過現在直接吃也是可以的，王氏選擇的鴨子是家裡最肥的，如今剛烤出來，還在滋滋冒油。

姜娉娉先扒拉下來一隻鴨腿，遞給王氏賣乖。「娘，妳快嚐嚐好吃不好吃。」接著她回頭扯下鴨皮，要說烤鴨，她最喜歡的就是鴨皮和鴨腿，還有鴨脖。

鴨皮一放進嘴裡，姜娉娉滿足一嘆。就是這個味道！甚至更香，只因家裡的鴨子是野生放養的，肉質緊實，並不乾柴，很是肥美。

王氏咬了一口，外焦裡嫩，外面是一層脆皮，裡面的肉質多汁非常有味。

聽到外面有人來問蛋塔，她啃著鴨腿就出去了。到了門面房，這味道一下子飄散出來，瞬間就襲擊了站在門口等待的人們。

眾人紛紛詢問著王氏吃的是何物。

王氏解釋說是小閨女琢磨出來的烤鴨。

眾人就問賣不賣？什麼價錢？

王氏本不打算賣的，家裡的鴨子雖說有一百多隻，可是卻是留著下鴨蛋的，家裡的點心鋪子全靠這些鴨蛋了。

還有一方面是因為家裡的門面房已經占了兩間，一間賣糕點、蛋塔等甜食，她在這兒看著；另一間是賣臭豆腐之類的鹹的小吃，由枝兒娘顧著，要是再開一間賣烤鴨，估計會忙不過來。

可是見眾人問得多了，倒是留了一個心眼，只說還沒定下來，等開春了再說。

眾人聽說可能是新品，都眼巴巴的等著姜家食肆販售。

等到晚上一家人都回來之後，姜娉娉又做出捲餅和蔥絲，告訴他們要這樣捲起來吃。

姜凌路撕下來鴨皮，他還是覺得這樣直接吃更好吃。

趁著一家人都在，王氏將賣烤鴨這事說了，然後問姜凌路和姜娉娉的想法。現在大家都知道姜凌路兩人對做生意的事有一套，因此關於做生意的事都會問他們。

姜娉娉這個時候倒是岔開了思緒，她看了一圈家人，只覺得家裡的氛圍實在是好，大人不拿架子，認為小孩子什麼都不懂，小孩子也不胡亂說話，而是凡事都有憑有據。

看來還是她從小就對爹娘潛移默化，稍微影響了他們的想法，但是不可否認的是，姜植和王氏原本就是開明的父母，如今有新的生意想法，已經不用她提醒了。

等她回過神的時候，姜凌路已經開始說了。

「咱們現在也可以先賣，一天就賣三隻，等到開春的時候多養一些鴨子，等鴨子長大之後再多做，如今就當作宣傳。」

物以稀為貴，一天三隻烤鴨，先到先得，從一開始就給客人灌輸一種觀念：姜家賣的烤鴨很難得，很難買得到。就算後面有其他新的店鋪也賣烤鴨，也不用怕，只因思想已經灌輸進去了，固有的觀念已經形成了，客人自然會區分，一舉三得。

當然，這一切的前提就是家裡做的烤鴨足夠好吃，否則達不到效果。

不過嘴裡的烤鴨確實好吃，外脆裡嫩，美味多汁，輕輕咬一口，烤鴨的香味經過孜然與辣椒的激發，說是在舌尖上跳舞也不為過，他從來不知道鴨肉可以做成這樣。

之前姜凌路是不喜歡吃鴨肉的，覺得鴨肉比較乾柴，又不容易入味，想不到這烤鴨會這麼好吃。

商量價格的時候卻有些困難，最後還是姜娉娉想到現代全國連鎖的烤鴨店，提出論斤賣，一斤二十文錢，一口價。

最後，姜娉娉又想到現代的烤鴨爐，想著能不能讓姜植建一個那樣的，最好一次能烤二、三十隻。

姜植聽到這，也意識到了，要是家裡真的做烤鴨生意，現在的麵包窯就不夠用了。「等過了年我問問你們三叔有沒有空，讓他來幫忙修建。」

姜凌路最後做了總結。「如果咱們要做烤鴨生意，就要想個名號，也就是牌子，響亮的牌子，就像現在的涼山藕粉，名號已經響遍了整個晉城，乃至京城。」

他隱約有種預感，覺得烤鴨可以做，還是不容小覷，大有作為。

王氏聽見這話，接了一句。「那就『涼山烤鴨』？」見眾人都看她，她又有一些拿不准了。「行不行？一句話。」

姜娉娉笑了。「當然行，當然可以啦！」

到時候這涼山烤鴨的名號一打出去，就會像現代的北京烤鴨那名號一樣響亮。

王氏又有些擔心，要是其他人也做怎麼辦？

姜凌路說道：「這個不用擔心，就算要模仿，也需要一段時間，咱們家的姜家食肆已經很有名，到時候涼山烤鴨的名號一打出去，根本不用擔心別人模仿。」

姜娉娉接著道：「娘，最重要的是妳做的烤鴨好吃呀，就算有人模仿，也沒有妳的手藝不是？」

眾人一直討論到月上枝頭才結束，姜家做「涼山烤鴨」的事情就這樣定了下來。

等到眾人散了之後，王氏讓姜植宰了三隻鴨子準備，姜植將鴨血倒進碗裡，留著到時候下火鍋吃。

兩人說著話，又說到之後的事。關於做生意的事他們或許不如姜娉娉和姜凌路精通，可有些事情、經驗也是兩個孩子想不到的。

「現在就先按兩個孩子說的那樣試試，等開春了再多養一些鴨子，等大年過去，我找劉東哥說一聲，買下咱們西邊的池塘。」

姜植思考了一番，既然決定賣涼山烤鴨，如果可行，會是一個長期的生意，也是賺錢的生意，那就得現在將池塘買下來養鴨子，自己養的比出去買價格更便宜。

王氏點點頭。「行，到時候咱們自己養鴨子，不是下蛋鴨，大約一、兩個月就能養成了，可是咱們人手不夠。」

她和枝兒娘忙著家裡食肆的生意，一人忙著一間，分不出來第三個人；而姜植和枝兒爹在忙著木工房的生意，如今越來越多的訂單，已經是忙不過來了；枝兒祖母宋氏也忙著家裡做飯、打掃之類的工作；就連孩子們也是上學堂的上學堂，開鋪子的開鋪子。

接著王氏想到了姜娉娉，覺得不能總讓她這樣每天跑出去玩了。

「到時候讓娉娉先去看著糕點和蛋塔，也就收個錢，我去做烤鴨，看著烤鴨買賣。」

姜植點點頭，已經開始盤算著到時候買下小池塘後，也要找些長工了，或者找學徒。

兩人收拾好之後，都累了一天便回屋睡了。

第三十八章

第二天一早，王氏先烤鴨子，打開了食肆的門，門口已經有人等著了，還有人問有沒有昨天的烤鴨。

王氏笑了笑，說要等上一個時辰。

姜娉娉一大早就被王氏叫了起來，睡眼惺忪的坐在門面房裡照看著家裡的甜點生意。她坐在櫃檯後面，不住地打著哈欠，有人來買甜點，都逗她，這個多少錢？那個多少錢？加在一起多少錢？

姜娉娉一一說了。

把那買甜點的人稀罕壞了，捏了一把她的臉。「這閨女真乖！」

往後來的人都要逗逗她，還順帶摸摸她的頭，讓她原本就亂糟糟的頭髮更加像個雞窩了。終於有個婦人看不下去了，幫她將頭髮重新梳了一遍，手法輕柔，等梳好之後，姜娉娉看得出她還有些意猶未盡。

姜娉娉只覺得這位婦人有些眼熟，是在哪裡見過呢？哦對，是之前在晉城見過的侯夫人。

侯夫人後面站著一位亭亭玉立的少女，瞧著氣質倒是和大姊有些相像，安安靜靜的。只是這少女見到姜娉娉，驚呼一聲，跑過來捏她的臉，邊捏嘴裡邊說道：「好軟，好可愛！」

姜娉娉有些無語，她收回剛剛的話。不過看在這少女漂亮，她就不計較了。

侯夫人咳嗽了一聲，喊了聲。「淑靜！」

淑靜撇了撇嘴，放下手站在一旁。

侯夫人上前，見姜娉娉有模有樣的在這兒看鋪子，越看越喜歡，捏捏她的小臉。「妳娘呢？」她和王氏自在晉城見過之後，一見如故，她來涼山村找過王氏幾次，但姜娉娉都不在家，故不知道。

姜娉娉指了指院子裡。「我去喊娘來！」她總算是知道了那叫淑靜的少女為什麼一上來就捏她的臉，原來是和侯夫人如出一轍。

姜娉娉連忙跑到院裡，喊著王氏。

正好這時候，烤鴨烤好了，王氏見她坐不住，讓她出去玩。但姜娉娉想著不差這一會兒，還是在這兒瞧瞧烤鴨賣得怎麼樣吧。

王氏端出烤鴨，熱騰騰的烤鴨，香氣撲鼻，這可比昨日王氏拿著一隻鴨腿時那香味香得太多了。

眾人一早就等在店前了，此時都圍了過來，一問價錢，二十文錢一斤，也可以直接買半隻。

正在眾人糾結的時候，姜娉娉慢慢地介紹說：「這烤鴨是經過了整整一個時辰火烤而成，外脆裡嫩，肥而不膩，取名叫『涼山烤鴨』，且一日僅賣三隻，晚了就沒有啦！」

這話一出，剛剛還有些饞的人立刻掏錢買了，不管如何，先買半隻嚐嚐。

不管怎樣，姜家的吃食一直都很好吃，這也是他們出於對姜家的信任；此外，也有姜宇考上了秀才的緣故，大家都想沾點福氣。

要知道這十里八村的難出一個讀書人，更不要說年紀輕輕就考中了秀才，往後的前程只怕是更加不可限量。有時候一說起姜家食肆，旁人就會問是不是那個家裡出了秀才的姜家食肆。

王氏事先準備好了油紙，有人買，便撒上孜然和辣椒，再用油紙包起來，沈甸甸的。

站在旁邊的淑靜，早早的拉著侯夫人直接買了一隻，她一直聽娘說姜姨做的吃食好吃，今天可算是趕上了。

王氏忙裡偷閒，看見淑靜，又和侯夫人說笑一番。只因侯夫人總是說她這個閨女就跟隻皮猴一樣，王氏就說還能皮得過她閨女娉娉？兩個人都說自家的閨女皮，今日一見，倒覺得都好。

很快，三隻烤鴨就賣光了，有些是後面才來的，還跑到櫃檯前問還有沒有？

王氏說沒了，明日一早還是只有三隻。

沒買到的人只能失望而歸，買到的人自然是抱著自己真幸運的想法，回家一嚐，只覺得這錢花得值，確實好吃，值得這個價錢。

侯夫人她們回去後，正好家裡有客人，便把這隻還冒著熱氣的烤鴨拿出來，端上了餐桌。

那客人從沒見過這樣的吃法，不由得叫絕。一打聽得知是涼山村姜家食肆做的，只道怪不得，姜家食肆已是很有名氣。

因是過年時期，涼山村熱鬧非凡，一時之間，口耳相傳，姜家的涼山烤鴨一炮而紅。

晚上，姜家一家人又聚在一起說著今天的成果，姜薇和陸長歌也來了。

吃著烤鴨腿，姜薇說道：「今日我在鋪子裡也聽說了咱家的涼山烤鴨，這味道確實好。」

如今姜薇的鋪子已經穩定下來，開得有模有樣，每天人來人往，客人絡繹不絕。今天到鋪子裡逛的人也都討論著姜家新推出的烤鴨，可見家裡做的烤鴨確實是出了名。

王氏有些驚喜道：「真的？我就知道這烤鴨能賣！」

姜凌路提醒道：「娘，妳可不能驕傲，生意好不好主要是靠味道，只要是味道好，就不愁沒人買，同樣的要是味道不好，再多的宣傳也沒用。」

王氏哼了一聲。「我知道了！」

數了一下今天的進項，減去成本，一隻烤鴨能賺六十文，三隻就是一百八十文錢。

「要是一天賣一百隻，就能賺六兩銀子，一個月就是一百八十兩！」王氏大吃一驚，萬萬沒想到，能賺這麼多銀子。

這之前是想都不敢想的，畢竟村裡人在地裡刨食，一年到頭也就能賺個十兩不到，他們這一天，就快趕上之前一整年賺的銀子了。

雖然家裡的生活好了，可之前都是靠著姜植的木工生意，一個月能賺個幾十兩銀子，要是打個大家具，也能賺個一百兩。她本以為這都是頂天了，萬萬沒想到單單是一個烤鴨生意賺的銀子，就能頂上家裡的木工和吃食生意。

姜娉娉笑了。「娘，到時候生意做起來了，何止賣一百隻，就是幾千隻都有可能。」

王氏不敢想像那個數量，只激動的看著姜植，她是開心，卻也怕這些銀子給自家招來禍事。姜植拍拍她的手安撫。

姜娉娉看出王氏的擔憂，可她覺得不打緊。

現在姜家的發展，村裡人都看在眼裡，要說招不招眼，確實有些招眼，可姜家在涼山村一向是如此。姜家本就是村裡的大戶，村東頭有姜老丈開起雜貨鋪子，如今隨著涼山村人漸漸多了也擴大了幾間房子；旁邊有姜三叔建的蛋形窯廠，已經頗具規模，招了兩個長工在幹；還有姜薇成了親，夫家是陸家，家底殷實，如今也開起了鋪子。

再加上顧大人也來姜家喝過茶，包括顧大人的孩子也經常來姜家找姜娉娉，不管實際情況如何，這些在村人眼中，姜家就是與顧大人家有交情。最重要的是，姜宇考中了秀才，有著見官不拜、減免賦稅等特權，往後的前程自然是不必說。

最後姜植讓姜宇題了字，正式掛牌「涼山烤鴨」。

姜家食肆一直營業到大年三十，王氏才戀戀不捨的休息了幾天，等到新年一過，王氏又迫不及待的開張營業。

姜植也去找了姜三說建烤鴨窯的事情，既然決定要大做特做涼山烤鴨這門生意，姜植直接建了三個烤鴨窯，一個烤鴨窯一次大約能出二、三十隻烤鴨，是根據姜娉娉的建議改造的，是立式的窯，可以更加受熱均勻。

建好的烤鴨窯，需要晾曬大約半個月的時間，姜植趁著這個時間去找了里正，提出要買池塘的想法。這池塘是沒有主的，不過里正說了可以使一些銀子，找關係辦好地契。

如今劉東算是看明白了，只要村裡發展好了，他這個里正受用很大，因此他經常帶領著村民開發新項目，只為能多賺銀子、多建設涼山村。

過了幾日，池塘的地契辦好了。

在姜植忙碌的時候，王氏也沒閒著，她買了一大批鴨崽，在菜園裡養著。

等池塘的事一辦好，王氏就將這些鴨崽放進池塘裡，姜植也立了一些籬笆將這池塘圍了起來。只是漸漸地他們就發現一個嚴重的問題，之前姜植和王氏就聊過，家裡的人手不夠，如今更是不足。

在姜植忙著建烤鴨窯、買池塘的事時，木工房的活計一下子就全靠枝兒爹一個人了。由於訂單多，來打家具的人也多，枝兒爹忙不過來，加上有些活只能姜植來做，這就導致很多訂單一直往後拖，有些已經拖得超過了期限。

還有王氏這邊，她忙著養鴨子和做烤鴨賣的生意，食肆裡的甜點生意就難免有些顧不上，雖說有大舅母來幫忙，可這也不是辦法，大舅母家也有生意要做。

姜植和王氏累了一天好不容易躺下之後，兩人說著話。

「這樣下去不是辦法！整天這樣累可不行，就像娉娉說的那樣，活是忙不完的，一旦透支了身體就得不償失。」王氏感嘆道，還有一句話她沒說出來，只因娉娉說的是，他們掙錢是為了什麼，當然是為了好好的享受生活，為了吃喝玩樂，而現在別說是享受生活了，連好好休息都難。

姜植點點頭。「行，明日我去找些長工。」

王氏睡眼朦朧。「最好是像枝兒一家這樣的實誠人，說實在的，經過了這麼多事，我早已將枝兒一家當作了咱們家人。」

枝兒爹跟著姜植一起做著木工活，枝兒娘跟著王氏做食肆生意，枝兒跟著姜薇做香料鋪子，宋氏照顧著孫子又幫襯著家務事。

早在最開始來涼山村的時候，姜植就給他們落了涼山村的戶籍，而不是奴隸的死契。

姜植也正有此意，只不過這都是可遇不可求的。「我知道了，時間不早了，早些睡吧。」

話音剛落，王氏的呼嚕聲已經響起。

快到夏日，姜植總算在烤鴨鋪正式開張之前找到了人。說來也是湊巧，他本是去晉城牙行找人的，可是看了一圈，覺得都不是很合適。

姜植被王氏磨得沒辦法，帶著姜娉娉和王氏一起來了晉城。王氏到了牙行，一眼就相中了一戶人家，直接和那管事的說了。在她看來多麼簡單的事，卻被姜植拖了這麼久。

姜娉娉這些日子也累得不輕，她已經好些天都沒有出去逛逛了，總是幫著看家裡的生意，今天好不容易有空歇歇，她跟在王氏身邊不做聲。

早知道不來了，好累好累。

她身子沒動，腦子裡卻不停動著，看著面前站著的一排人，姜娉娉不知做何感想，只知道自己從出生以來經歷了許多的事，面對這樣一幕已經生不出太多的想法了。

在這牙行裡的人就像現代找工作，不過還是有些不同，現代人找工作是雙向選擇，不想幹了可以換工作，而在牙行的人只能被買家挑選，不想幹了也不能換工作。

當然這工作，也有分為死契和聘用。

只聽那管事的說：「這戶人家今日剛被送來，情況特殊。他們一家人要整整齊齊的，而且他們家都是讀過書的人，有些學問，因為家鄉發生大澇淹了，才流落到這裡。要是你們願意，就給你們便宜些，七十兩。」

這個管事的很鬱悶，雖然之前也有這樣的情況，可他家有六口人，兩個老人，兩個年輕人，兩個孩子。本來分開來賣是很好賣的，兩個老人也不算太老，四十多歲，兩個年輕人將近三十歲，兩個孩子大的十三、四歲，小的十歲左右。

可哪戶人家會一次買六個人？光是吃飯，普通的人家都養不起。要是大戶人家需要人，也不會等到現在，小戶人家需要人也就只要一、兩個人，因此這一家輾轉了幾個牙行，都沒人出手買下。

這管事的不想這次又砸在手裡，說道：「要是你們願意，就再給你們便宜些，六十五兩銀子。」

本來兩個年輕人差不多就要四、五十兩銀子，可加上兩個年紀大的和兩個年紀小的，就有些不好賣。

姜植都來不及說話，王氏直接一口答應。「成！」

王氏有著自己的打算，家裡確實需要兩、三個人手就夠了，可是她心裡一直記著之前去書院的時候，見殷實人家的學子身旁都有書僮，只因學院的課業已經是異常辛苦的了，不能再為其他瑣碎的事情費心。

王氏一直操心著姜宇在書院的生活，更何況後面還有許多考試，剛剛聽到他們這一家都是讀書人，就心動了。

姜娉娉站在後面瞧著，這戶人家眼神清明，不像是心思複雜之人，瞧著家庭氛圍也可以。

出了牙行，王氏就和他們說話，也算是瞭解一下情況。

這戶人家姓趙，和村裡趙先生是同一個姓氏，之前在別人家做過活計，可沒多長時間又被賣到了牙行，實在是波折。其實趙家人也有些擔心，姜家一家看著並不是大戶人家，哪能一下子要六個人呢？

姜娉娉看出來了說道：「趙嬸放心吧，家裡活多，我娘總是喊累，說忙不過來。」

趙家夫婦比姜植、王氏年紀小，姜娉娉就喊趙叔、趙嬸了。

王氏笑著揉了一下閨女的頭，她總是被閨女打趣。「娉娉說得沒錯！家裡做著吃食生意，孩子他爹又幹著木工活，確實是忙不過來。」

趙嬸子有些半信半疑，點點頭。

來的時候，姜娉娉三人駕著驢車坐得輕輕鬆鬆，回去的時候一下子多了六個人，車上變得有些擁擠，加上王氏逛街買了一些東西，一輛車實在坐不下。

王氏拿出十來文錢，讓趙叔兩夫妻坐村裡的公車回去，然後又告訴了他們家的位置，說下了公車不遠處，就能看到「姜家食肆」的招牌。

趙叔和趙嬸子兩人手裡拿著銅板，他們還沒碰過這樣的人家，也有點擔心萬一找不到怎麼辦？等坐上所謂的公車，到了涼山村他們才知道這擔心都是多餘的。

「姜家食肆」的招牌隨風飄搖，店鋪門口圍滿了買吃食的客人，熱鬧得緊，也氣派得緊。

他們到達的時候，姜植和王氏他們還沒回來，趙叔和趙嬸子來到姜家食肆前面，見一個端莊大氣、溫柔嫻淑的女子梳著婦人髻站在櫃檯前，旁邊那人看樣子是她的夫婿，正在一邊包裝糕點、一邊看著她。

第三十九章

姜薇已經習慣了，並不放在心上，見到趙叔和趙嬸子兩人，問道：「要些什麼？」然後指著面前這些糕點介紹了一番。

趙嬸子連忙擺擺手，道：「我們是姜夫人買來的幫工，因為人多，就先坐公車回來了。」

姜薇點點頭，她知道這事，先讓趙叔和趙嬸子進家裡等。

趙嬸子連忙擺手，外面生意這樣忙，他們坐著等不合適。正在他們進退兩難的時候，姜植和王氏回來了，此時剛好到了飯點，王氏在晉城買了好些飯菜，正好擺上桌。

廚房裡，王氏和姜薇將飯菜裝盤，說著話，等王氏說完，姜薇笑道：「做生意確實能讓人進步，娘想得比之前周全了許多。」

王氏得意道：「那當然！」不過她反應過來了，調侃道：「成了親確實能讓人進步，薇兒都會打趣人了。」

姜薇臉皮還是薄，輕輕拉著王氏的袖子撒嬌。「娘~~」

王氏還想再打趣兩句，就聽見娉娉的聲音。「娘，好餓好餓，好餓好餓。」

等到吃飯的時候，太多人一大桌子坐不下，只得分成兩個桌子坐。

趙家一家人還有些不自然，王氏勸了兩句，枝兒娘離得近，也勸了幾句。

等吃完了飯，王氏收拾出門面房後面的兩間房子，當時建房子的時候，總覺得房多、人少，顯得空盪盪的，現在不一樣了，往後只怕會不夠住。

孩子們的房間，王氏是絕對不會動的，而門面房後面的房間又只剩兩間，她想著後院菜園子還有許多空地，能再蓋幾間房子。

和姜植一說，也只能如此。

吃過飯歇息之後，姜植喊來枝兒，朝著趙家一家人說道：「有什麼得罪的地方還請見諒，只是家裡做著生意，不能不小心。這是枝兒，我兄弟家的閨女，讓她給你們把把脈，檢查一下。」

姜植這話說得自自然然，直接說出心裡的想法。他跟人打交道這麼長的時間，周身的氣勢已經和之前有些不同了。其實在牙行的時候，趙家人都已經讓大夫檢查過了，雖說有些不尊重人，可總比出了事再趕人的強。

趙家一家人沒有意見，配合著讓枝兒把脈，做完望聞問切等一套流程。

見枝兒點點頭，趙家一家人才算是放下心來。

最後姜植把家人介紹了一番，說到枝兒一家的時候，只說是王氏兄弟一家，幾人見過之後，姜植給他們安排了活計。

趙叔和趙老丈就先做養護池塘和養鴨子的事宜，因才剛開始，等之後穩定下來，就讓趙叔到木工房幫忙。

趙嬸子和趙老太太先在食肆裡面幫忙，聽著王氏的安排。最後說到趙家孩子的時候，姜植停了一下，只說過兩日再說，等安排完之後就讓他們散了。

枝兒爹、枝兒娘在各自忙著，他們聽見姜家說他們是自家人這話時，不由得淚目了。他們一直都能感受到姜家人的善意，逐漸也把這裡當作自己家，可就是不知道姜家人怎麼想。如今聽見姜植說的話，雖然話並不煽情，可就是這麼自然的話語才能說出心底的想法。

這一刻，枝兒一家的心穩定下來了，本來姜家來了新人，他們還有些不知所措。

時序進入初夏，池塘裡的鴨子長大了，姜家的涼山烤鴨正式進入姜家食肆販售。

當天為了慶祝，送了些捲餅、蔥絲之類的贈品，也告訴了客人吃法。生意異常火爆，一下子賣出去將近兩百隻，喜得王氏晚上數了一遍又一遍的錢。

家裡的烤鴨生意步入正軌，生意越來越火爆，好在小池塘裡養的鴨子多，而趙老丈每隔半個月會採購一批鴨崽飼養，能夠保證烤鴨生意正常營運。

在後院菜園子裡又加蓋了一排房子之後，趙家一家人就住在那裡，姜家每個月給他們發工錢，吃飯也是在後面。

趙家的大兒子名叫趙虎，讀過幾年書，王氏安排他跟著姜宇去書院；小兒子名叫趙文，也識得幾個字，王氏打算讓他跟著姜凌路，無論是讀書還是做生意都有個照應。

到了夏季，天氣炎熱，白天的時候姜娉娉總會躲在陰涼的地方，吃著刨冰、看著話本，累了就瞇一會兒，斑馬線和大橘也是待在旁邊懶得動彈。

太陽下山之後，姜娉娉才會從房間裡出來，這時門面房的生意也漸漸熱鬧起來，因為白天的時候，天氣太熱，幾乎很少有生意。

姜娉娉坐在櫃檯後面，見村民們從田裡回來，手裡打著蓮葉傘防曬。看著這景象，姜娉娉立刻想到一個吃的，荷葉雞。她湊到王氏身旁。「娘，今天做雞吃吧？」

進入夏季，人人都是食慾不振，更不要說還是吃飯有些挑嘴的姜娉娉了。

王氏已有許久沒有聽到她來要吃什麼東西了，當即點點頭。「行！」

不一會兒姜薇也過來了。「這是什麼味道？」

姜娉娉聞了聞，沒有聞到什麼味。「沒有啊。」

姜薇搖搖頭。「肯定有，臭臭的、香香的，我口水都要流下來了。」

姜娉娉有點驚訝，大姊說的是臭豆腐的味道？可是她不是從來都不喜歡這個味道的嗎？她去枝兒娘那裡拿來一份臭豆腐，放到姜薇面前。「大姊，是不是這個味道？」

姜薇看著這黑糊糊的臭豆腐，點點頭，拿起一塊放進嘴裡，驚嘆道：「好好吃！」

王氏這時候也注意到了，奇怪的道：「之前也讓妳吃過，妳說受不了這個味道。」

「現在突然就想吃了。」姜薇說著又挾起一塊放嘴裡。

王氏見她這個饞貓樣子，笑了笑，隨即想到什麼。「妳月事什麼時候來的？」

姜薇愣了一下，不知道娘怎麼將話題突然轉到這上面，她老實想了想。「上個月初七。」

算算日子，已經遲了半個月了，王氏哎喲一聲。「快去屋裡坐著，注意別被人碰到了。枝兒在鋪子裡不？」

姜薇也反應過來了，她有些驚喜又有些緊張。「她在鋪子裡。」

「娉娉，快去喊妳枝兒姊來一趟。」王氏朝姜娉娉說道。

姜娉娉剛剛就在旁邊一直聽著，她也想到了大姊可能是有身孕了，當下連忙跑到鋪子裡去喊枝兒姊過來。回家的路上碰見陸娘子，她見兩人著急忙慌的往家裡跑，以為是出了什麼事，也跟了過來。

等到了姜家，王氏趕緊讓開位置，說道：「枝兒，快來給妳薇兒姊把把脈。」

她見陸娘子也跟了過來，剩下的話沒說出口，怕是空歡喜一場，又有些擔憂，不知道陸娘子心裡怎麼想的，自家閨女成親這麼久了，還沒有身孕。

不過她瞧著，陸家對閨女很好，結婚的時候什麼樣，現在還是什麼樣，甚至是更好了，一點也沒有因為生育孩子的問題而有所不滿，稍微放下緊張。

此時陸娘子一臉焦急的問：「薇兒怎麼啦？怎麼了？是不是吃多了？」

姜娉娉也緊張的看著枝兒姊將手搭在大姊手腕上。

最後，枝兒驚喜說道：「薇兒姊有身孕了，大約有一個月了。」

姜薇愣了一下。她有身孕了？雖然她感覺到自己身子有些變化，可沒往這邊想，剛剛經王氏一提醒她才反應過來。

現在見枝兒把完脈給出肯定的答案，她心裡一時不知該做何感想。

陸娘子被這個消息震得喜不自勝，看出她的心思。「長歌去晉城了，估計差不多就要回來了，妳有沒有哪裡不舒服？想吃什麼跟娘說。」

王氏也沈浸在這個好消息裡，一拍大腿。「還想吃啥？我就說妳怎麼突然想吃臭豆腐了，等會兒要做荷葉雞，還在窯裡悶著呢。」

一時間，王氏也不知道自己說什麼了，她和陸娘子兩個人妳一言、我一語的說起飲食還有生活上，各個方面需要注意的地方。

姜娉娉站在姜薇旁邊，悄悄地拉起大姊的衣角。「我要當姨母了？嘿嘿嘿。」她有種很神奇的感覺。

沒說多久，王氏和陸娘子便讓姜薇回屋去歇著了，等做好飯再叫她。

姜娉娉也在屋裡陪著她。「大姊，渴不渴？我去給妳倒茶吧。」

姜薇搖搖頭，姊妹倆聊了幾句，便聽見姜植和陸長歌他們從外面進來。

姜娉娉笑道：「聽見長歌哥的聲音了，我不在這兒礙眼啦！」她說完去了廚房，去看看荷葉雞做好了沒有。

陸長歌一進門，眼睛就像是黏在姜薇身上，剛想湊上去，聞到自己一身汗味，先去洗了把手臉再回來湊到姜薇身邊。

「餓不餓？我給妳帶了栗子糕，還熱著，妳嚐嚐。」說著從油紙裡拿出栗子糕。這些日子，姜薇的食慾時好時壞，好的時候可以吃很多，不好的時候能一口都不吃。

姜薇笑了一下，拿起手帕給他擦了擦汗。「傻子。」然後捏起一塊栗子糕放進嘴裡。「好吃。」

吃完一塊，見陸長歌還是盯著她看，姜薇有些紅了臉，拉了一下他的衣角。陸長歌湊過去，眼睛眨也不眨的盯著姜薇的紅唇，剛剛吃過的栗子糕，還留了一點在她嘴角。

姜薇低垂著眼。「我……」

陸長歌克制不住，欺身上前，將她嘴角上的糕屑吃進嘴裡，同時也堵住了姜薇要說的話。

這栗子糕確實很甜很甜。

姜薇被堵著嘴，腰也被握住，她伸手拍了拍陸長歌，想讓他停下，可效果甚微。最後她偏了一下臉，錯開了位置，頭往後仰，輕輕的喘氣。

陸長歌還要追逐她的嘴唇，卻被她的手指擋住。

姜薇瞪了一眼陸長歌。「你停下。」

陸長歌停下了抵著她的額頭。「我想親妳。」

姜薇還是受不了他這樣直接，退開了身子。「你坐下，我有話告訴你，你再這樣我就不說了。」她平復了一下氣息，拉起陸長歌的手，放在自己的肚子上。

陸長歌一下就明白過來，小狗一樣眼睛亮亮的看著姜薇。

姜薇看著他這模樣，笑了。「傻子。」

接著她被陸長歌一把抱進懷裡，感受到他胸膛的震動，聽著頭頂的聲音。「薇兒，我很開心。」

姜薇拉著他的衣襬，點點頭。她也很開心。

晚上的時候，眾人圍坐在一起吃著飯，姜薇吃著碗裡的雞腿，她原先受不了這樣的肉腥味，可如今這雞肉卻帶著一股清香。

「娘，這荷葉雞也可以在咱們鋪子裡賣。」姜凌路啃著雞，提議道。

有了烤鴨這個範例，王氏要準備賣這荷葉雞就更順手了，她點頭準備好好的研究一番。

姜娉娉也在旁出謀劃策，她別的本事沒有，就是會吃。

沒過幾天，姜家食肆就推出了一款新吃食：荷葉雞。由於味道不如烤鴨的香氣霸道，剛開始的時候並不好賣，過了一段時間，生意漸漸好了起來，荷葉雞也成了姜家食肆的一個招牌。

時間不斷走著，鄉試近在眼前。自姜宇考中秀才之後，來家裡說媒的人絡繹不絕，可他總是讓王氏都推了，說是先立業、再成家。

不過王氏也看出了點苗頭，就是總來姜家食肆買吃食的一個姑娘，也就是侯夫人的閨女淑靜，每逢書院休息日，侯淑靜總是和她兄長一起跟著姜宇來涼山村，說是來買些吃食帶回去。

王氏看破不說破，她不知道自家兒子的想法，只能在裝吃食的時候多給侯淑靜一些。其實她挺滿意侯淑靜的，只因大兒子的性子沈悶，要是有侯淑靜整天嘰嘰喳喳的在旁邊說話，日子也不會那樣無趣。就怕大兒子那性格面對侯淑靜的時候也是束手無策，王氏想著大兒子皺著眉無奈的樣子忍不住笑了。

不過現在還不到時候，之後如何還是要看姜宇自己的想法。

八月，書院放了假，讓學子們籌備鄉試。此次鄉試是在晉城考試，參加的都是通過院試的秀才，只有經過省學政考察合格的秀才才可以參加的鄉試。

鄉試比之前的考試，更為嚴格，考試一共分為三場，每場考三天，三場考試都需要提前一天進入考場。考試期間吃飯、睡覺都是在考棚裡，如今雖正值黃金八月，可晚上還是涼颼颼的。王氏準備了一些保暖的衣物讓姜宇帶著，又準備了好些吃食，就連姜薇也在孕期間的時候幫姜宇做了兩身衣裳。

姜植和王氏將家裡的生意交給枝兒爹娘，帶著姜娉娉一起將姜宇送到鄉試的考試地點。考場是在城南，大門正中懸掛著題著「貢院」的大匾額，異常氣派。走到考場附近的人們，都會自動的安靜下來。

王氏準備了好些東西，有吃食，有衣物，都裝在姜植做的行李箱裡。等待檢查的時候正好碰見侯夫人來送考，兩家人互相打了聲招呼。

姜娉娉看到跟在侯夫人身後的侯淑靜一見大哥眼睛都亮了。在這個時代很少看到這樣性格外向的女孩，很是活潑。她又抬頭看了看正在排隊的大哥，雖然沒什麼表情，但能看到他耳朵紅了。

考官檢查得很嚴格，好在時間充裕，等姜宇進去考場之後，姜家三人閒了下來，還要等三、四天，這一場考試才結束，姜宇才會出來。

這比之前的考試時間長了許多，王氏讓姜植先回去照看家裡，只因在這裡等待也無用。事到如今，只有看姜宇的學問如何了。

姜植想著家裡的木工訂單，先回去了。等待的這幾日，侯夫人有時會來找王氏說一會兒話，話題總是圍繞著現在牽動人心的鄉試。

王氏雖說對姜宇有信心，可總是擋不住擔憂，這個時候，侯夫人就特別理解她的想法了，只因她也是一樣的心思。兩個人說著話，又各自誇一下對方的孩子，倒也稍微排解了緊張的心情。

侯淑靜這兩日染了風寒在家裡休息沒出來，沒人陪姜娉娉，她既緊張、又無聊，等待是最最無聊的時候，好在第二日她碰到了出門的顧瑞陽和顧月初。

一見面，顧瑞陽就跑上前。「娉娉妹妹，我們正要去找妳呢！剛做完夫子交待的功課，費了我好長時間。」

這個時候已到下午，姜娉娉出來是來瞧瞧有什麼東西可以買了帶回家的，碰見他們兩個，正好作伴，不過，這兩人這兩年長得也太快了些，瞧著個子已經有一百六、七十公分了。

顧瑞陽直說他知道一間鋪子，都是賣些稀奇古怪的玩意兒，可以去看看。

姜娉娉來了興趣，與顧瑞陽兩人在前面興沖沖的走，顧月初在後面默默跟著，只是兩人靜下來的時候，她總是能聞得到身後那一股淡淡的薄荷橘子味的清香。

第四十章

姜娉娉看著店裡琳琅滿目的東西，眼睛都挑花了，還好她帶的錢足夠。

如今光姜三叔每月給的分紅就有一、二十兩，還有王氏和大姊給的零花錢，一個月下來她就能存下快三十兩了。

吃穿用度都不用她操心，衣服和首飾都是大姊做的、買的，姜娉娉不想讓她這麼勞累，可她總說喜歡裝扮妹妹；還有其他吃食玩具，爹娘一應包辦，什麼都不用她置辦，故每個月攢下的銀子越來越多。

姜娉娉這趟出來就帶了好些銀兩，她想買些禮物擺件回去，不一定要很貴重的，但一定要合心意。

在店裡她細細的逛了起來，旁邊顧瑞陽也不斷給建議。

她想給大哥挑一把扇子，手上這把扇子因為骨架和上面的裝飾，要價五兩銀子，雖然不算貴，只是她瞧著這扇子有些說不出來的彆扭，不是她自誇，她覺得自己畫的梅花都比這上面的好看。

正在糾結之際，旁邊飄來一股薄荷橘子味的清香，顧月初的聲音響起。「此扇面是朵梅花，雪梅傲骨，扇柄卻是裝點了紅色寶石，雖有相輔相成之意，可卻掩蓋了梅花的清雅，變得有些厚重。」

姜娉娉明白過來這扇子的彆扭源於何處了，她點點頭，將這柄扇子放回原處。

顧瑞陽在顧月初一說話的時候就躲到了一旁，他不喜歡和堂哥逛街，堂哥總是吹毛求疵，本來想買的，被說得都買不下手了。

旁邊跟著的店小二見他們三人衣著貴氣，倒沒說話反駁。

姜娉娉又將目光放在架子上，拿起一個東西便朝顧月初看一眼，顧月初一一解釋，都是先誇再挑出不足之處。

姜娉娉沒想到這顧月初是個完美主義者，真的是太古板了，雖然她也覺得他說的有理。

她在架子的一個角落，發現一把扇子，打開一看，上面是一幅高山流水圖，姜娉娉學習丹青的時間已有幾年，可她看見這扇面還是被驚豔了，簡簡單單的幾筆勾勒，就描繪出一幅壯闊渾厚的景象。

姜娉娉莫名的就覺得這幅畫的氣質和大哥姜宇很像。這次她心裡已經確定要買了，無論顧月初說什麼，不過她還是下意識地抬頭看了一眼顧月初。

顧月初點頭道：「這幅畫很好，娉娉。」

姜娉娉這下開心了，直接去付了銀子，果然，沒被小古板挑剔的東西就是好，要價十五兩銀子。

將扇子裝起來，姜娉娉心中湧現出創作慾，見到喜歡的畫，很容易激發出創作慾的。思緒一轉，想著再過一個多月，姜凌路的十三歲生辰快要到了，她便繼續在店裡好好的挑選一番。這回她按照姜凌路喜歡的挑了一個算盤，上面裝飾有金元寶，還有寶石，就連算珠都閃閃發亮的。

不過這算盤價格更貴，居然要價二十兩！

姜娉娉能想像得到，姜凌路收到這個禮物時的情景，他肯定是一蹦三尺高，忍不住臉上帶著笑。就在她暢想的時候，聽到顧月初的一聲咳嗽，她轉過頭看他。

「不錯！」顧月初點頭說道。

顧瑞陽震驚了，對這珠光寶氣的俗物居然不挑剔？這還是他那個吹毛求疵的堂哥嗎？

姜娉娉又買了一些小玩意兒，打算回去擺在家裡，路上看到糕點鋪子，還買了一些糕點和果脯給大姊姜薇。她這趟出來逛，繼承了王氏的衣鉢，一口氣買了好些東西，被顧月初兩人送回客棧。

等到姜宇第一場考完出來，姜植已提前來了晉城，和王氏、姜娉娉一起在考場外等他。回到客棧，王氏已經安排好了吃食，只等著姜宇吃完之後好好休息。

一連考了三場，時間足足有將近半個月，這半個月，別說考生們如何，就連陪同的家長也是吃不好、睡不好，眾人都瘦了好多。姜娉娉每回都是只能勸著王氏多吃一些，好在王氏的心情調節得好，並沒有消瘦太多。

等到考完試，更緊張的事還在後面，那就是等結果。

姜娉娉將買來的扇子送給大哥，見他很喜歡，她便對丹青又起了興趣。若之前只是心血來潮隨意畫畫，現在倒是真心喜歡了，閒著沒事的時候總是在房間裡寫寫畫畫，她還想著能不能在牆面上畫些圖案裝飾，不過，眼下也是沒心情，大家都在等著鄉試的結果。

今年的中秋過得食不知味，但王氏和枝兒娘她們還是做了一大桌子的飯菜，一家人也算是熱熱鬧鬧的過了中秋。

姜家今年掙了錢，去老院送中秋禮的時候就比往年多準備了一些，也算是堵住了姜老太太總是挑剔的嘴。

王氏忙著生意，沒去老院，是姜娉娉和姜凌路回來說的，姜老太太的態度和以往大有不同。似乎知道大房已經不同往日，不是她能夠隨手拿捏的了，所以他們到老院的時候，姜老太太言笑晏晏，對他們熱絡得不行，不但拿出往日捨不得吃的糕點來讓他倆吃，又給了他們零花錢。

姜娉娉和姜凌路很少在老院過得這樣舒坦，有些不自在，沒在老院待多久就回家了。他們走後，姜老太太還和姜老丈說，要是沒分家就好了，這樣老大家掙的錢都會有她的一半。

姜老丈眼睛一瞪說：「說什麼胡話呢！現在的生活這樣好妳還不滿足？」

現在的生活確實很好，因為村裡發生了翻天覆地的變化，村民富裕了，家裡的雜貨鋪生意也就好了起來，姜老丈又開了三間鋪面，賣一些日常用品，還有地裡也種著蓮藕，也是進項，掙的銀子比之前的好幾年掙得都多。

姜老太太笑了笑。「我就說說，怎麼著？說說還不行了。」有了一就想要二，人都想過更好的日子。

大約又過了半個月時間，此時天已經有些涼了。

這些日子，姜家人越來越心浮氣躁，王氏在門面房做生意的時候更是不時的看向大路，大家都在等著鄉試結果的消息。姜宇卻顯得淡定，有時候他還會去門面房幫忙，王氏不讓他做，他只道溫習功課累了，來活動活動身體，王氏無法，只得隨他去。

周圍的人見秀才都在幫忙幹活，一時間姜家的生意更加熱鬧了。

又過了兩日，王氏實在坐不住了，想叫上姜植駕著驢車去晉城打探消息。夫妻倆正說著話，突然一陣敲鑼打鼓的聲音從大路上傳來，越來越近，伴隨著的還有人高聲喊著鄉試成績的結果。

姜娉娉正在瞇眼打盹，一下子醒了過來，跑到大街上，見一行官兵沿街宣報，其中有一人舉著牌子，上面記錄著鄉試上榜的人，路上已經圍了許多的人，因涼山村的學堂，讀書識字的人多了許多。

姜娉娉人小擠不到前面，就爬到門口的桃樹上面看，見大哥姜宇的名字位列其中。

「娘，爹，我看到大哥的名字啦！大哥考中了！」姜娉娉來不及下來，站在桃樹上就向同樣擠不進人群的家人報告。

姜宇不知什麼時候走到了桃樹下，用雙手抱下樹上的姜娉娉。

「大哥，你考中舉人啦！」姜娉娉興奮道。她見姜宇的神情淡然，眼睛裡泛著喜悅。

王氏走上前來，問：「妳看清楚沒？是妳大哥的名字嗎？」

姜娉娉肯定道：「我看得真真的，一點也不會錯，還有書瑞哥的名字。」書瑞姓侯，就是侯夫人的兒子，也是姜宇在書院的好友，就是侯淑靜的兄長。

就在一家人興奮之際，一個官兵前來報喜，高聲宣道：「涼山村姜植之子姜宇在八月鄉試中舉！」

接連宣報了好幾聲，姜植連忙拿來一個準備好的荷包遞了過去。「大人們歇歇腳，進來喝些茶！」

那官兵掂了掂荷包，笑容更加真摯。「不了，還要去別家報喜。」

待官兵們走後，眾人沸騰了，姜家的姜宇真的考中了舉人！

「涼山村要出官老爺了！」

當下眾人都圍了過來，說要看看舉人老爺，又說著得好好慶祝一番，就連里正都跑來了姜家，和姜植商量著如何慶祝。畢竟這是涼山村頭一份，中了舉人，等於是一隻腳邁進了官場裡了，如果來年春天考不上進士，也一樣可以做官。

現在的涼山村已經不是之前的涼山村了，風貌大有變化，家家戶戶都蓋了青磚瓦房，戲臺、集市等常年聚集在這裡，村民們熱火朝天的商量著怎樣慶祝。

最後姜植決定大擺宴席三天，任何人都能參加，東西帶多少都無所謂，姜家不在意這些，擺宴席只是圖個熱鬧。

涼山村已經許久沒有這樣熱鬧了，擺宴席的時候十里八村都有人來，認識的、不認識的都來慶賀。

侯夫人一家人早在第一天就來了，還帶了筆墨紙硯和書籍聊表心意。

顧月初和顧瑞陽也來慶祝，一同來的還有顧大人，他對涼山村印象深刻，如今看到涼山村發展得這麼好，都要趕上隔壁縣城的繁榮了。

又過了幾日，姜宇受邀去了晉城，同窗中舉的學子都被邀請了。

姜宇赴宴的時候，王氏給他準備了一些銀錢和禮物，家裡如今生意紅火，不愁銀錢。這場宴會是他們夫子舉辦的，在場的還有晉城的官員，席中傳杯換盞，好不熱鬧。

待熱鬧勁過去之後，姜宇又投入到課業當中，他知道自己的程度，如今中舉恐怕已經快到頭了。不過來年春天的會試，他還是要試一試的。

轉眼間到了十月，姜凌路的生辰。姜娉娉一早就拿出之前買的寶珠算盤，交到他手上。

姜凌路果然很喜歡，簡直是愛不釋手，他一直想擁有一個自己的算盤，總覺得有了算盤才像是讀書人有了筆墨紙硯一樣，姜娉娉這禮物簡直是送到了他心坎裡。

到了冬日，閒著無事，姜娉娉拿起家裡的帳本看了看。

王氏自從開了食肆以來，也識得了一些字，全都是為了做生意。可她這帳本，姜娉娉實在是看不明白，寫得亂七八糟。

姜娉娉看不下去，主動攬下了活。「娘，我來幫妳記。」

王氏樂得輕鬆，她沒有記帳的習慣，只知道家裡掙錢了，手裡的存款多了，至於怎麼掙，掙了多少，她也說不出來一二三，就是愛數錢。

包括姜植的木工生意，姜娉娉也將帳本拿了過來，發現姜植的帳本比王氏的實在是好了太多。最起碼支出和收入一筆筆還是記得清楚的，不過他也只記錄了大筆的項目，一些零碎的小錢一樣沒記，包括從這裡支出去的家用。

姜娉娉花費了好幾天，從頭到尾跟在爹娘身後將家裡的木工生意和食肆生意走了一遍，又翻閱書籍，參考旁人是如何記帳的，最後依自己的想法，確定了記帳方法。

姜娉娉先把之前一個月的木工生意和食肆生意按照方法記錄下來，得到的結果有些讓人震驚。

「娘，妳猜猜咱家的食肆和木工房哪一個掙的錢多？」晚上的時候，姜娉娉湊到王氏身邊，花了好幾天，她終於將帳本搞清楚了。

王氏想了一下。「這還用說，當然是食肆了！食肆一天有將近二十兩銀子的收入。」

姜娉娉搖搖頭，見王氏不相信，解釋道：「是爹的木工房掙得多，娘，妳先聽我說為什麼。」

見王氏神色有些著急，姜娉娉接著說：「上個月，食肆一共掙了四百三十兩，減去買的鴨崽、做糕點的用料、各種材料費，一共掙了一百八十兩銀子。」

她剛說完，王氏就接道：「成本這麼貴？」

姜娉娉點點頭，確實有這麼多，王氏做糕點，還有枝兒娘做臭豆腐選的材料品質好，一點也不用不良品。烤鴨雖然掙了一些，可當初買下池塘花了不少錢，她還沒有將這算進去呢。

王氏想了想。「那木工房掙的可沒有食肆多，這個我知道。」

「爹的木工生意確實是沒有食肆裡掙得多，上個月掙了三百七十兩銀子。」姜娉娉說道。

王氏納悶了。「那為什麼妳剛剛說木工房賺得多？別是妳算錯了。」

姜娉娉回道：「不會算錯，木工房的收入雖比食肆少了些，但支出卻比食肆少。」只因木工更看重的是手藝，最主要的是人力工資，木料這些花費不多，有些還是買家準備的木料。

「那木工房賺了多少銀子？」王氏問道。

姜娉娉將帳本拿了出來，指著一處說道：「上個月木工房淨賺了二百六十兩銀子，還有些尾款沒有結清，下個月可能會更多。」

王氏將這帳本看了一遍又一遍，不得不承認，比她之前記的帳清晰太多，這下一眼就可以看出每天的收入是多少，支出有哪些，還有每天的結餘，最後還有一個月的結餘紀錄。

看著最後彙整的數字，王氏奇道：「一個月哪有四百三十兩銀子？我記得真真的，沒有這麼多！到手裡沒有這麼多錢。」

姜娉娉小聲嘀咕著。「當然沒有這麼多了，這是兩個鋪子掙的錢，和家裡的支出是分開的，妳看看上個月妳買衣服、首飾花了快五十兩，吃喝花了十幾兩，只要去晉城妳最少會花十兩，上個月去了七、八趟……」

她還沒說完，就被王氏打斷了。

簡單來說這些都是在鋪子裡掙了錢，又從家裡支出去的。要是姜娉娉今日沒有列出來，王氏還不知道錢都花在哪裡，她正奇怪為什麼家裡每個月沒有見著這麼多錢呢。

最後，這個記帳法被採用了，姜娉娉還提出一點，就是每間鋪子在最開始的時候能從家裡預支備用金，只需要度過初期收入少、支出超出的情況就可以了，然後每個月鋪子裡掙的錢，再還到家裡。同理，家裡的帳本也可以這樣記帳，鋪子的部分算作收入，衣食住行算作支出，這樣所有的帳就清晰明瞭了。

姜娉娉這一舉措得到了全家人的支持，最後決定就由她來掌管帳本。

這期間，姜凌路同樣也學到了很多生意經，就連姜薇看見這帳本也感嘆著要將家裡的鋪子也改用這樣的記帳法。

其實姜娉娉還有一個打算，就是改了記帳法之後，爹娘就可以慢慢地放開手了，不必事事都親力親為將身體累得不行。

以後家裡的生意越做越大，說不定要開到晉城，開到京城去，總不能鋪子開到哪兒，人就要住到哪兒去吧？事事親力親為太過勞累，本來賺錢就是為了好好的享受生活，現在忙成這樣，一點也沒有輕鬆的時候，怎麼享受生活？

所以姜娉娉覺得還是先讓爹娘慢慢閒下來，慢慢放開手，從生產者變為管理者，就要先適應管理者的身分，也就是老闆的身分。

第四十一章

天氣越來越冷，改變記帳法之後，姜植和王氏漸漸地沒有之前忙了，姜娉娉就將帳本管理工作交給他們了。

姜娉娉是越來越不想出屋子了，外面寒風瑟瑟，屋內溫暖如春。

這時姜薇的肚子也鼓了起來，王氏和陸娘子算好了日子，大約會在春天的時候生產，那時候不冷不熱，也不遭罪。恰巧姜宇的會試就是在明年的春天，這次考試要去京城，不過兩件事的時間應該是湊不到一塊兒的。

姜植和王氏又招了人，這次沒有去晉城的牙行，而是在涼山村裡找的，招的是長工。原先兩人不放心，後來還是姜凌路說，現在村裡到處都有做生意賣吃食的，自家的生意也沒受到影響，這是因為姜家食肆的形象已經建立了。

還有姜植的木工生意，也招了學徒，同樣的道理，客人上門是看中姜植的手藝和名聲，至於別人學會了之後模仿，因為沒有姜植的名聲，不會影響的。

最後姜凌路又說，要是以後生意越做越大，不太可能一直還都是咱們自己人去做，所以現在就要放開手，安排人去做，咱們只需要抓住核心的部分就好了。

姜娉娉在旁邊聽著，發現姜凌路的想法已經有現代公司集團模式的影子了，而姜家就相當於總公司，以後可能會開分公司，也會有連鎖店、加盟店。不知道姜植和王氏有沒有想到這麼遠，可現實就是這樣，找自己人也已經忙不過來，只能找長工來幹。

這個冬天最讓王氏擔憂的不是家裡的生意，更多的是擔心姜薇和姜宇。

姜薇有陸娘子和陸長歌照看著，她倒還能放下心；但姜宇的親事還沒有著落，雖說是等到明年春天會試結束之後再決定也不遲，可眼看著姜宇就快二十了，王氏心裡還是有些著急。

不過急也沒有用，一切只能等到姜宇會試考完再說。

今年這個年過得是慌慌張張、熱熱鬧鬧。

新年過後，姜家就開始準備姜宇進京趕考的東西了，從一開始姜植和王氏就有了分歧，兩個人既不放心待產的姜薇，又不放心進京考試的姜宇。最後沒辦法，只得兩人分開，王氏留在家和陸娘子一起照看姜薇，姜植陪姜宇進京趕考。

原本在帳本管理沒有完善之前，他們還不放心家裡的生意，現在生意各方面都一清二楚，有序進行，不需要擔心。

過完年姜宇就找姜植談了一次話，是關於這次會試。

姜宇看著姜植。「爹，我知道自己的程度，也清楚會試的考試會如何。」

剩下的話姜宇像是有些不知道怎麼說，他是長子，知道不該在家人都在為他進京趕考做準備的時候說這種喪氣話。

可是再穩重的人也有脆弱的時候，他只是想把心裡的想法告訴爹。「通過鄉試恐怕已經是我能達到的最高點了，會試我會去考，不過無論結果如何，我都希望你們能接受。」

姜宇這一路走得太順了，導致他現在其實壓力很大，不過他又清楚的知道自己的實力在哪裡，科舉考試從來都不是他的目標，他的目標一直都很清楚，就是將自己的學識發揮出來做實事，他就是怕家人太失望。

姜植拍拍他的肩膀。「我知道，我和你娘一直都是支持你的。」

身為孩子的父親，姜植怎麼會不知道姜宇的想法？姜植想得很簡單，孩子都有各自的路要走，他們只有在孩子需要幫助、需要助力的時候推孩子一把就可以了，剩下的路還是要靠孩子們自己去走。

這次談話之後，姜宇明顯輕鬆許多，也就更能投入到學業當中。

離出發只剩幾天的時候，姜娉娉一直湊在爹娘身邊，她早在最開始的時候就鬧著想跟著一塊兒去京城，她去過最遠的地方是晉城，想想還是有些遺憾。

現在有這個機會，她想跟著一塊兒去。她都想好了，他們現在去，距離會試還有兩個月的時間，離姜薇生產差不多有一個多月的時間。他們出發去京城，走大路大約需要十日，等他們將姜宇送到京城安頓好之後，他們就返程，一來一回大約半個多月的時間，正好什麼都不耽誤。

姜凌路也想要一起去，和姜娉娉兩個人好不容易磨得王氏同意，卻卡在了姜植這裡。

不過姜娉娉不擔心姜植反對，幾番說服後，姜植同意讓他們兩個一同去。等收拾好東西，到了和姜宇同窗約定的時間，姜植帶著三個孩子出發，一直跟著姜宇的趙虎也一同去往京城。

和姜宇同窗在晉城會合的時候，他們遇上來送別的侯夫人一家。

侯淑靜依依不捨的看著侯書瑞，又拿餘光偷偷瞧著姜宇，侯書瑞見妹妹這個樣子，哭笑不得。

看姜娉娉他們穿得如此樸素，侯淑靜有些奇怪，嘴快道：「怎麼穿成這樣？」在她印象裡姜娉娉最是喜歡穿得漂漂亮亮，而姜凌路也是喜歡穿得珠光寶氣。

知曉她沒惡意，姜娉娉解釋道：「出門在外，還是注意點好。」

因是初春，她還穿著舊襖子，顯得有些笨重，又有些土氣，與她以往的形象非常不符，可這些形象問題與路上的安全相比完全不值一提。就連銀錢她都是貼身放著，他們家每個人都隨身帶了一份，就是抱著雞蛋不能放在同一個籃子裡的理念。

侯夫人一聽趕緊拿出舊褂子讓侯書瑞套上，確實如此。

等人齊了，姜娉娉一行人就出發了。他們從晉城出發，侯書瑞和姜宇的另一個同窗坐在姜娉娉他們這輛車上，其餘的人坐在另外兩輛車上。

姜娉娉和姜凌路坐在驢車裡看著外面的風景，他們去過最遠的地方就是晉城，如今越往北邊走，能感覺到繁華。

晉城和京城相鄰，因走了大路，較為平坦，一路上碰到的人很多，有進京趕考的學子，有來往的商隊，也有騎著高頭大馬的人。

中午的時候路過一個茶棚，姜植和另外兩個中年男子提議歇歇腳，順便詢問晚上可在哪裡住店。

茶棚是一對老夫妻開的，在這裡做了幾十年的生意，見過形形色色的人，一見他們就知是進京趕考的學子。

給他們指了路說再往前趕一段路有個縣城，那裡有客棧，只不過距離這裡比較遠，要是想在天黑之前趕到，恐怕要趕快些才行。

姜植從行李箱裡拿出從家裡帶的餅子和烤鴨，先讓姜娉娉幾個人吃著墊墊肚子。

桌上還有一壺熱茶，餅子和烤鴨還有些溫熱，姜娉娉喝了口熱茶暖暖身子，然後隨意的打量著附近。

來茶棚裡歇腳的人不少，旁邊就有一個商隊，車廂上豎有寫著「陳」字的旗幟，聽他們說話的內容，像是幫主家從南方運送貨物。

姜娉娉來了興趣，聽他們說著一路上遇到的趣聞，又說南方風景如畫，她有機會一定要去南方玩玩看看。她轉頭一瞧，見姜凌路也聽得認真。「是不是也想去玩？」

姜凌路搖搖頭又點點頭。「我在想南方的貨物和咱們這兒的有什麼不一樣。」

姜娉娉將自己理解的結合書上看到的，解釋道：「這可多了，首先南方的吃食就和咱們這兒不一樣，還有水果，更重要的是南方盛產絲綢，還有一些名貴的草藥、香料，這些都是從南方運過來的。」

想了想她又說道：「不過至於都有什麼，還是到那兒之後才會知道。」

姜凌路點點頭，將餅子和烤鴨吃完了。

待稍稍休息之後，姜娉娉他們就繼續趕路。路上趕得比較著急，他們希望在天黑之前趕到那個縣城，要不然他們晚上就要露宿荒郊野嶺了。好在一路上都是大路，走得還算順暢。

姜植他們的車雖是驢車，可經過之前車廂改裝和車輪胎的優化，用他們這一輛車的行進速度在天黑之前趕到縣城完全不成問題；誰知行至一半時，後面另一輛馬車，車廂底部出了點問題。

這裡只有姜植一個人會修理，只能先修理好才能上路，姜娉娉他們這輛車上的人也都下來幫忙。

反而是車廂出問題的那群人，站著不動，他們都是公子哥兒，出門在外都有隨從，哪有自己親自動手的道理。雖說一起出發上路，可他們見姜娉娉一家衣著樸素，頗有些不屑，覺得姜植本應該下來修車。

姜娉娉瞧見他們的神情，有些氣憤。「爹，我們不修了，咱們走！」

這是什麼人？幫助他們竟成了理所當然的！

姜植手上的動作不停。「出門在外，相互有個照應也好，再說都是妳大哥的同窗。」

姜娉娉一下子明白了她爹沒說完的話，這些都是大哥的同窗，無論以後考中與否，交一個朋友總比樹立一個敵人好得多。可想是這樣想，心裡還是不舒服，她只能眼不見為淨，低頭幫著修車。

其實姜植還有一句話沒說，這些公子哥兒出門在外都帶有隨從，特別是中間有兩個練家子，即使途中遇到歹人，也不用擔憂，要是他們自己這一輛車獨行，恐怕路上出了什麼事也沒人知道。

好在車廂的問題不大，姜植很快就修好了，他們又接著趕路。

不過正是因為耽誤了這一段時間，天色暗下來的時候他們還行駛在樹林裡。

姜娉娉看著越來越黑的天，有些擔憂，該不會今晚要露宿在這荒郊野嶺了吧？也不知會不會碰到什麼歹人、野獸之類的。

正當他們內心有些慌張的時候，有一人看見遠處有光亮的地方。這光亮距離官道有些遠，後面那輛車已經趕往那地方。

姜植他們只能跟上，到了之後發現原來是間客棧。

其中一個學子就說：「還好我看到了，要不然咱們今晚就要露宿在外面了。」

旁人紛紛稱是。

此時天已經全部黑了下來，姜娉娉四處打量著這裡唯一的客棧，見客棧的掌櫃是一個中年男子，旁邊一個胖婦人應該是他夫人，除了他們還有兩個店小二。

那胖婦人迎了上來。「你們是進京趕考的吧？在你們前面也來了一撥人，剩的房間不多，你們擠擠應該夠住。這天太冷了，小二上茶！」

胖婦人笑得一團和氣，看得人也感染了她的笑意，放鬆下來了。

姜植帶著姜娉娉他們跟在那些公子哥兒後面，很難讓人注意到。

大家趕了一天的路，此時終於能吃口熱飯了，胖婦人做飯的時候，那些公子哥兒們讓隨從過去盯著。

姜植他們沒有要飯菜，只點了壺熱茶，胖婦人見狀，說：「天可憐見的，這飯菜算是我送你們的。」

姜植搖搖頭說從家裡帶了乾糧。侯書瑞和另一個姜字的同窗見此也跟著姜植沒有要飯菜，雖說只相處了一日，他們現在已經完全跟著姜植行動了，明明沒有發生什麼事情，可姜植身上就是有一種讓人想跟隨的氣場。

有一個公子哥兒見此說道：「今日你幫了我們，飯菜你們隨便吃，我們請客。」

姜植搖搖頭，說不用客氣。

姜娉娉知道姜植這是謹慎，畢竟出門在外，還是小心一點的好，電視上不是經常有那種黑店打劫的？

待都吃過了飯，姜娉娉一家人住一個大房間，暫時擠一擠。

臨睡前，姜娉娉還保持著警戒，想著該不會真的碰到電視劇裡面的情節吧？又想著，這是現實不是電視劇，哪有這麼巧的事。

就在這兩種想法中，她靠著姜植陷入沈睡。中間醒了一次，周圍除了姜凌路的呼嚕聲，靜悄悄的，月光透過窗戶，灑在地上。她昏昏沈沈的縮縮腦袋又睡了過去。

不知睡了多久，姜娉娉被晃醒，睜開眼，是姜植叫醒了她。

她安了下心，隨即就聽見外面嘈雜的聲音，像是出了什麼事。

門外傳來一道聲音。「這間房看了嗎？」

接著是一道女聲。「不必了，飯菜都不要的人，你指望能有什麼錢？趕快搜一搜撤退！」

這下瞌睡蟲一下子就被趕跑了，姜娉娉抬頭看著姜植。

姜植看著外面火影幢幢。「你們待在房間裡，我出去看看。」

姜娉娉拉著姜植的衣袖，不放心，但是她又清楚的知道姜植的為人，他不會見死不救。與其說是英雄主義，不如說是有些迂腐，就算之前那些公子哥兒的態度不好，他還是會選擇出手相救。

可同時她又深深的敬佩姜植，這樣的姜植是個有血有肉的人，他有自己的一套處事風格，也有自己堅持的東西。

姜娉娉放開了手，姜宇和姜凌路將她護在中間。

等了一會兒，姜娉娉不放心，不清楚店家會不會帶有刀劍之類的武器，她打開窗戶，看見後面是店家的馬匹和糧草。

她拿著火摺子，用力一扔，正好掉在糧草堆裡，天氣乾燥，火很快就燃燒起來。

姜凌路瞬間領會到她的意思，打開房門喊道：「著火啦！著火啦！後面的馬匹要燒著啦！」

這個時候姜娉娉才看到外面的情形，穿著黑衣的有七、八個人，那些公子哥兒的隨從卻只有五、六個人，加上姜植，才勉強和黑衣人打個平手。

姜娉娉看見那胖婦人，晚上還笑得一團和氣的臉上，變得陰狠毒辣。「我們撤！」

他們對這客棧熟悉，瞬間就騎上後院的馬匹，四散逃去。

那些公子哥兒這個時候從房間裡出來了，見此情形，喊道：「不能讓他們跑！快追，我的銀子都被搶走了！」

那些隨從此刻見人跑了像是來了勇氣，拿起地上的武器就要去追。

姜植一聲厲喝。「站住！」

眾人被姜植的氣勢一震，停下了腳步。

那些公子哥兒還有些不服氣，小聲叨叨。「咱們人多怕什麼？我們的銀錢、衣服都被搶了。」

姜植盯著那說話的人，淡淡道：「現在去追，無疑是羊入虎口，且不說咱們不知道他們去了何地，就算是追上了，你能保證他們沒有同夥？咱們現在走，或許還能保住一條命，要是等人回來了，只怕連命都要留在這兒！」

他注意到剛剛那婦人離去的時候，悄悄放了信號。

眾人此時鴉雀無聲，紛紛看向姜植，詢問著怎麼辦。

為了避免歹人的同夥趕到，姜植當下決定啟程出發。「趁著還有時間，我們立刻出發！」

有些公子哥兒本來還在清點少了什麼東西，此刻也不找了，趕忙叫隨從駕車跟著姜植。好在他們駕來的車只丟了一輛，剩下的人擠一擠，先離開這地方再說。

離開之前，姜娉娉和姜凌路、姜宇他們一把火將這客棧燒了，免得以後再有人上當受騙。

此刻月亮被黑雲擋住，伸手不見五指。

姜植駕著車走在前面，一馬當先。眾人跟在他的車後面慢慢放下了心，姜植彷彿隊伍裡的領頭羊，眾人都一致的信任並且選擇跟隨他。

所幸他們行駛了大約一個時辰後，天就亮了，他們也趕到了茶棚老闆說的那個縣城。

第四十二章

縣城裡人來人往，熙熙攘攘。

僅僅一夜，一同趕考的晉城公子哥兒們就如同霜打的茄子一般，有些還算穩重，隨著姜植找到一間客棧，各自都回房間整理了一番。

姜娉娉清點從家裡帶的東西，重要物品都沒少，就是她的行李箱在慌亂中丟失了。裡面都是她漂亮的衣服，雖說銀錢沒有丟失，可她還是很心痛，那都是大姊做的漂亮衣裳啊！

休息到中午，吃飯的時候，姜娉娉他們房間的房門被敲響了。

姜娉娉打開門，為首的是之前態度最不好的那公子哥兒，此刻他臉色紅紅，看著腳下的地面。

後面跟著其他公子哥兒，期期艾艾的開口。「昨晚多謝姜叔，之前我們多有得罪，還請您不要放在心上，等我們回到晉城，肯定會好好答謝你們。」

這些人從小就是家裡嬌生慣養長大的，經歷昨夜的事情是真嚇怕了，但是他們有著年輕人的朝氣與勇氣，敢於承認錯誤，也敬佩像姜植一樣有擔當的人。

姜植搖搖頭，他幫助他們並不是為了回報，而是遵從自己內心的想法。他只問他們的盤纏如何。

他們擺擺手，雖然昨夜盤纏被搶了大半，可他們家中殷實，只到京城就好了，到時候去錢莊取些銀子就可以了，只不過這路上就要縮衣節食了。

他們態度來了個一百八十度的大轉變，姜娉娉還有些不適應，見他們看著姜植就像是見到了偶像，頗有點中二少年味道，不由得覺得有些好笑。

第二天一大早，他們繼續上路，離開縣城之前，姜植還去官府報了官，雖說知道希望渺茫，總要試一試。

路上，姜娉娉見識到各地的風俗民情，也見到了帶有異域風格的人。而那些公子哥兒們，在之後的一路上，吟詩作對，高談闊論，倒也別有一番風味。

好在後面的路程順順利利，在第十二日的中午，終於趕到了京城的城門外。

姜娉娉站在城門外向上看，只覺城牆果然氣勢輝煌，壯闊磅礴。這座城牆象徵著一個國家國力的表現，見許多人的臉上帶著輕鬆，沒有憂愁，國泰民安，正是如此。

姜娉娉他們一行人在城門口排隊等著官兵檢查路引，前後左右也有不少像姜宇他們一樣進京趕考的學子。

進了城門之後，不得不感嘆京城的繁華。晉城作為相鄰的省城，已經是足夠富裕繁華的了，到了京城這寸土寸金的地方，姜娉娉只覺得比自己想像中的京城更加引人入勝。

寬闊的大道兩旁是鋪面，行至中間，路上熙熙攘攘，姜植下車牽著驢車通行。他們先到貢院附近，找了間客棧安頓下來。

此時，姜娉娉才深刻的體會到什麼是寸土寸金，一間房間居然要八百文錢，當然這存在近期漲價的因素，可這也太貴了。

現在距離會試還有一個半月的時間，而會試是考三場，每場考三日，中間休息一日。這些日子加起來，等會試考完就要兩個月的時間。

一同來的學子們，見此情形想幫姜宇把房間訂了，因為看姜植一家衣著樸素，想著怕是帶的銀錢不夠。可姜植說不用，他家不缺銀兩，索性直接訂了兩個月，因為時間較長，掌櫃還優惠了些，要了四十五兩銀子。

姜娉娉有些感嘆，還好家裡賺錢了，這四十五兩銀子要是放在以前可能就是四、五年的收入，現在卻可以住在這樣的地方而且不用虧待自己。

姜植又訂了一間房，訂了五、六天的時間，想等到姜宇安頓下來了，他們再回去。

吃過飯休息之後，姜娉娉和姜凌路閒不住，想要去街上逛逛，想要去領略這京城的繁華，姜植攔不住，便隨他們去了。

姜娉娉先去成衣鋪子，買了兩身衣服，她喜歡一切好看的東西，更喜歡讓自己漂漂亮亮的，在京城裡安全，自然不用維持土氣的模樣。不過看著這鋪子裡的衣裳，好看是好看，可做工卻沒有姜薇的手藝好，還賣得這麼貴。

買完衣服，就去了點心鋪子，這裡的點心倒是很好吃，都是一些老字號店家。他們又去了茶館，裡面有說書的，一聽就入了神，一個下午很快就過去了。

戀戀不捨的從外面回客棧之後，姜娉娉和姜凌路還說明日要再去逛逛城西的鋪子。

一連逛了兩天，姜娉娉只顧著吃喝玩樂，姜植給的銀錢花得差不多了，她自己攢的還沒有動。

到了第三日姜娉娉就不想出去了，看完了京城裡琳琅滿目的物品，她竟然有些懷念涼山村。說起來她還沒有出過這麼久的遠門，不知道娘會不會想她，也不知道大姊是不是快要生了。

姜凌路倒是一天不落的連逛了幾天，到最後一天，姜娉娉又滿血復活，跟著姜凌路去了街上，想要買一些京城的東西帶回涼山村。

她逛了一天，買了好些東西，和姜凌路兩個人都要抱不動了。

姜凌路忍不住吐槽。「妹妹，妳就和娘一樣，總是買買買。」

姜娉娉正要反駁，聽到後面傳來一聲。「娉娉。」

轉身的時候她還在想，這聲音有點耳熟，但她在京城沒有認識的人啊。緊接著一股薄荷橘子味襲來，姜娉娉吸了吸鼻子，抬頭就看見顧月初那一雙光彩奪目的眼睛。

他怎麼會在這兒？

顧月初像是看出她的疑問，解釋了他外祖家在京城，這趟來看望外祖父、外祖母。

姜娉娉點點頭。

顧月初說著話，自然而然的伸手接過她抱著的東西。「妳大哥來京城考試？」他身後的小廝上前想要接過東西，被他一個眼神制止了。
姜娉娉沒看到，回道：「對，我們明日就要回去了。」
顧月初道：「正好，明日我也要回去，咱們一起，可以走水路。」
他身後的小廝愣了。明日要回晉城？公子之前可沒說過。
「水路？」旁邊姜凌路來了興趣。
顧月初一路上說著水路的幽默見聞，中間不時穿插著姜娉娉和姜凌路的問話。
三人說著話，慢慢走回了客棧。
顧月初將他們送到地方，碰到姜植，向他見禮問好。和他們約定好回程的時間地點，顧月初便離開了。
路上，他的小廝問道：「公子，咱們明日真要回去晉城嗎？來京城沒有幾日，老夫人定是捨不得您。」勸歸勸，不過他也知曉公子決定的事情，不會輕易改變。
顧月初點點頭，他回去要好好和外祖母說說才行。
隔天，姜娉娉一早就起床了，今日就要回去了，她敲開姜宇的房門，將昨日買的東西送給他，是一個筆架，很可愛的模樣，莫名的她就感覺這個萌萌的筆架和大哥很搭。
姜宇收下後揉揉她的頭。
姜娉娉叫道：「別弄亂了，我好不容易紮好的，爹還有二哥都不會給我盤頭髮。」
姜宇聽見這話，忍著笑又輕輕揉了揉她的頭髮。

姜植來到姜宇屋裡，給姜宇又留了些銀子，安排好一切之後，他們就出發了。

與顧月初見面之後，他們一起上了船。這艘船很大，除了中間的客艙，船尾擺放了行李和其他東西，船頭則有空位可以駐足觀看路過的風景。

姜娉娉興奮勁一過去就有點不舒服，有點暈船的感覺。

這時候，一陣橘子味傳來，她轉頭一看。

顧月初剝了兩瓣橘子，遞給她。「此物可以清新口氣，防止暈船。」

姜娉娉謝過，吃完之後才想起來，這個地方的橘子很貴吧？

船晃晃悠悠的走著，她坐在甲板的椅子上，迷迷糊糊的有些睏了，朦朧間感覺到顧月初將手放到她頭髮上，等她睡醒，發覺已經到了黃昏。

「你幫我紮了頭髮？」姜娉娉摸著頭上的髮辮。

顧月初望著遠方點點頭。

姜娉娉順著他看的方向看去，一輪火紅的夕陽，映在波光粼粼的水面上，相映成輝。

夕陽圓圓的像燒餅，也像蛋塔，也像餡餅。

正當姜娉娉嗅著薄荷橘子味，想著夕陽還像什麼的時候，到了開飯的時間。

回程走了水路，只花費了大約五、六天的時間，很快就到了晉城。

與顧月初分別之後，姜娉娉他們就迫不及待的趕回涼山村。剛到家，她喊了一圈，都沒找著王氏，最後還是趙叔從小池塘回來，說王氏她們都在陸家。

於是他們還來不及休息，就趕緊跑去了陸家。

剛到門口，就聽見姜薇撕心裂肺的喊叫聲，姜娉娉他們連忙進去，王氏和陸娘子她們在屋裡幫忙，而陸長歌站在外面等待。

好在這時又傳來一聲嬰孩的啼哭聲，接生婆大喊：「生了生了，是個千金！」

站在外面的陸長歌再也等不了，跑進了屋裡，王氏她們攔都攔不住。

陸長歌一進門就看見姜薇躺在床上，兩頰被汗水浸濕，閉著眼睛。他輕輕地喊了一聲「薇兒」，姜薇沒有應聲，她太累了。

旁邊陸娘子說道：「讓薇兒好好歇會兒，別吵她。你來看看你閨女。」

陸長歌看了一眼陸娘子手裡的嬰兒，又將目光轉向姜薇，還是輕輕的喊了一聲「薇兒」。

他一連喊了幾聲，姜薇被他吵得心煩，閉著眼睛說了句「別說話」，一睜開眼就看見陸長歌眼睛裡未散去的恐慌，姜薇輕抬了一下手，立刻被陸長歌牽著放在他臉上。

「我沒事，放心。」姜薇說完又睡了過去，她耗費了太多的體力。

陸長歌就在旁邊守著她。

收拾了一番之後，陸娘子拿出早就準備好的喜錢，將接生婆送出了門。

王氏看見陸娘子臉上喜悅的表情，放下心來，不由得想起了自己剛生下姜薇那時姜老太太的表情。她沒有思考太長時間，趕緊又進了廚房，見枝兒娘在燒著熱水，又連忙收拾燉了一隻老母雞。

這老母雞養得很好，不用加什麼稀罕材料，就已經燉得香氣撲鼻。

姜娉娉見陸娘子笑得看不見眼睛，她看看小外甥女，皮膚紅紅皺皺的，等過幾日長開了，到時候肯定白裡透紅，皮膚嬌嫩得就像剝了殼的雞蛋。同時她也感覺很神奇，她就這樣有了個小外甥女了。

待他們回到姜家，天已經擦黑了，這個時候王氏才閒下來問他們去京城的事。

姜植大概地說了，沒提去的時候遇到歹人的事。

王氏聽了一遍又一遍，心裡還是掛念著遠在京城的姜宇。

姜植安慰道：「還有不到兩個月就回來了，現在妳捨不得，等到以後他成了親，任職的地方在外地可要如何？」

「那個時候有那個時候的擔心。」王氏雖是這樣說著，可心裡也清楚孩子已經長大成人，該獨立成家，往後在家裡的日子只怕越來越少，不過現下還沒有成家，她自然還當姜宇是個孩子。

這段時間，姜娉娉沒事就往陸家跑。外甥女叫落落，她很喜歡小外甥女，聽話得很，吃飽了不哭也不鬧，整天睜著眼睛看看這個、看看那個。

落落的眼睛長得像姜薇，鼻子和嘴巴倒是與陸長歌有些像，能看出長大了一定很好看，姜娉娉最是喜歡長得好看的人了。

待姜宇考完試回來，已經是四月了，算著日子，王氏提前幾日就讓姜植去晉城等著接人。將人接回來之後，王氏拉著姜宇看了一圈。

「瘦了，在那裡吃不好、睡不好的，娘燉了老母雞湯，好好的給你補補。」說著王氏去廚房端來燉了一個多時辰的雞湯。

姜娉娉偷偷笑著，這分明是王氏上午的時候給大姊燉的，大姊沒喝完還剩下一鍋。正說著話，姜薇抱著孩子過來了。她月子裡養得好，如今氣色很好。姜宇被家人圍在中間，喝著雞湯，渾身暖洋洋的。

過了幾日，王氏找來媒人說要去晉城侯家商量兩個孩子的親事，姜宇也一同去了。見到了侯淑靜，王氏是越看越喜歡，她拉著侯夫人說話，將空間留給兩個孩子。

姜宇從懷裡掏出一個雕刻的小人，放進侯淑靜手裡。

侯淑靜臉色紅紅，她將荷包塞到姜宇手裡。「這是我前段日子繡的，你不許嫌棄。」說完就逃跑似的跑回了房間。

將姜宇和侯淑靜的親事定下，王氏他們便回了涼山村。

又過了幾日，會試的結果出來了，消息傳到了晉城，侯書瑞特地到涼山村通知姜宇。

姜宇的名次排在中間，侯書瑞則是在末名，兩人都沒有進入下一場考試，所幸也算是舉人出身，能夠爭取功名了。

下一步就是參加吏部的大選，但要等到有空缺的時候才有機會，姜宇有時候會受邀去晉城和從前的同窗交流，不過這都得看機遇。

姜宇和侯淑靜的親事被提上日程，因為兩家之前就有意思，所以決定就在這兩個月，乾脆將親事辦了。

這是經過侯家同意的，只因為侯夫人也著急，要是任職的旨意一下來，到時候親事可能就要往後推，還不如早早的辦喜事，反正她早在幾年前就已經相中姜宇這個女婿和姜家這個親家了。

等姜宇和侯淑靜的喜事辦完不到三個月，姜宇的任職聘書下來了。

說起來也是機緣巧合，一開始的時候，姜宇就已將自己的名字報上去了，也打點了銀子，可是一直沒有消息，最後是之前一同去京城趕考的學子們幫了忙。

那些學子有的父親是有官職的，聽說了去京城路上的事，又知道姜宇這個人成熟穩重，學問斐然，是個可造之材，便將他的名字舉薦上去。有了官員的舉薦打點，姜宇的任職聘書很快就下來了。

職位是在晉城與京城之間的一個縣的縣丞，這個官職超出了姜家的預期，本來舉人想要當官，是很少有機會的，有時候靠銀子打點也是白費力氣。

如今王氏放下了一樁心事，兒子娶了媳婦，官職也有了。

一家人聚在一起，王氏拍了拍侯淑靜的手，朝著姜宇道：「你們夫妻二人一同前去，出門在外要相互扶持，要是讓我知道你欺負我兒媳婦，回來可饒不了你！」

說完王氏回屋去拿了一些銀錢遞給侯淑靜。「出門在外，沒有銀子可不行，家裡做著生意，賺了些銀子，這些你們帶著。」

侯淑靜抬頭望向姜宇，見他點點頭，才接了過來。然後她抱著王氏的手臂。「娘，我捨不得你們怎麼辦？」

姜娉娉見她這個樣子，笑了。「那大嫂留下來吧，正好妳喜歡吃蛋塔、烤鴨、臭豆腐，讓大哥一個人赴任吧。」

她故意逗侯淑靜這個大嫂，自從她嫁來家裡，她們倆總是湊在一塊兒玩，吃吃喝喝。

侯淑靜臉紅了一下，刮了刮姜娉娉的鼻子，湊到她耳邊悄悄的說：「那不行，我要和妳大哥一塊兒去。」

說完也不顧害羞，她自己先甜甜的笑了。

第四十三章

待姜宇夫妻二人赴任之後，家裡又開始忙起了生意。這些日子王氏和姜植商量著要在晉城盤下一間鋪子，只因如今的涼山村發展好，有了許多的吃食鋪子，也有許多的胭脂水粉鋪子和雜貨鋪子。

這些生意在涼山村已經飽和，而王氏自從做好完善的行政管理和記帳系統之後，又招了一些長工，有了閒暇，自然就想要拓展生意，在晉城再開一間鋪子。

姜娉娉和姜凌路鼎力支持，只因晉城是最靠近京城的城鎮，相當的繁華，選擇在晉城開鋪子是非常明智的選擇。

待全家商量好，姜植和王氏就去晉城選看鋪面，他們拿不准是租還是買，只能找相熟的牙行帶看。看了幾天鋪面，他們還是決定要買，雖說價格貴了一些，可現在家裡有銀子，將鋪面買下來後，無論以後是做吃食，還是將來讓姜凌路做買賣都可以。

姜植最後挑定了兩間，一間在繁華的街道上，旁邊都是些酒樓、茶館，還有一些胭脂水粉的鋪子，這間鋪面價格貴一些，僅僅是上下兩層的鋪子，買下來就要將近二千兩銀子。

另一間鋪面在隔了一條街的鬧市，這條街上的人很多，旁邊的鋪面都是賣些吃食，還有些客棧，這間鋪面價格較低，只需要九百兩銀子。

第二間鋪面還有一個特別讓姜植和王氏滿意的地方，就是這鋪面後面帶了一個小院子，院子後面連著巷子，要是買下之後，可以直接住在這裡，就是地段不如第一個鋪面好。

姜娉娉和姜凌路鬧著去察看了這兩個鋪面之後，都推薦第二個，他們也同意了。

定下鋪面，姜植和王氏就開始著手翻修鋪面了，他們先在後院建了麵包窯和烤鴨窯，打算趁著修整鋪面的時候先晾曬。這間鋪子是寬敞的兩間通間，加上姜娉娉和姜凌路提的意見，將這鋪面的格局改了改，這也是他們倆去街上好好的逛過之後，觀察其他店家做出的總結。

首先是將蛋塔、麵包之類的糕點放在其中一個鋪面，靠牆處放著階梯式的架子，在每層架子上擺放著糕點，中間同樣也有這樣的架子，這樣顧客一進門就可以分辨挑選。

另一間鋪面打算販賣烤鴨和臭豆腐這類小吃，外面設置食物展示櫃，有人來買，就在外面挑選，他們在裡面包裝、收錢，同時裡面的位置也可以當作小廚房，就在鋪子裡做吃食。

王氏從來沒有聽說過這樣的鋪子，將小廚房設在眾人的眼皮子底下。「要是別人學會了怎麼辦？」

「娘，妳也太小瞧妳和王嬸了吧，哪有這麼容易學會的？再說他們就算學會了皮毛，也學不會咱們的味道。之前就和妳說過了，咱們的品牌旁人是模仿不了的，妳想想外面的酒樓飯館這麼多，不也是有生意的好壞嗎？」姜娉娉不擔心這個，她比較擔心的是晉城的人吃慣了好東西，想必都有些嘴刁，都是不缺錢的主，要是做得不合口味恐怕還是不行。

聽完姜娉娉這一番解釋之後，王氏就放心的將鋪面的位置擺放都交給兄妹倆了。

王氏沒有一直待在晉城，她安排完之後，等姜植將麵包窯和烤鴨窯建好，就說他們在晉城待不慣，便回去了涼山村，留下姜娉娉和姜凌路兩個人每天搭乘公車來晉城，處理晉城鋪子的事情。

姜植和王氏其實也是有意的鍛鍊和培養他們，雖說兩個孩子的年紀都不大，性子又有些貪玩，將這麼重要的事情交給他們也有些不放心。不過，兩人從小鬼點子就多，再加上家裡的生意還忙著，姜植和王氏乾脆藉機當起了甩手掌櫃，將晉城鋪面整修事宜交給了姜娉娉他們負責，只給他們留下了枝兒爹，讓他幫忙兩個孩子撐腰、和人交涉。

按照計劃得那樣，姜娉娉先讓枝兒爹將糕點鋪子裡的架子打造出來。

枝兒爹做了這些年的木工活，做這些架子全然不成問題。

四面靠牆的做好之後，因轉角處不好組合，姜娉娉又和枝兒爹說了另一種圓弧形可以旋轉的架子。她將這些架子擺在角落裡，完美的解決了轉角的問題，在這些架子的頂部，姜娉娉沒有放糕點，而是用來擺放陶器。

想到這裡，她連忙回了涼山村，姜三叔那裡還留著之前的一個小窯，姜娉娉想著做一些動物形狀的陶器。比如斑馬線，比如大橋，還有一些可愛的陶器娃娃，胖墩墩的，放在那架子上，倒是與糕點相得益彰。

姜娉娉又讓姜三叔燒了一批顏色亮麗的盤子，用來盛放糕點。她瞅見姜三叔忙得腳不沾地，就說等些日子也不急，鋪子還要一段時間才開張。

本來姜三的陶器訂單已經很滿了，可聽了姜娉娉的要求之後，他二話不說就連忙做出來了。

姜娉娉要付錢的時候，姜三叔繃起了臉說：「說實在的，三叔這窯廠能做起來，大半的功勞都在妳，妳別跟三叔客氣，需要什麼儘管說。」現在窯廠的生意已經做起來了，晉城的訂單不斷，而他說出這番話，也是真心的。

姜娉娉見推辭不了，只能在晉城買了些小禮物送給了小堂妹。

待盤子的問題解決之後，姜娉娉又拉著姜薇來晉城逛逛，想要找一些有質感而且柔軟的布料墊在架子上，這樣既起到裝飾的作用，同時又能保持架子的整潔，而且讓人看著也舒適。

這邊糕點鋪子裝修得差不多時，姜凌路負責的烤鴨、臭豆腐的鋪子也完工了，他那邊有枝兒娘的幫忙，事半功倍。大致都整頓完之後，剩下的就是準備食材開始做商品了，這些事王氏逃不掉，被姜娉娉拉來了晉城。

先將麵包窯和烤鴨窯開爐，烤了第一批出來，因為還沒有開張，王氏先分送給了街坊鄰居們嚐嚐，畢竟以後要經常處在一起。

王氏性格爽朗，與人相處熱情友好，做好的吃食一送到街坊鄰居家，很快的就和他們打成一片。

選了一個大吉的日子，姜家在晉城的「姜家食肆」開張了。

天一亮，姜植就高高掛起「姜家食肆」的招牌，這字是姜宇前段日子回來的時候寫的，上面的竹子則是姜娉娉畫好、姜植刻上去的。

他們在門前放了一串鞭炮，吸引了趕早市的人。眾人一看招牌就知道是做吃食的，看著姜植、王氏的面容，有些人認出了是涼山村的姜家食肆，也想起涼山村的「涼山烤鴨」。

「終於將鋪子開來這裡了，早就應該來了，有時候就是想吃這一口烤鴨，還要找人跑到涼山村去買，要是冬天，回來都涼了，開在這兒，往後什麼時候都能吃到。」

旁邊有人見他說得誇張。「我怎麼不知道這烤鴨，有多好吃？」

那人說道：「孤陋寡聞了不是？姜家的烤鴨，不是我誇，是真的好吃，外脆裡嫩，香酥可口，換成別家的烤鴨，還真不是這個味道。」

周圍有人附和道：「是啊是啊，不只是烤鴨，他家的蛋塔還有其他的糕點也是一絕，每回我都是各樣買上一包，買回去自己吃或是招待客人，都很好。」

旁邊另一人點點頭，道：「說起來我還是最喜歡他家的臭豆腐，越臭吃起來越香，那滋味離十里都能聞見。就是有一點不好，吃完回去，我家夫人總是讓我待在外面等氣味散了再回屋。」

眾人被他逗笑了，姜家食肆的名號因為這些老主顧，也算是打響了。

王氏乘機說道：「往後就是在這兒也能吃著了，今日開張大喜，買一份送一份！」

眾人歡呼一聲，都湧了上來，要知道姜家食肆裡的東西好吃又不貴，之後肯定不好買，得趁著剛開張多買些才好。

糕點鋪子裡站滿了人，姜娉娉站在櫃檯裡面收錢，鋪子裡有一個新招的店小二，負責介紹產品和打包糕點。不過看著這麼多的人，姜娉娉還是覺得招的人少了，就一個，根本忙不過來，她喊了隔壁的姜凌路。「二哥，來幫幫我。」

姜凌路應了一聲就往這邊趕來。

姜娉娉餘光瞥見旁邊站著一人，她手上的動作不停。「你是在這裡結帳還是去鋪子裡買東西？」

「買東西。」站著的那人說道。

姜娉娉聽出一絲熟悉，抬頭一看，竟是顧月初，後面擠在人群裡的是顧瑞陽。

顧瑞陽擠過來感嘆了句。「娉娉，妳家生意也太好了！」

姜娉娉忍不住笑了，怪不得剛剛聽著聲音不對，沒聽出是誰的呢！兩人估計是處於變聲期，聲音有些變化。顧月初壓著聲音，倒是還好，顧瑞陽剛剛一個大聲，啞得簡直是有些刺耳了。

這時候姜凌路也過來了，說道：「正好你倆來了，快跟我一塊兒去照顧鋪裡的人，你倆在這兒收錢吧。」

姜凌路拉起顧瑞陽就走，他和他們熟絡之後，還是和顧瑞陽更合拍，留下了姜娉娉和顧月初兩個人。

姜娉娉這才發現二哥其實也到了變聲期，只不過她經常和他在一起，才沒有發覺。不知不覺間他們都已經長這麼大了，她抬頭望著姜凌路和顧瑞陽的方向，心中有些感嘆。

顧月初上前一步，站在她面前。「我來幫妳。」

姜娉娉點點頭，給他讓開點位置，待顧月初一靠近，姜娉娉就聞見了那有些熟悉的薄荷橘子味。她不禁有些奇怪，在這樣充斥著蛋塔和麵包香氣的鋪子裡，她居然還能聞到顧月初身上的薄荷橘子味。

忙了一天，連午飯都是隨意應付的，到了傍晚，準備好的食物都賣了出去，姜家食肆終於安靜下來。

枝兒娘和趙嬸子收拾著店鋪，王氏將剩下的烤鴨和荷葉雞拿了出來，姜薇去酒樓裡訂了一桌子菜回來，眾人就圍在一起吃了。王氏怕顧月初兩人介意人多，就讓姜娉娉和姜凌路陪他們在後面院子的石桌上吃。

姜娉娉他們有些餓了，吃得有些隨意，特別是顧瑞陽，邊吃邊說道：「我今天賣出去好些糕點，有個人本來只想要蛋塔的，等我給他介紹過其他糕點之後，他又要了兩包紅豆麵包和桂花糕。」

他一臉驕傲，從來沒有體驗過這樣的生活，還挺有趣的，現在吃著的飯菜，明明是他吃膩的醉香樓裡的招牌菜，可他竟然覺得特別好吃。

旁邊姜凌路聽完之後也有些得意，炫耀道：「今天有個人經過我的介紹，將鋪子裡的糕點每樣都買了，又加上買一送一，他最後走的時候都差點拿不動。」

姜娉娉想起來他說的這個客人，笑道：「就是太多了，我還差點給他算錯錢。」

「妳要是給他算錯了錢，姜凌路就白浪費這麼長時間介紹了，哈哈哈哈哈……」顧瑞陽想著那情形忍不住笑了。

姜娉娉和姜凌路也笑了起來，他們三個人邊說邊吃頗為自在，相比之下，顧月初則奉行著食不言的規矩，他很斯文，一舉一動就像是拿尺子量過之後才做的動作，矜持又克制，只有在姜娉娉說話的時候會特意抬起頭來看著她。

姜娉娉作為主家也是怕冷落了他，剛開始還會找話題和他說話，不過在和姜凌路、顧瑞陽他們說得熱鬧了，就將找話題這事給忘了。

姜娉娉他們三個人越說越興奮，吃完飯還有些意猶未盡。

顧瑞陽提議道：「咱們去外面夜市上轉轉吧？正好消消食。」

姜凌路也站起身來。「走走走，要是看見好吃的，我還是吃得下。」

姜娉娉端出蛋塔。「那咱們走吧！新烤出來的蛋塔，小陽子你吃不吃？」

她知道顧瑞陽也喜歡吃甜的，還有姜凌路，他們三個人，真的是吃能吃到一塊兒去，玩也能玩到一塊兒去。

顧瑞陽歡呼一聲。「要吃，不過，妳之前還叫我瑞陽哥哥的，怎麼現在就變成小陽子了？」他說著話，也不影響吃蛋塔，兩口一個，燙得齜牙咧嘴。

姜娉娉笑了。「小陽子去不去？小陽子。」

顧瑞陽嚥下蛋塔。「去。」

姜娉娉好笑的看著他，真逗。

轉頭看見顧月初站在旁邊，姜娉娉想了想，雖然感覺他不會一塊兒去夜市，不過還是問一問的好。「顧月初，你去不去？」

與她想得相反，顧月初點了點頭。

姜娉娉還有些奇怪，不是說顧月初課業很繁重嗎？聽小陽子說，他總要溫習功課到很晚。不過等到出門的時候，她將這問題甩在了腦後，逛夜市最重要。

他們興沖沖的往夜市走去，這時候的晉城，燈火通明，熱鬧非凡。

玩了將近一個時辰，他們才各自回家去，姜娉娉他們倆回到鋪子裡時，王氏正在姜植旁邊算著帳。

「除去今天的支出成本，竟然賺了快五兩銀子！」王氏有些吃驚，畢竟今天買一送一，她都做好賠本的打算了。

姜凌路聽見賺了錢，來了興趣，撥起算盤。「咱們只有今天開張買一送一，明天正常販賣，假如只有今天一半的人買，咱們賺的銀子大約是二十兩銀子。」

姜娉娉吃了一驚。「有這麼多，淨賺的銀子？」

姜淩路見他們都不信，又當著面將算盤撥了一遍，他這還是往少了算的。

這下王氏精神了，要是一天淨賺二十兩，一個月就是六百兩，加上涼山村的食肆和木工生意，怎麼說一個月也將近有一千兩吧！

王氏被這金額給嚇到了。這麼多銀子！雖說每個月家裡的開銷不少，加上請工人和給枝兒家、趙家的工錢，可賺的銀子依舊是她之前不敢想的。不過她做了這麼久的生意，心情很快就平穩下來，打了個哈欠，和姜植回房睡覺了，明日還要早起。

到了第二日，雖說買一送一的活動結束了，可來姜家食肆的人卻不見少，到了晚上一盤算，賺了二十三兩銀子。只是原本計劃的人手不夠用，王氏又請了幾個人來鋪子裡幫忙。

一連忙了幾日，晉城的食肆生意穩定下來之後，王氏有時候會和姜植回涼山村，晉城的生意則讓枝兒娘看管。

說來也巧，在晉城開了姜家食肆大約一個月的時間，後面街上有個帶院子的鋪面，說是要賣，王氏本來沒有注意，還是姜植回來說的。

夫妻倆默契十足，王氏聽他說話的語氣，就知道他有了打算，最後一商量，決定將那小鋪子盤下來，雖說位置是偏了一些，可用來做木工房正合適。

第四十四章

如今晉城的食肆交給枝兒娘管，而枝兒爹卻還在涼山村，姜植和王氏也考慮到了這一層，將小鋪子盤下來之後，打算等到穩定，便交給枝兒爹負責。

木工房比較容易修整，沒多長時間就開張了，門上同樣有姜植做的手工招牌，木工房的生意也慢慢的穩定了。

姜植和王氏很放心枝兒爹和枝兒娘，枝兒爹和枝兒娘也沒有辜負他們的信任，將姜家食肆和木工房打理得很好。如今姜植和王氏只需在家裡查查帳本，心血來潮便做做木工、做點心，有時候管著一些採買之類的活計，不像之前那樣累得直不起腰。

而姜娉娉和姜凌路有時候會去晉城小住幾日，逛吃逛喝。

不過姜娉娉還是更喜歡涼山村，如今涼山村的繁華已經不輸任何一個縣城了，聽村裡人說，上面打算派人管理，也不知是真是假。

她這些日子又將丹青拾了起來，家裡栽的觀賞桃樹開花了，微風一吹，很有意境，姜娉有時候就坐在樹下，看一眼畫上一筆。如今村裡村外都種了許多觀賞桃樹，村裡人有了銀錢，不再擔憂衣食住行之後，就開始追求更高層次的需求了。

現在王氏也不逼著姜凌路溫習功課，該學的已經學完，剩下的就是做生意的事。姜植和王氏也不管著他們兄妹倆了，大半時間任由他們折騰，不過仍是規定要回報決策，等到姜凌路弱冠之後才會放手全權讓他們負責。

姜凌路也不著急，畢竟還有一年的時間，正好趁著這一年的時間多學習學習。

又過了些日子，姜娉娉聽見姜薇說也想要去晉城開鋪子，當下支持道：「大姊，早就該去了，鋪子的生意這麼好，不應該局限於咱們村裡。」再說，她相信姜薇的眼光，從平時姜薇給她做的衣服就可以看出來，還有上次找布料的時候也是這樣。

姜薇回去又思考了一夜，第二天將想法告訴陸家人之後，得到了陸長歌和陸娘子的一致同意。

陸長歌知道姜薇喜歡做這些，她又是做得如此的好，不應該局限於涼山村，應該抓住機會往上衝。而陸長歌現在做木器首飾的手藝已經很高超了，如今也不局限做木器首飾，包括一些金銀珠寶的首飾，他都會琢磨著做，也能一起幫上忙，不再怕自家夫人沒空理會自己了。

這幾年，鋪子裡的首飾幾乎都是陸長歌打造的，賣得相當好，不過，他每做出來一個新品項，都一定會給姜薇打造出一個最好的。

起初，姜薇從不覺得他是這樣能耐得住性子的人。

兩人去了晉城看鋪面，姜娉娉和姜凌路也跟著過去看看。鋪子很快就定了下來，姜薇對這鋪子有想法，經過姜娉娉他們的建議，很快就修整好開張了。

到了夏日，姜娉娉剛吃完晚飯躺在院裡桂花樹下的小搖椅上乘涼，就聽見姜凌路回來了。

「妹妹，給妳帶回來這個！」姜凌路悄悄從身後拿出一個罐子，還一邊朝著王氏那邊看，一副怕被看見的模樣。

姜娉娉一看包裝，上面寫著涼山花釀。「這是酒？」打開聞了聞，卻沒有酒味。

姜凌路搖搖頭。「不算是酒吧，喝起來酸酸甜甜的我想著妳會喜歡，這是王秀嬸子做的，好喝！」

姜娉娉嚐了嚐，確實如他說的那般，帶著一股花香，還有一點點酒味，味道是酸甜的，很像飲料。

她想了想，這幾年王秀嬸子的生意並不是很好，她雖然做飯很好吃，可是在做生意上面並沒有天賦，後面還賣過衣服首飾，可是她不瞭解這些，也沒做成。現在是將家裡的房子改成了客棧，反倒經營得還不錯。

姜娉娉來了興趣，和姜凌路一道去了王秀嬸子家。

兩人一進門，王秀嬸子就迎了上來，拉著他們往屋裡去，邊走邊問：「吃過了沒？」

姜娉娉點點頭，這院子類似於四合院，因地方大，蓋了許多間屋子，中間的位置就空了出來。她一看便想著，這中間的空地也是可以利用起來的。

其實不只是王秀嬸子這一家，還有其他人家都是一樣的情況，因為涼山村是個大村，地比較多，有些人家就將屋子收拾出來當作客棧租出去。

不過因為都是自家的房子，房屋結構不像晉城二層或是三層的房屋，所以來住的人並不多，有些可惜。要知道涼山村位於官道附近，十里八村的也是經過涼山村去往其他地方，每天人來人往，客棧生意要是能夠做起來，相信能解決大部分村民做不成生意的難題。

他們進到王秀嬸子家，進屋就看見一幅畫。

王秀嬸子笑了笑。「這是妳畫的還記得不？每回來了人，人家見了都是要誇上一頓的，偏偏妳還覺得不好。」

姜娉娉不禁有些臉紅，這畫是她兩年前畫的，當時畫完之後她並不滿意，可王秀嬸子卻誇了又誇，最後她抵擋不住這熱情將畫送給了王秀嬸子，誰知道王秀嬸子居然將這畫就這樣大剌剌的掛在屋裡。

平日她雖散漫，但有時候不知道是完美主義還是強迫症，只因這幅畫在最後的時候染上了一個墨點，她就不想要了。其實不看這個墨點，畫得還是可以的，她也是耗費了許多的精力才畫出了這幅百花齊放的花卉圖。

王秀嬸子又拿出糕點來招呼姜娉娉兩人，剛端出來自己就笑了。「這還是在妳家鋪子裡買的，等著，我再拿一些來。」

姜娉娉勸道：「嬸子不用忙了，我們過來是想嚐嚐涼山花釀。」

王秀嬸子一聽，連忙拿出來一大罐，笑道：「什麼『涼山花釀』啊，都是隨便取的名字，不過這個味道還行，你們願意喝等會兒多帶些回去。」

她說的是真心話，蓮蓬和涼山藕粉現在還是她家裡的主要收入來源。姜娉娉覺得王秀嬸子家過得不好，但其實已經比災年前更好了，整個村子都是如此。不只是王秀嬸子家，姜娉娉不論是去了村裡哪一家，他們都是將家裡最好的東西拿出來招待，就這樣還總覺得做得不夠。

待姜娉娉和姜凌路回去的時候，月亮已上枝頭，只是涼山村還是熱鬧的景象，小吃街還開著，人來人往。

聊了這麼長的時間姜娉娉又有些餓了，又去逛了一趟小吃街，看了戲團表演，然後才心滿意足的回家。她還有一點遺憾，雖然村裡發展得已經非常繁華了，可是比較之前的高速發展，現在顯得有些停滯不前。

姜娉娉不由得想起王秀嬸子家那閒置的房子，還有許多村民家閒置的院落，不過她現在還沒有想出什麼辦法，吃飽喝足便回去睡覺。

姜植和王氏早已習慣他們倆經常看不著人，還好如今世道穩定，村裡、城裡都有人巡邏看管，便只是給他們留著門。

又過了一段時間，姜娉娉和姜凌路兩個人去了晉城，這次來是坐姜植駕的馬車，之前因為生意擴張，家裡又買了輛馬車。

姜植和王氏這趟是來晉城巡視生意，姜凌路則是說來看看可以做什麼生意，只有姜娉娉是純粹來逛逛的，可她才剛坐下來想休息，就被姜凌路拉著去了街上。

一邊逛，姜凌路邊說了自己想要開鋪子的想法，然後問姜娉娉意見。

姜娉娉想了一下，道：「你是想將涼山村的東西彙整起來在一間鋪子裡賣？」

姜凌路點點頭。「前期會先將涼山村的商品拿過來賣。」

不過他還有沒說完的話，他打算穩定下來之後，去京城進些東西來賣，之前去京城的時候他考察過了，雖說那裡好些東西都是從別處進貨的，可京城製造的東西，其他地方卻是沒有。

姜娉娉支持他的想法，兩個人便先去看了鋪子。

姜凌路覺得鋪子的面寬需要大，同樣需要選在熱鬧的地段，可是這樣一來，就不能直接買鋪子，否則前期開銷太大。

兩人一合計，決定租一個鋪面，省下的銀子用來採買貨品。可是看了幾家，不是鋪面的位置不合適，就是鋪面的大小不合適。

其中有一間距離姜家食肆較遠，可也是在鬧市，如果不是因為鋪面太大，條件是非常合適的。那屋主是實在人，說可以降些租金，因為之前這鋪子也租出去過，可生意都做不長。

上一家是做客棧生意的，一樓寬敞的大堂用作吃飯的地方，二樓的幾間屋子用作住宿的地方，可因為鋪子太大，旁邊又有許多客棧爭搶生意，沒兩年就做不下去了。

屋主雖然想要賣出去，可這鋪子面寬大、價格高，一時沒人買得起，只能租出去。

姜娉娉兩個人又看了一遍，決定咬牙租下這個面寬大的鋪子，就讓姜植出面租了下來。本來王氏還說，銀子不夠的話她那裡有得是，可是兄妹倆認為現在他們手裡還有銀子，前期的準備肯定是夠的，等後期缺了再說。

王氏也不強求，她知道兩個孩子有想法，只說道：「有什麼解決不了的儘管跟我們說。」

解決完鋪面的事情，姜娉娉他們就開始籌備鋪子裡要賣的貨。

涼山村的蓮藕，涼山村的藕粉，涼山村的一些特產，他們從村裡進了貨，放在鋪子裡面賣。跟在姜凌路身邊的趙文忙來忙去、分門別類的歸整了一番，瞧著才順眼了許多。

姜娉娉看著鋪子裡的東西，涼山村的只占了一部分，他們從村裡收貨，正好解決了村民們銷售不出去的剩餘貨品，可是鋪子裡還有許多閒置的空間。

如今琳琅滿目的商品堆放在架子上，沒有章法，這鋪子既然這樣寬敞，不如做成超市那種樣式的，各種各樣的東西應有盡有。

於是姜娉娉描述了現代賣場的概念，然後看著姜凌路道：「怎麼樣？這個鋪子這麼大，又是在鬧市，應該好好利用起來，不只是賣涼山村的東西，有好多東西都可以賣。」

兩個人一拍即合，接下來就是分頭行動，姜娉娉根據現代超市的特點劃分鋪子的區域，將鋪子分為幾大區域，而姜凌路則帶著趙文去集市和鬧市察看有什麼買賣可做。

幾天下來，他們將問題解決了七七八八。顧瑞陽這兩天也跟著姜凌路在外面跑，他不喜歡課業，總是在完成之後偷偷溜出去玩，前天在街上碰見姜凌路，聽說他們開了鋪子就來了興趣，他對賺不賺錢不感興趣，只覺得這件事情有趣。

黃昏的時候，幾人聚在了一起，姜娉娉將區域劃分的圖紙畫了出來。她想了好久，根據現在這個時代的特點，將現代的超市理論搬了過來做出基本分類：鍋碗瓢盆、柴米油鹽醬醋茶、文房四寶、奇珍古玩，應有盡有。

主要也是這個鋪子的一樓足夠大，二樓的部分，是幾個房間，她還沒想好放些什麼。

顧瑞陽有些不懂。「為什麼賣得好的蔬菜水果和糕點小吃要放在最裡面賣？不應該是放在門口的地方嗎？」

姜娉娉解釋道：「如果你去集市上買肉包子，剛好在門口看到有賣肉包子的，買完之後，你還會不會進去集市裡？」

顧瑞陽搖搖頭。「我不知道，要是集市裡還有賣其他吃的，我可能會去逛逛。」

姜娉娉有些無語，她不應該問顧瑞陽的，這人就是個吃貨，當然會只想著吃。

趙文在旁邊說道：「如果我只是來買一件物品，要是門口有，買完我就走了。」

姜凌路道：「確實如此，將賣得最好的東西放在裡面，確實會帶動其他東西的銷售。」

姜娉娉發現，每個人去逛街的目的不同，這問題還能反映出性格。如果是她，她可能剛開始會直奔目標，但是在路上又看到其他有趣的，還是會被吸引，最後一口氣買下好多東西。想到這兒她轉過頭看向姜凌路，她二哥平日看起來與她很像，愛玩愛鬧，可卻不是像她一樣只有三分鐘熱度，他心中總有個核心目標。

商定完區域劃分，剩下的就是由姜凌路找貨源，涼山村的特產區域倒是很好解決，剩下的服飾、雜貨、筆墨、日常生活用品、熟食和生鮮這些區域的貨源就需要四處搜尋。

不過，姜凌路早在一開始就察看好了，至於熟食部分，他直接將姜家食肆裡的長工請來，他和王氏說了聲，要讓長工在這裡幫襯幾天，等找的人上手之後再讓他回來。

王氏打趣道：「鋪子生意還沒做起來，倒是想著拉走我的人了。」

姜娉娉連忙抱著王氏的手臂撒嬌。「娘，妳去幫忙看幾天吧？從開始就是我們負責的，現在真的不知道怎麼辦了，需要妳和爹幫我們去看看。」

王氏笑了。「哼！現在想起來我和妳爹了？」

看著小兒子和小女兒忙忙碌碌、風風火火的盤下鋪子、準備貨源，她有些欣慰與驕傲的同時，又有些落寞與心酸，孩子長大了，一點都不需要她。

姜娉娉察覺到王氏的情緒，拉著她的胳膊晃了晃。「娘～～」

現在聽見姜娉娉說需要她和姜植，王氏心裡一下子被填滿了，嘴硬道：「真是不能讓我清閒一會兒！」可她臉上的笑卻是隱藏不住。

待王氏和姜植去鋪子裡幫忙看著之後，姜娉娉又想到一個問題，鋪子要叫什麼？

還有二樓的幾間房間都還空著，雖說他們住了進去，可總覺得鋪子開在這裡，其他房間閒置著有些可惜。她站在門口，望著鋪子裡琳琅滿目的貨，想到了一個名字。

「小路，我知道了！叫『百寶堂』怎麼樣？」

姜凌路想了一下，改了一個字。「萬寶堂。」

確實改了這個字之後更合適，姜娉娉又想著大哥現在正在任上，匾額怎麼辦？

「去找大哥題字還是找別人題字？」姜娉娉有些拿不定主意，姜宇在任的縣城離這兒距離不近，駕馬車要行走一天，一來一回就要三、四天，難道要找別人題字？

王氏在旁邊聽到了說：「就讓妳大哥題字，正好我有東西要捎給他們，明天讓你們趙叔跑一趟。」

姜娉娉和姜凌路對視一眼，異口同聲道：「娘，我們也去。」

兩人一人晃著王氏的一隻胳膊。

王氏被磨得沒辦法。「都多大的人了，還和小時候一個樣子。」

姜娉娉知道王氏這是快答應了，道：「是啊，我們都是多大的人了，可以去大哥那兒了，再說還有趙叔一同去呢。」

第二天，王氏讓姜植把捎給姜宇夫妻兩人的大包小包的東西放到馬車上，朝著姜娉娉兩人叮囑道：「路上乖乖的，別東張西望，讓你們大哥題完字就早些回來。」

姜娉娉連連點頭。「知道了，娘。」

他們白天趕路，中午也不停歇，只想著在天黑之前能趕到地方。路上與一個商隊會車，因那條路路窄，姜家的馬車便往旁邊避了。

姜凌路看著這商隊，大約有十幾個人，駕了三輛馬車，似乎是從外省來的。

到了姜宇住處，天色才剛擦黑，正趕上吃飯的時候。

姜宇住在距離縣衙不遠處的住宅區，趙叔之前來過幾趟，輕車熟路的將車停在了門口。

本來見是趙叔，姜宇以為和平常一樣，送來王氏準備的吃食和衣物，直到他身後的妻子歡呼一聲迎了上去，他才看到從馬車裡鑽出來的姜娉娉和姜凌路。

他皺起眉，本想訓斥幾句，可卻被妻子使喚去多買些飯菜來。

吃飽喝足之後，姜娉娉打著哈欠又被大嫂拉著說了好一些話，最後還是姜宇來才將侯淑靜拉走。

第四十五章

隔天，正值姜宇休沐，姜娉娉和姜凌路說明了來意。

姜宇找來筆墨紙硯，在匾額上題字，旁邊侯淑靜一直眼睛亮亮的說著話。

姜娉娉他倆在這裡待了兩天，將這縣城裡有特色的鋪子都逛了一遍，有特色的小吃都嚐了一遍。

姜凌路道：「二樓的房間，我知道做什麼了！」

姜娉娉一愣，正在逛街，怎麼說到這兒來了，不過她還是有些好奇。「做什麼？」

姜凌路琢磨了一番道：「從京城進貨，放到二樓賣，單獨的包廂和一樓區分，分門別類。」說完他又補充道：「其實在京城的時候我就有這個想法，只是當時還沒想好。」

姜娉娉驚訝了一下，沒想到他從那個時候就開始琢磨了。「京城的東西價格高吧？成本會不會很高？」

姜凌路早已想好。「京城的東西相比晉城不算太貴，只是這運送的成本較高，不過，中間的利潤還是很高的。」

不過姜娉娉還是有些擔心，成本一高，販售的價格就要訂得高。

姜凌路卻並不擔心。「咱給娘買個鐲子回去吧！」他手裡拿著一個金質的鐲子，這鐲子的樣式並不出色，只是上面鑲嵌了一個玉石，瞬間就變得名貴起來了。

姜娉娉付了錢，不知道他葫蘆裡賣的什麼藥，正說著鋪子的事情，怎麼轉到這兒來了？但她沒問，姜凌路也沒多解釋，兩人便回去休息了。

隔日大清早臨走時，侯淑靜還一直拉著姜娉娉不捨離別。

「大嫂，要不妳和我們回去吧？正好萬寶堂要開張，回去多熱鬧啊！」姜娉娉知道她不會丟下大哥一個人在這兒，不過逗逗她還是很好玩的。

果然，侯淑靜愣了一下，她臉色紅紅的，雖是不好意思，可還是慢慢道：「我要是回去了，妳大哥一個人在這裡孤孤單單的，我還是不回去了。」

姜娉娉又逗了侯淑靜一番，見她臉色紅紅的躲到姜宇身後才作罷。

走之前，姜宇將找來的字帖讓姜娉娉帶回去練。「回去吧，路上注意安全，到了之後回封信。」

回到晉城的時候，王氏正好做好飯。「可算是回來了，快去洗手吃飯！」

一邊吃飯，王氏一邊問了姜宇夫婦的情況，姜娉娉和姜凌路一人接著一句的答了。

吃完飯，姜凌路拿出買來的金鑲玉的鐲子，與姜娉娉對視了一眼，放在桌上道：「娘，這是在街上給妳買的鐲子，妳看看喜歡不？」

王氏聞言看了這鐲子一眼。「喜歡，還挺好看的，多少錢？」

姜娉娉正要說多少錢，姜凌路拉住她，朝著王氏道：「娘，妳猜猜這個鐲子花了多少銀子？」

「五十兩銀子？」王氏猜測道，這鐲子雖說是金鑲玉的，可瞧著普通。

姜凌路補充道：「娘，忘了告訴妳，這是從京城來的貨。」

姜娉娉在旁邊挑起眉，她怎麼不知道這是京城來的貨？

王氏一聽，瞬間覺得這鐲子好看了些。「要是京城來的，那就得百兒八十兩的，還真別說，看著這鐲子就不是普通的。」

王氏在一旁就著燭光看著鐲子，問道：「到底是多少銀子？你們開鋪子後還有剩銀子？」

姜凌路說：「五十兩銀子，這不是京城來的。」

王氏一聽豎起眉毛。「那你還誆我是從京城來的鐲子?!」

姜凌路解釋道：「這樣說，也是想要試一試咱們樓上的鋪子能不能做。」

王氏道：「我不知道你們葫蘆裡賣的什麼藥，現在試出來了？」

姜凌路點點頭。「我打算去京城進一些貨，和一樓的分開，放在二樓的房間賣。至於生意如何，做了之後才能知曉。」

王氏也有著和姜娉娉一樣的擔憂，道：「京城來的東西貴吧？」

姜凌路道：「京城裡的東西在晉城確實貴，可是在京城卻是差不多的，只是路上的成本高了，不過，京城來的貨價格能賣得高些。」

姜娉娉在旁邊算是看明白了，從剛開始買鐲子，到讓王氏猜價格，這一步步都是在驗證，商品若是打著京城來的名號，瞬間價格就翻了一倍，顯然只要是京城來的東西，在眾人心中就特別好。

趁著還沒開業，姜凌路說要去京城進貨，王氏不放心，直到姜凌路找到一個從晉城去往京城的鏢局，又磨了王氏好久，才算是得到王氏的同意。

不過王氏有言在先，得讓趙叔和趙文陪同，再加上家裡的兩個長工，最後又和姜植商量，第一次先讓姜植陪同一起去。她也知道，孩子大了，想要翱翔於這天地中，不能折斷他的翅膀，只將他拘在這一方天地。

姜凌路當然是欣然同意。

這次去京城，姜娉娉並不是很想去，她已經見識過了京城的繁華，也體會到了一路上顛簸的辛苦。

本質上，她其實是一個懶得動彈，只想著如何更好的吃喝玩樂的一個人，其他事情只有來了興趣才會想要一探究竟。現在還是家裡的沙發大床、家裡的蛋塔小吃、家裡的烤鴨荷葉雞更吸引她。

送姜凌路和姜植一行人啟程後，姜娉娉跟著王氏回到涼山村，先去逛了小吃街吃了一肚子，又去姜薇家逗弄了一會兒外甥女落落。等她回到自己房間爬上床的時候，大橘呼嚕呼嚕的聲音在旁邊響起，斑馬線也晃晃悠悠的進了房間，伴隨著一貓一狗的呼嚕聲，姜娉娉進入了夢鄉。

姜凌路和姜植去了一月之久。這一個月，姜娉娉和王氏已經將萬寶堂一樓的架子擺放整齊，二樓也準備好了架子和桌布，專門用來放置京城進的貨，又在每一個區域招了一個長工，在熟食區招了兩個長工，皆已熟練上手了。

姜娉娉先讓每一個長工都熟悉好各自負責的區域，要做到只要有人問就能立刻找到需要的貨，不僅如此，還要對貨品極為熟悉。雖然要求高，可她給的工錢也比其他鋪子的店小二高，所以一開始就有一大群人來應徵。

安排好長工，就開始將貨上架，貨品是之前姜凌路找好的，如今只等著姜凌路和姜植他們從京城回來布置好二樓，萬寶堂就可以開張了。

姜凌路他們回來時，從京城帶回兩大箱子的貨品。

姜娉娉不禁有些奇怪，存下的銀子都讓姜凌路帶上了，可即便如此，應該也買不到這麼多的貨吧？

旁邊王氏就問了出來。「買了什麼？花了多少錢？」

姜凌路一一解釋了。原來，他和姜植去了京城之後，先打聽貨源，發現只要不是在京城鋪子裡買的，價格會相對的便宜一些；同樣的，他們買的也不是貴重的貨，而是屬於京城特有，晉城沒有的品項，這樣一來，等到貨品擺上去之後不用怕銷售不好。

開業前，他們讓姜植幫忙將去往二樓的樓梯改得寬敞、醒目一些，讓客人可以逛著逛著就去了二樓。而姜娉娉又找來一些觀賞用的桃樹盆栽，放在轉角處和二樓房間裡，為這鋪子增添一分雅意。

選了個黃道吉日，萬寶堂開張了。一大早，姜家就放鞭炮，敲鑼打鼓的將路人吸引過來。

「瞧一瞧，看一看，買不買的無所謂，進來逛逛不吃虧！」新招來負責整個一樓區域的掌櫃先吆喝起來。

接著他又介紹道：「上到衣食住行，下到日常生活，各種貨品應有盡有，往裡面瞧，還有點心小吃，新鮮瓜果；往上走，二樓可是有京城來的好東西。」

這掌櫃姓常，三十多歲，之前在一家酒樓當二掌櫃，被人排擠走了，剛好讓姜凌路碰到了，將他請來了店裡。

本來他見姜凌路一個少年，雖說舉手投足之間已經有了大人的樣子，可在他看來一個比他小十幾歲的少年，說要聘他來做掌櫃，多多少少有些玩笑的樣子。等他來到萬寶堂，又聽姜凌路的一番介紹，他立刻收起了玩笑心理，認真對待起來，看著意氣風發的少年，瞬間感覺到這個少年不容小覷。

現在他的這一番吆喝，倒是真將一部分路人給吸引過來了。

眾人進了鋪子，吃了一驚，這麼大的鋪子，擺了滿滿當當的貨品，整整齊齊的不會讓人覺得雜亂不堪，而且每個店小二都特別熱情，主動的介紹貨品，想要什麼都能幫忙找來。

他們從沒見過這樣的鋪子，比雜貨鋪裡只賣柴米油鹽醬醋茶的種類更多，幾乎是將晉城的鋪子都給羅列出來了。

走向二樓，這裡的環境清雅許多，也比一樓更加整齊了一些，種類倒是沒有一樓多，可聽著這個少年介紹，才知道竟然都是京城來的貨品。

有懂行的人上前瞧了瞧，見東西品質優良，樣式精美華貴，確實是京城貨，轉頭見櫃檯後面有個小姑娘將算盤撥得噼啪響。

眾人一樂，瞧著這兩人長得有幾分相似，又聽旁邊的人喊他們東家，知道正是這兩人開了這萬寶堂，都有些覺得不可思議，兩個年少的人竟然有這般本事。誰知，過了會兒，來了幾個衣著華貴的少年，有人認出其中一個是晉城掌管著糧食和戶籍的顧主簿長子，旁邊跟著的是晉城武將的長子，後面還有兩個官員的孩子。

到了一樓，只見姜家食肆和姜家木工房的東家正在接待顧主簿和那武將。

這時候眾人才恍然大悟，這萬寶堂原來是姜家食肆和姜家木工房開的！

姜娉娉正在二樓算著價錢，顧瑞陽看了一圈之後湊了過來。「娉娉，這都是上回凌路去京城買回來的？」

姜娉娉點點頭。「你課業做完了？不會是偷偷跑出來的吧？」

顧瑞陽不服道：「當然不是偷偷跑出來的，我爹和伯父也一起來了，正在樓下呢！」

姜娉娉站的這個位置，伸頭往下一看就能看到樓下，只見姜植和王氏正在招待兩人的父親。

其實這幾年，姜家和顧家一直沒有斷了聯繫，因為涼山村這些年的發展壯大，晉城也一直關注著，再加上姜家的生意好，擴大生意版圖來了晉城，還有姜宇這個舉人做了官之後，姜家幾乎相當於涼山村的一個招牌，是以他們兩家便一直來往走動。

不過讓姜娉娉沒想到的是，顧月初也來了，他現在應該正在忙著準備縣試才對呀！

鋪子裡一忙，姜娉娉就顧不上他們，顧瑞陽已經熟門熟路的幫忙招待客人，顧月初則站在姜娉娉旁邊低頭看她撥算盤。

小姑娘這兩年又長開了一些，一身桃紅色的衣裳襯得她更是粉粉嫩嫩的，水靈靈的好看，頭上的珠玉簪子隨著她的動作晃晃悠悠，彷彿晃到了人心尖上。

顧月初往外站了站，擋住一些若有若無瞟向姜娉娉的視線。

姜娉娉一無所覺，她拉著顧月初坐下，隨即想到他總是訓斥顧瑞陽注意言行，她又往旁邊讓了讓，拿出一個算盤。「你快來幫忙算帳。」

顧月初沈默的點了點頭。

「娉娉，妳來看看這個是怎麼賣的。」顧瑞陽在另一邊喊了一聲，姜凌路正在另一個房間忙著。

姜娉娉撥著算盤應了一聲。

顧瑞陽等不及，跑過來拉著她的胳膊。「快快快，別讓客人等急了。」

「啪」的一聲，顧月初打掉了顧瑞陽的手。「注意言行。」

聲音之大，讓姜娉娉抬頭震驚的看著他。

顧月初整理了一下姜娉娉衣服上的褶皺，抿了一下唇。「去吧。」

那邊客人還在等著，姜娉娉便跟著顧瑞陽過去了。

等姜娉娉回來坐定後，聞到一股薄荷橘子味，見顧月初朝她看過來，她嘆了一口氣。

「知道了、知道了，男女授受不親！」

這樣的話她不知道聽過多少次了，她小聲的嘀咕著。「小陽子又不是別人。」對上顧月初的臉，卻是莫名有點心虛。

萬寶堂的生意一直忙到了晚上，等人都走後，姜凌路先讓長工列出需要補上的貨品，又收拾了一番，這一天的生意才算是結束了。

二樓，姜家一家，圍坐在一起算著今日的進項。

這次鋪子開張，早在一開始，姜娉娉就將帳本整理好了，支出的每一筆銀子、成本都記得清清楚楚。包括今日賣了哪些貨，又賣了多少銀子，還有庫存都清晰羅列在帳本上。

王氏說著話，從懷裡拿出一張紙。「這是這間鋪子的書契，我和你們爹作主，將這間鋪子買了下來。」

姜娉娉和姜凌路湊近一看，果真是鋪子的書契，頓時喜上眉梢。

「娘，妳真好！我給妳捏捏肩膀。」姜娉娉走到王氏身後，捏著她的肩膀，看得姜植羨慕極了。

旁邊姜凌路也湊了上去。「爹，我給你捏捏！」

姜植和王氏對視一眼，都在對方眼裡看到了笑意。雖說這間鋪子貴了些，可看著孩子們一步一步的向前衝，這銀子就花費得值得。

一連數月，萬寶堂的生意算是穩定下來了，每天人來人往的絡繹不絕。

一樓的生意有常掌櫃照看，二樓的生意有趙文幫忙照看，姜娉娉和姜凌路便空閒下來，和顧瑞陽三人經常在晉城逛吃逛喝，有時還會加上從書院下學的顧月初。

天氣漸漸冷了起來，姜娉娉縮回涼山村的炕上，天天看著話本，有時在屋子裡畫丹青，也沒忘了姜宇讓她臨摹的字帖。

有時候她也會去村裡逛逛，冬日的涼山村已經不是往日那般蕭條，而是人來人往，行人呼出的氣，剛出爐的包子冒著熱騰騰的蒸氣，集市上熱鬧的敲鑼打鼓的聲音，街道兩邊鋪子的吆喝聲，整個村莊越發的欣欣向榮。

可即便如此，這兩年涼山村的發展依然不如之前那般迅速，彷彿停滯了。

姜娉娉逛著街，有時會遇到外來的人，不管是打尖還是住店，有的行色匆匆，有的悠哉閒逛。

走到了王秀孀子家，她正在做飯，剛出鍋的家常菜，給這寒冬帶來了一絲的煙火氣，這讓姜娉娉想到了現代的農家樂，要是涼山村能辦起農家樂，這才真正的是農家的歡樂。

而且要是村裡辦起了農家樂，她就又多了一個好玩的項目！

她心裡想像著農家樂的場景，一邊被王秀孀子請進了屋裡。

「快進來、快進來，暖和暖和。」王秀孀子將她手裡的暖爐又加了些炭。「正好孀子做好了飯，一起在這兒吃。」

姜娉娉推辭道：「剛在家裡已經吃飽，就是出來消消食。」

王秀孀子給她倒了一杯茶，見她垂著眼小口小口地喝著熱茶，笑了。「咱們娉娉一眨眼已經長成個大姑娘了，想想妳小時候跟個小大人一樣，還和妳二哥來家裡抱小狗，還記得不？」

姜娉娉點點頭，當然記得了，斑馬線就是從王秀孀子家抱來的。

她喝完茶，心中對於農家樂的事情已經有了大概的雛形，不過，還是要再仔細考慮一番才是。回去的路上她還在想，有些大戶人家要是想散心，自有莊子可以玩樂，所以要辦得更有特色才可以。

越想越興奮，她心裡已經漸漸有了構想，迫不及待的想要實行，可是還是要等到過完年才行。不過她得先將想到的畫出來，以防忘記。

畫著畫著，她又突然想到了可不可以將牆體彩繪也運用進去，這個時候建築上的彩繪，還只是用於梁、柱頭、窗戶、門窗上等處，將大面積的畫畫在牆上，不知道可不可行。

第四十六章

過年的時候，姜宇和侯淑靜也回來了，還帶回來個好消息，侯淑靜已有身孕。

這個年過得更是喜氣洋洋，只是侯淑靜總是忘記自己揣著娃，還是和以前一樣大剌剌的，和王氏有得一拚。

有時候落落過來也會趴在侯淑靜的肚子上，輕輕地問：「舅母，這裡有小寶寶了嗎？」

每當王氏讓侯淑靜注意些時，柳氏和舅母們就會在旁邊說，她們倆誰也別說誰，都是這樣毛毛躁躁的性子。

大舅母家的滷肉生意，從之前的小攤，在涼山村發展成了鋪子，漸漸的也拓展到了晉城，現在不只是滷肉，已經開始租鋪子辦酒樓了。

姜娉娉和姜凌路總是去大舅母家混吃混喝，店裡的招牌菜早就吃膩了。

姜薇的鋪子也是紅紅火火的，她帶著閨女照看著鋪子，顧長歌就在鋪子裡做活，首飾珠寶做得是越來越好，漸漸的能支撐起鋪子裡的營運。

等到大年過去，王氏本說讓侯淑靜留在家裡她來照顧，可是侯淑靜不想讓姜宇一個人回去工作，王氏無法，只得給她找了兩個婆子，又說道：「快到生產時提前將妳接回來，他一個人在縣衙冷不著、餓不著，妳定要好好照顧著自己。」

雖是這般說著，王氏還是放心不下，好在家裡的生意已經不用她時時照看，她跟著過去將他們安頓好之後，才回來涼山村。

出了正月，姜娉娉計劃的農家樂開始提上日程，又將想法在腦中過了一遍，她才去王秀嬸子家，正巧看見王秀嬸子坐在屋裡。

王秀嬸子見她來了道：「娉娉來了。」

見王秀嬸子面帶愁容，姜娉娉詢問原由，王秀嬸子嘆了一口氣道：「這客棧生意是越來越不好，都是些路過的人住個店，有時候趕得急了，可能就去晉城住了。」

她開了這個話頭，姜娉娉正好接著道：「嬸子，正好我有個想法。」

隨即她將農家樂的想法說了出來，這可是經過她一個冬天改良過的，又請教了姜宇彩繪的事情，還讓顧月初找了相關的書籍來看。

其實王秀嬸子說的這情況她也考慮進去了，農家樂不只是解決住店生意，同時也是將遊玩、散心結合在一起；要是能發展，不只會帶動村裡的住店生意，還能帶動其他鋪子、特產各種各樣的生意。

說完之後她原本想讓王秀嬸子擇日再答覆，雖說她對農家樂很有信心，可這畢竟是新的東西，旁人能不能接受還是一回事。

誰知，王秀嬸子聽完之後，立刻拍著大腿說好，說道：「家裡我就放心的交給妳了，需要什麼儘管說，請工人、各種材料的錢我負責，到時妳的工錢也少不了。」

姜娉娉鬆了一口氣。「有嬸子這句話，我就放開手做了！不過，可不要再提給我工錢的事情，我就是做著玩，要是能幫到嬸子才是最好了。」

她只是提起了做農家樂的興趣，才想著做農家樂的，沒打算靠著這掙錢。

王秀嬸子笑了。「妳跟嬸子客氣啥？要是做得好，往後可不只我這一家找妳來做，妳還能每家都不要工錢？好了好了，到時我跟妳娘說。」

姜娉娉無奈地笑了笑，她是愛錢，但現在不缺錢，她是真的沒想收錢。

接下來的日子，姜娉娉就開始做農家樂了，剛好看見姜凌路和顧瑞陽閒著沒事，便把他倆拉來一起做。聽完她的想法之後，兩人都點點頭表示瞭解。

三個人先是察看了王秀嬸子家，這個時候正值冬天的尾巴，沒什麼住宿的人。

王秀嬸子家是類四合院的樣式，房間多，中間空地大，這樣的房屋格局適合多人聚在一起，無論是燒烤，還是一桌一桌的農家菜，或者是自己動手製作都是非常合適。

想像一下場面，熱熱鬧鬧的情景浮現在眼前，同時又有王秀嬸子做得異常美味的家常菜，這樣有家的味道，而且又熱鬧。

營造出氛圍，就要想與這相關的房間應該是什麼樣式的。

姜娉娉轉了一圈，看見王秀嬸子家的糧倉，心裡有個主意。

這場景就是豐收的場景啊！既然要有家的味道，加上豐收的場景，就要以舒適度為主，熱鬧為輔。於是她將房間整理了一番，以米色和黃色為主色，窗戶貼上剪紙，而房間裡的被褥就要選用材質好的。

她將這想法和王秀嬸子一說，王秀嬸子立刻去採購了一批舒適的被褥。房間裡還有一些需要改良的地方，姜娉娉一一說了出來，王秀嬸子都是二話不說照辦。

至於房間外面，就需要好好布置了。姜娉娉調製好顏料，在牆上作畫。她畫的是一片田野，成熟飽滿的苞米低垂，田野裡勞動的人臉上帶著笑意，一派豐收的場景。

她忙著作畫的時候，姜凌路和顧瑞陽也沒閒著，他們將辣椒、苞米、稻穀、大蒜等物用繩子串起來掛在牆上，瞬間豐收的氣息席捲而來。

又和王秀嬸子說了在院子裡搭上棚子，擺上桌椅板凳。

經過一番布置之後，王秀嬸子家裡變了樣，從前是普通民房，現在的樣子雖是民宿，可走近了才發現都是些小細節，這些小細節無一不是為增添住宿的舒適度而存在。

剩下的就是吃的方面，姜娉娉知道王秀嬸子的拿手好菜都是些家常菜，乾脆直接在院裡架起鍋，邊報菜名、邊做菜，紅紅火火的多好。不過王秀嬸子有些不夠自信，總覺得自己會做的菜式不多。

姜娉娉道：「來這兒散心住宿的，什麼好吃的都吃過，往往就是家常菜最容易滿足了。」她又接著道：「也可以在院子裡架起篝火，讓他們自己烤肉吃，只要酒水管夠就好了。」

王秀嬸子將這兩種方法所需用品都準備好，又將院子打掃了一番。

好不容易忙完，王秀嬸子便來到姜家，說明了來意，先是說了這段日子姜娉娉他們幫忙的工錢，又說要請他們去家裡暖暖院子。

姜植和王氏在家，一一回覆了王秀。

王氏就是直來直往的性子，直接道：「既然都算好了，我也就不跟妳客氣了，以後需要幫忙的儘管和他們說。暖院子是明天晚上？到時候讓他們都過去。」

王秀給的銀子都是姜娉娉應得的，王氏也就不客氣的收下了。隨著孩子長大，她說不出都是孩子們瞎胡鬧，不用收錢的話，這般推託鄉里鄉親的心裡也不安。

王秀見王氏收下工錢，又說明天都會去，心裡才算是放下了。兩人湊在一起又說了好些話，王秀才披著月色回家。

到了隔日，姜娉娉給顧瑞陽捎了信，讓他來參加農家樂。誰知，就連平時一頭扎進課業裡的顧月初也來了，一群人熱熱鬧鬧的一直到夜幕降臨。

王秀嬸子家選了個日子，放上一串鞭炮，重新開張了。

其實這段日子以來，王秀嬸子家關起門來整修，倒是讓人好奇了一番，開張這天，門口聚集了很多人。

大家進了門，有些驚訝，從沒見過這樣的場景，桌椅板凳放在院子裡，中間架著篝火和鍋；再看牆上，是田野豐收的畫面，屋簷上掛著穀物，屋裡一派溫暖的氣息，與這院子裡的景色相得益彰。

見了只有一個想法，心裡滿滿的，暖洋洋的，豐收的喜悅湧上心頭。

當天，王秀嬸子家的房間住滿了人，院子裡是一群人圍在一起，烤肉喝酒，高談闊論。雖然來自不同的地方，可此刻人們之間的隔閡彷彿消失了。也許是這星空太過燦爛，也許是這月色太過溫柔。

王秀嬸子家的農家樂做起來之後，有好些人家來找姜娉娉，請她幫忙設計改良家裡的住宿條件。

姜娉娉推辭不掉，剛好有一些想法還沒實施，便一家家去了。接下來的好長時間，她都在忙著涼山村的農家樂。

靠著河道的那家，她將河水引了過來，又做了一些假山，儼然一副小橋流水人家的南方景象；村中間那家，她仿照現代的蒙古包，搭起了帳篷，燃起了篝火，讓住客能圍在一起載歌載舞；樹林中間的那家，她將觀賞性桃樹、綠植種得滿園都是，風一吹，花瓣隨風飄落，頗有世外桃源之意。

她從頭忙到尾，涼山村現在大變了樣，這些住宿農家樂吸引了一大批人來涼山村，同時也帶動了村裡的其他產業。村裡的小吃街更加的喧鬧，夜市也是經久不衰，加上上面又新增了一些相關的建設，整個涼山村的面貌更是欣欣向榮。

農家樂建好之後，姜娉娉便總是和朋友們一起過去玩，主要是人多在一起熱鬧。

時光匆匆而逝，等她好不容易閒下來，發現她已經好久沒去晉城了。

想著萬寶堂的生意，她坐著公車去了晉城。現在的公車已經統一換成了馬車，裝上經過改良的輪胎，車速很快又不顛簸，不用多長時間就到了晉城。

萬寶堂的生意比之前好了很多，姜娉娉站在門口看了一會兒，人來人往，絡繹不絕。她一身精緻衣裙，頭戴珠玉，頸上戴有平安鎖，腰間寶珠環繞，走起路來叮噹作響，宛如林中小鹿一樣靈動；再看面容，肌膚白皙，明豔動人，讓人不由自主的將目光放在她的身上。

門口一個長工迎了上來。「來來來裡面請，看看您需要點什麼，本店應有盡有。」

姜娉娉驚訝了一下，還沒等她說話，常掌櫃就快步走過來道：「小東家別生氣，新來的不懂事，沒認出東家。」

他轉身朝著那新來的長工道：「這是咱們萬寶堂的小東家，往後可要機靈些，趕緊去照顧其他客人吧！」

新來的那長工驚訝了一下，他只知道這萬寶堂的東家是一個十七、八歲的少年，沒想到這個衣著亮麗的少女也是東家，再細看，見這少女確實與東家的父母有些相像。

姜娉娉笑著說：「無事，我進去瞧瞧。」

那新來的長工看見她的笑容，面色一紅，連忙低下頭去。小東家可真好看，他見識不多，只知道比畫裡的女子更為好看。

常掌櫃點點頭，伸出手將姜娉娉往裡面請，然後又落後一步跟了上去。

樓上，姜凌路正在檢查京城來的貨，旁邊顧瑞陽坐著無聊的東看看、西看看。

見姜娉娉來了，顧瑞陽忙道：「娉娉，妳可來了，這些日子我快無聊死了。」他和姜凌路一樣不是讀書的料，天天往街上跑，哪條街上新開了鋪子，他一清二楚。

姜娉娉見姜凌路不似往日那般輕鬆愜意。「怎麼回事？」

顧瑞陽嘆了一口氣。「我哪知道？這幾日來找他，就是這樣了。」

姜凌路道：「京城的貨雖賣得好，可上限也就到這兒了。」

按理說京城的貨利潤高，應該比一樓賺得多才是，可看了這些日子的帳務發現，二樓的生意遠不如一樓。他這幾日想著其他改良生意的法子，卻沒有任何進展。

從京城進來的貨，他都是過了眼的，都是些好東西。

姜娉娉想了一下。「這也說明了一樓的生意好啊！一樓都是些常用的商品，家家戶戶都需要，而二樓只有富貴人家來買，賺的自然是不如一樓。」

姜凌路何嘗不知道，只是他心裡想著，二樓的生意應該遠不止如此才是，還能改進。

顧瑞陽站起身來。「行了行了，我知道順興街上咱們常去的那家酒樓新來了個廚子，聽說是從南方來的廚子，做的什麼獅子頭，真是一絕！咱們過去嚐嚐。」

姜娉娉一聽也來了興趣，她還沒有吃過南方菜。「走，小路，先吃飽了再說其他的。」

顧瑞陽也道：「是啊，走走走，去晚了就沒有位置了。」

姜凌路一想也是，凡事都沒有吃喝二字重要。

三個人興沖沖的來到順興街，這酒樓是老字號了，一直在這條繁華的街道上屹立不搖，靠的正是正宗的味道，和一直不斷鑽研新的菜品。每次推出新的菜品總是會帶來新的一波客源，最絕的是他們家的招牌菜，在整個晉城找不出第二家。

大堂已客滿，他們三人去了二樓要了一個房間，不用忍受外人的打量，吃得自在。房間的牆上掛有木牌子，上面寫了菜名，不過都是些招牌菜和新出的菜。

姜娉娉拿起木牌子來看，一眼就認出是姜植的手藝，上面帶有圖案，還是她當時畫的呢。

待坐定後，店小二進來上了一壺熱茶。「幾位可好長時間沒來了，今兒個就你們三個人？吃點什麼？和原來一樣，還是嚐嚐新菜？」他們經常來，店小二對他們很熟悉，記得往常還會有一位瞧著矜持古板的公子。

「聽說你們來了位南方的新廚子，都有什麼拿手菜說來聽聽。」顧瑞陽心心念念著那個什麼獅子頭。

店小二熱情道：「這可有不少，拆燴鰱魚頭，是用鰱魚頭加上雞腿肉、火腿、香菇等熬製而成，魚肉肥嫩而不腥，湯汁鮮美而不雜，味道一絕；還有翡翠燒賣，這是個新鮮的吃法，說是餃子又是上鍋蒸的，說是包子又不封口，跟朵花一樣；當然最不可少的還是這蟹粉獅子頭，這可是南方的特色菜，這個季節正是吃這道菜的時候，錯過可就得等下一年了。」

店小二一一介紹，顧瑞陽點點頭，向姜娉娉他們問道：「咱們點這三樣？還要點什麼？」

姜娉娉看著木牌子，千層糕似乎不錯，當作飯後甜品。「再來一個千層糕。」

一旁姜凌路倒是有些愣愣的，姜娉娉看著他手裡的木牌子道：「再來一個烤方。」她很好奇烤方與這兒的招牌紅燒肉有何區別。

等菜上齊，姜娉娉見姜凌路總算是回過了神，她挾了一塊烤方放進姜凌路碗裡。「回神了？先吃飯、先吃飯，再不回神，等會兒我們可不留給你。」

姜凌路點點頭，手上的筷子不停。「好吃！」

一旁顧瑞陽早已經悶著頭開始吃了。這個時候他們也顧不上說話了，一直到飯菜吃得差不多，打著飽嗝才停下來。三個人你看看我，我看看你，都笑開了。

顧瑞陽咬了一口千層糕。「要是堂哥在這兒，見了又要說『注意言行』！」

之前有一次，也是在這個房間，他們三人一起，再喊上顧月初過來，誰知道他剛來，他們就後悔了。平常的時候，三個人吃飯，是呼嚕呼嚕大吃一頓再說，吃到後面就開始嘮嗑；可是顧月初來了，他們是既不能吃得太快，也不能嘮嗑，一頓飯吃得沒趣極了。

當時姜娉娉三人互看一眼，心照不宣，往後說什麼也不喊他來了。

第四十七章

姜娉娉還記得那次吃完飯，走到街上的時候，顧月初還買了一串糖葫蘆給她，當時顧瑞陽和姜凌路都問，為什麼他們沒有。而顧月初怎麼回答的她忘了，只記得那串糖葫蘆太酸，最後都進了姜凌路的肚裡。

姜娉娉想著顧月初說這話的樣子，哈哈笑了起來。「他可沒空來，正準備鄉試呢！」

姜凌路也是笑得不行，笑過之後，他將帳結了。

姜娉娉和顧瑞陽看見，兩人異口同聲道：「今天倒是自覺！」

在吃喝玩樂上面，他們都不是吝嗇的人，往常他們吃飯都是誰發起、誰結帳，今日姜凌路知道自己的狀態影響了他們，便主動乖乖將帳結了。

吃過飯，時間還早，三個人又去逛了一圈，去茶館嗑著瓜子、喝著茶，前面還有說書的。消食之後又逛了夜市，一直到暮色降臨，才散了。

萬寶堂裡，姜娉娉看著今日的帳本，今日賺了快五十兩銀子，賺的銀子都放在她這兒。眼見銀子一天天多了起來，心裡別提多美了。

姜凌路突然道：「我想過了，過段日子去南方一趟。」

姜娉娉驚訝了一下。「怎麼突然想到這個了？」

「京城貨的銷售已經達到妳之前說的飽和了，二樓的生意需要新貨來帶動買氣。」這是他今日在酒樓裡吃飯時突然得到的啟發。

姜娉娉道：「你的意思是去江南進貨？」

姜凌路點點頭。「不錯，我也想到咱們只是在這一方天地中，認識的事物都是有限的。」

姜娉娉看著姜凌路意氣風發的樣子，讓她突然也嚮往起南方的景色，想要出去看看。在她的潛移默化下，爹娘還沒有給她相看人家的打算，都認為她還是小孩子，可她也會想要看看外面的風景，想要領略一下南方的美景。

她雖未出聲，姜凌路已經看出她的意思，只說道：「暫時先這樣想，明日再說。」

臨睡前，姜娉娉還想著江南美景，和那些真正的古鎮。

到了第二日，姜娉娉剛起床，就看見姜凌路站在門口，手裡拿著一幅畫卷。

「這是什麼？」

姜凌路解釋。「去南方的路線，這兩日收拾好東西就出發。」自從昨日有這個想法之後，他晚上就開始著手準備了。

姜娉娉看著他。「二哥，我最佩服你的就是這一點，一旦有了想法，就會準備去做。」而不是像她，什麼事情都是三分鐘熱度，往往都是有了想法，到了準備階段，熱情已經被消磨光了。

姜凌路一仰頭。「那當然了！」他停了一下又接著說：「不過，這次和京城肯定不一樣，京城離得近，有許多地方和這裡相似，但南方卻和這裡大有不同，聽說那裡四季都不冷，有時甚至會下一個月的雨。」

這些都是他翻閱了不少的書籍，得出來的結論，可書中和實際的情況說不定會有許多差別。

姜娉娉聽出來他聲音裡的擔憂。「這有什麼？既然你已經做好準備，那咱們就去試試，這兩日咱們好好準備準備，等收拾好東西就出發。」

她也將自己納入了這個計劃當中，她記得在現代曾去南方的古鎮旅遊過幾次，不過那時候的古鎮帶了些商業的味道，有點像妝容精緻的女人，雖然帶著成熟的韻味，但這韻味是掩蓋在精緻的妝容之下，也不知道這個時候的南方會是什麼模樣的景色。

兄妹正說著話，旁邊插進來一道聲音。「這是南方的地圖，你們要去南方？」

轉過頭，見顧瑞陽湊了過來，後面還跟著顧月初。

姜娉娉微微讓開了身子，她不想抬頭，太累。這兩年幾人身高抽高，特別是顧月初，更是身形修長，比顧瑞陽和姜凌路更是高出了一些。

姜娉娉平時都要抬頭才能看到他的臉，雖說她的身高在同齡女子中已經算很高的了，可站在顧月初的旁邊還是需要微微仰起頭。

顧瑞陽拿起畫卷，禁不住說道：「算我一個唄！咱們一起去，路上也好有個照應。」

他在科舉上考不出成績來，家裡放鬆了對他的管制，對他的要求倒是不高。說完他看向顧月初。「你是去不了了。」

姜娉娉也笑說：「只能我們三個去了。」

說完他們三個就笑開了，顧瑞陽又興致高昂的和姜凌路說著去南方的事。

這邊顧月初低垂著眼睛，淡淡的問道：「什麼時候回來？」

姜娉娉看了一眼他的睫毛，真的很濃密，整整齊齊的，擋住了眼睛，看不出情緒來。

「這次去的時間會久一些，可能會待幾個月。」

那整齊的睫毛像是顫動了一下。「不知道回來的時候還記不記得冬白？」

姜娉娉愣了一下，沒反應過來他怎麼突然說到這個，腦海裡瞬間蹦出個白白的小團子。

冬白是隻兔子，去年冬天的時候，他們幾人去郊外遊玩的時候撿到的。當時雪積到腳踝深，姜娉娉怕雪滲進靴子裡，小心翼翼的踩著前面的腳印走在後面，落後她一步的是顧月初。

當時她還嘲笑顧月初是不是怕滑倒，誰知道，話音剛落，她自己倒是摔了個狗吃屎，手撐在地上想要站起來的時候，摸到了一個毛茸茸、軟乎乎，帶著熱度的東西。

她嚇了一跳，顧不得身上的雪，一下子跳了起來，當時是顧月初在旁邊拉住了她，才沒讓她一頭栽進雪堆裡。待站定後，她瞧見那雪地動了一瞬，仔細一看，從雪中露出來一雙紅紅的眼睛。

那雪團子像是被凍僵了，又將頭埋進雪地裡，離得近了還能看到牠瑟瑟發抖的身體。

姜娉娉將牠抱了起來，那雪團子一點也不掙扎，像是感受到熱源，直往她懷裡鑽，她帶牠回去之後，就放在萬寶堂裡養著了。

此時這雪團子，正埋在姜娉娉給牠做的小被子裡呼呼大睡。

姜娉娉看了牠一眼，睡得真香。「怎麼會不記得？」

顧月初沒再說話，只是隨著她的目光將視線放在了冬白身上，輕輕嘆了口氣。

姜娉娉不知道他為何嘆氣，只是這聲嘆氣，讓她想起了，小時候的顧月初也經常這樣板著臉嘆氣，在一旁看著他們三人玩鬧。

顧月初臨近考試，課業繁重，今日出來前也是做了許久的功課，卻因為得知姜娉娉即將去往南方的事，心情有些低落。

幾人說完話之後，他們三人就將去南方的事情定下來了。

又過了兩日，姜娉娉和姜凌路、顧瑞陽三個人，不敢告訴大人，直接出發去了南方。

姜娉娉為了路上方便，特意穿著男子的衣物，將頭髮高高束起，整個人俐落又明媚，只是她胸部圓潤飽滿，只能穿些寬鬆的衣物，又手持扇子，擋在胸前。

他們先是雇了一輛寬敞的馬車，待再往南邊時，就可以走水路了。

三個少年一同上路，多少會有些引人注目，姜凌路又雇了兩個中年人，挑的是老實本分的，其中一個還是個練家子。

他們輕裝出發，並沒有帶太多的東西，只是將銀票帶足。姜凌路已經打算好了，等到了南方，如果挑到好東西，或是找到穩定的貨源，就雇當地的鏢局帶回來。

這樣一來，貨物有保障，他們路上也可以安心吃喝遊玩。

姜娉娉見姜凌路將事情安排得妥妥當當，不由得再次感嘆，她最好的小玩伴經過這些年的成長，已經可以獨當一面了。

幾人如同乘風破浪一般走了幾日，家裡才知道他們這次行動，當看到姜娉娉留在家裡的書信，就知道他們早已走遠，追不上了。

王氏心裡氣急，對姜植說道：「真是膽子大了！這麼大的事情也不說一聲，就這樣跑了出去！」

姜植同樣眉頭緊皺。

王氏又道：「就知道這兩個不是能安分的！我還說呢！前一段時間怎麼總是老老實實的在家裡待著？原來心裡憋著這樣的主意！」

姜植寬慰道：「出去看看外面的世界也不是什麼壞事，孩子已經長大，有自己的想法，他們為什麼不提前告訴咱們，不就是怕咱們不同意？」

王氏氣完，知道姜植說得有理，可心裡又止不住的擔心。「他們要是提前說了，我會不同意？」

姜植沒說話。

王氏嘆了口氣，或許她真的不會同意，總是覺得兩個孩子還小，怎麼一眨眼的工夫已經這麼大了。

「但是娉娉是個姑娘家，怎麼也跟去了？上次去京城進貨，她嫌折騰沒去，這次去南方更是路途遙遠，我這心真是靜不下來。」王氏說完，又看了眼閨女留下的書信，字裡行間都透露出迫不及待出去看看的意味，同樣也細細說了都做了哪些準備。

她和姜植看了一遍又一遍，心裡掛念著遠方的兩個孩子。

遠方的姜娉娉突然打了個噴嚏。

旁邊顧瑞陽笑道：「昨晚著涼了吧哈哈哈，早就跟妳說不能在屋頂待太久，非不聽，著涼了吧，把衣服披上。」他一邊笑又一邊將手邊的衣物遞過去。

姜凌路也是不贊同的說：「昨晚在外面待太久了。」

姜娉娉撇了撇嘴，還沒說話，就見姜凌路也打了個噴嚏。

緊接著顧瑞陽也忍不住打了個噴嚏，一個接著一個。

姜娉娉樂了。「還說我呢！你們不也是？看來這衣服你比我更需要，自己留著吧！」

他們昨日來到這個鎮上，聽說這裡晚上的時候有夜市，便想著來都來了，不如去逛逛，逛累了就坐在屋頂上看著人來人往，再裝上一壺果酒，兩碟小吃，三個人談天說地，倒是別有一番滋味。

他們幾人一路上走走停停，哪裡有熱鬧就往哪裡湊，見識了許多的事，可也沒忘記他們這次南下是為了萬寶堂的貨源。看著地圖，如今應是快到揚州，途中遇到梅雨天氣，行程便緩了下來。

姜娉娉望著連綿不斷的雨水，打著油紙傘走入雨中，往遠看，霧濛濛的像是戴了一層濾鏡。

美雖美矣，只是這雨滴順著油紙傘落下來，濺起的水滴卻弄髒了鞋子。「這煙雨江南果然是煙雨江南。」

現在這個天氣，他們原先腳上穿的靴子已經不太合適，只能入鄉隨俗，穿這當地特有的木屐。剛開始穿的時候，他們並不習慣，走起路來總是不穩，可看別人穿著步伐總是一點一點的跨，姿態甚是好看。過了幾日倒是覺出好來，穿上這木屐，下了雨再也不用擔心弄髒衣裙了。

這段時間，姜娉娉他們也沒閒著，將這一路上看見的特色貨物分類歸納，準備到時運回北方販售。

其中姜娉娉就想到了這木屐，她這幾日已經對這鞋子愛不釋手，穿上之後，走起路來衣裙隨之擺動，搖曳生姿，步步生蓮。

不過要是帶回北方，可能還是需要改良一下，北方的氣候偏冷，南方的木屐上面只有薄薄的一層，都是下雨的時候穿的，要是變成日常穿用的鞋子，可能需要和靴子兩相結合，做出既能適應北方的天氣，又保留了木屐特點的模樣。

她現在腦子裡只是有個大致的雛形，具體怎樣做還是要和繡娘商議才好。

說到衣物，她帶來的這幾身衣物，在這樣的天氣裡，更換不及，穿在身上潮濕感很重，一路走來又買了幾身替換。

可能和這梅雨天氣有關，這裡的衣物材質倒是和北方的有些區別。相較於北方的保暖舒適，這裡的衣物更多的是輕薄的絲綢、棉麻製品，樣式也更加精美飄逸。姜娉娉尤其喜歡這裡的衣裙，款式多，顏色也好看。

總之，布料和鞋子這兩樣已經羅列在清單裡。

姜娉娉又想到一點。「小路，既然咱們來了，乾脆招幾名繡娘回去，正好前段日子聽大姊說鋪子裡的衣物樣式太單一。」

姜凌路點點頭。「行，這幾日看看。」

「那正好，給家裡寄封信問問。」

他們在這裡談得熱火朝天，顧瑞陽在一旁道：「前幾日不是才寄出去過？」

姜娉娉反駁道：「那不一樣，前幾日那是報平安，這次是詢問大姊鋪子的事情。」

顧瑞陽不懂哪裡不一樣，又喝了口茶，捧著茶杯嘆道：「好茶！好茶！清香撲鼻，加上這裡的山泉水，淺嚐一口，似是置身於野外桃林的景色中，就連這多日的陰雨天氣也順眼了起來。」

姜娉娉和姜凌路被他吸引過去，兩人喝過之後，確實不錯。

要說北方也是有茶葉，大多數都是從南方運過去的，一開始的時候貨品清單上也有這個計劃，可是沒有喝到喜歡的，就暫且擱置，明日可以去附近的茶莊看看。

北方的商戶到南方進貨，不外乎都是這幾種：茶葉、布疋、首飾、藥材。

不過，姜娉娉來到這裡之後，有個想法越來越清晰。「二哥，咱們也可以在南方開一間萬寶堂，反正每次進貨路上的花費不少，要是咱們過來時將北方的貨往南方運，這樣一來一回，路上的運輸花費就被分攤出去了。」

還有，涼山村的特產，晉城以及京城的貨物也可以運往南方的萬寶堂來銷售，這就跟他們來南方進貨一樣，這些她沒說，相信姜凌路早已經明白過來。

姜凌路點點頭。「確實可行，咱們有了穩定的鋪子，尋找進貨渠道也就相對容易些。到時兩邊的萬寶堂流通起來，如同活水一樣，川流不息。」

只是這樣一來，萬寶堂鋪面選擇就需要好好考量。

姜娉娉抬頭看了一眼姜凌路。「咱們可以仿照晉城的萬寶堂，開在一個繁華的地方，人來人往的，這樣客源才有保障。」

顧瑞陽放下茶杯。「像晉城萬寶堂那樣的鋪面不好找，不過咱們可以多逛逛。」

姜娉娉隨即接道：「多逛逛，多玩玩，吃喝玩樂一個也不能落下！是不是？」

顧瑞陽笑了。「是！知我者娉娉也。」

姜娉娉揮揮手。「去去去，我和你可不一樣，我是來做生意的。」

說完她一仰頭，尋求姜凌路的認同。

姜凌路笑了笑沒說話，顧瑞陽倒是跳起來了。「是誰到了一個地方就拉著我們先去逛街的？是誰為了喝一杯青杏酒讓我們在那個小鎮足足等了四、五日的？又是誰那天半夜說聞到一股肉香，找了一個時辰非要吃到才甘休的？」

姜娉娉垂下了眼睛，哼了一聲。「可是那青杏酒，你自己一人就喝了大半。」

顧瑞陽笑道：「還不是怕妳喝醉。」

第四十八章

姜娉娉與顧瑞陽兩個人你來我往說了好些話，姜凌路坐在一旁也不勸說，對於這樣的場景，已經見怪不怪。

不過剛剛說到的萬寶堂鋪面確實是個問題。來的時候並沒有再開一間萬寶堂的想法，到了這裡之後，發現如果再開一間萬寶堂，確實可以節省很多成本，但是隨之而來的問題也是需要解決。

首先是鋪面的問題，確實如顧瑞陽所說，要是想找一個像晉城那樣的鋪面，不容易，何況他們對這裡不熟悉，也不清楚這裡的物價。

再者就是銀錢的問題，來的時候只準備了採購貨物的銀錢，雖說帶的錢超出預算不少，可要是想開一間萬寶堂卻是不夠的。

最後就是時間的問題，按照計劃，算上路上的吃喝玩樂他們準備了三、四個月的時間，等回到晉城大約是暮秋，要是想再開一間萬寶堂，這歸期可就不一定了。

姜娉娉停下了和顧瑞陽的玩鬧，走到姜凌路身邊。「小路，眉毛都要連在一起了。車到山前必有路，咱們有之前開萬寶堂的經驗，還有晉城那邊的貨源，遇到的問題咱們一項一項的解決，放心啦！」

其實如今比之前開萬寶堂已經是好了許多，只不過因為在這裡人生地不熟，無從下手罷了。因為她這種隨遇而安的心態，姜凌路也將這些問題暫時放下。

顧瑞陽又端著茶杯過來。「這茶真香！」他又喝了一口，道：「如果是在這裡開萬寶堂，不如開在揚州城，那裡熱鬧繁華，是富貴之鄉。」

姜娉娉看他這個樣子就知道他有話要說，便催了聲。「趕快說。」

顧瑞陽還是不緊不慢的喝茶，惹得她急了才連忙說道：「既然決定要再開一間萬寶堂，讓南北店鋪的貨物流通，現在的當務之急是將信送回去，讓晉城的萬寶堂將貨物準備好，這樣等找好鋪子才不耽誤開業。」

他對姜凌路兄妹倆瞭解至深，又知曉他倆的能力，便知這萬寶堂一定會開起來的。想了想又說道：「我族裡的一個堂叔就住在這揚州城，咱們可以去叨擾幾天，到時家裡的信件或貨物也有落腳之地。」

怕他們覺得不方便，顧瑞陽又接著說道：「不必擔心打擾到堂叔，他這個人重口腹之慾，到時教他家的廚子幾道晉城的美食就夠他歡喜的了。」

姜娉娉站起來拍了拍顧瑞陽的肩，笑了。「看來你除了吃喝玩樂還是有點用處的。」

顧瑞陽不服道：「我用處可大了！」

事情暫時就這樣定了下來，姜娉娉和姜凌路趕緊找來紙筆給家裡寫信。先是向家裡問好，又報了平安，接著又說是如何如何想念他們。

顧瑞陽見他們寫了洋洋灑灑一頁的紙也不見說正事，忍不住提醒道：「萬寶堂的事。」

姜娉娉咳了一聲，接著寫要在揚州城開一間萬寶堂的事，還有需要的貨物，以及置辦鋪子的銀兩。

最後顧瑞陽說了堂叔家的住址，姜娉娉寫上之後，在最後落款的時候，她寫道：最最最想念你們的娉娉和最最最愛哭的小路。

又在後面畫了兩個防偽標誌，一個斑馬線，一個大橘。

信件寫完，他們找來車伕讓他快馬加鞭送到驛站寄出。完事之後，三個人又品起了茶，只想著等到這雨停了再開始找貨源開萬寶堂。

待雨稍微停了，顧瑞陽和姜凌路就一起去找剛剛喝的茶葉了。

姜娉娉這兩日渾身懶洋洋的，便留在房間裡沒有出去。她找來了話本，又將點心擺好，沏好茶，躺在搖椅上看。邊看邊想南方的話本和北方的還真不一樣，等回去的時候，也可以帶一些回去賣。

又過了兩日，他們看這毛毛細雨沒有停歇的跡象，便繼續往南方趕路。這邊的水路發達，他們索性坐船繼續南下。

姜娉娉撐著油紙傘，站在船頭，看著緩緩過去的兩岸景色，聽著雨滴落入水面的響聲，聞著空氣中幽幽清香，禁不住嘆了口氣。

煙雨濛濛，如詩如畫，果然是好景色！

南方到底是和北方不一樣，路過的房屋建築和北方就有很大的不同，相比較北方的寬敞壯闊，這裡的房屋更加精緻華美，依水而立，這樣的房屋也可用在村裡的農家樂上。

想到這裡，她不禁有些想家。說起來，他們離家已有將近一個月之久，也不知家裡現在是什麼情形。遠在晉城的姜植和王氏，也是一直掛念著出門在外的孩子，明明忙碌了一天又睏又累，可總是擔心得睡不著。

王氏不只一次的念叨。「信件怎麼還沒來？」

這時候姜植就會勸道：「耐心等等，已經在路上了，現在還不到日子，他們出發還不滿一個月，已經寄回來好幾封信件，就是怕家裡擔心。」

自姜娉娉他們離家之後，姜家人總是忍不住擔心，就連姜老丈和姜老太太也是隔三差五的讓人問問回來沒有。

離家一個月之後，姜娉娉他們終於來到了揚州城。

抵達的時候，已經接近黃昏，落日的餘暉灑在揚州城裡，平添了一抹金碧輝煌的光芒，依照顧瑞陽的記憶，他們終於在天黑之前找到了堂叔家。

顧府坐落在揚州城中的住宅區，顧瑞陽幼時跟著家人來過，走到門前，說明來意之後，門房的人將他們帶到偏廳裡等候。

不多時，就聽到一陣爽朗的笑聲從門外傳來。「哪個是我那姪子啊？」

顧瑞陽上前一步。「叔叔！」

顧堂叔走到姜凌路面前，拍著他的肩膀。「想必這位是我那玉樹臨風的姪子吧？」

顧瑞陽蹭到顧堂叔身邊，睜著眼睛看著他。「叔叔是我、是我，你仔細看看。」他又小聲嘀咕著。「這年紀也不大啊！怎麼老眼昏花了？」

顧堂叔一巴掌打在他的頭上。「我還能不知道是你！幹啥來了？」

沒等他回答，顧堂叔又轉過身，朝著一旁的姜娉娉道：「這位就是娉娉姑娘吧？一路上想必累壞了吧？家裡早已備上好酒好菜，快快裡面請！」

姜娉娉驚訝的看著他，不知道他這樣的態度是何意，他的眼睛裡沒有惡意，可這態度卻親近得讓人覺得奇怪。

他們剛把想在南方開萬寶堂的信件寄出去，算算日子才剛送到家裡，難道顧瑞陽提前寫信告訴了顧堂叔？可看他這態度也不對啊！

姜娉娉眼珠子轉向顧瑞陽，他瞪著眼連忙搖頭。我不知道，我還沒來得及說呢！

姜凌路上前一步將姜娉娉擋在身後。

這時從屋裡走出一位婦人，嬌嗔的斜了一眼顧堂叔，她上前拉住姜娉娉的手。「別理他，先去吃飯。」

去往飯廳的路上，這位婦人也就是顧堂嬸從袖子裡拿出了兩封信。「早就盼著你們來了，這封信是給娉娉的。」

姜娉娉愣愣的接過信，心中的疑惑更深。

顧堂嬸又將另一封信遞給顧瑞陽，道：「先吃飯吧。」

落坐之後，顧堂嬸沒讓旁邊伺候的丫鬟動手，而是親自給姜娉娉盛了碗粥，這她不禁有些受寵若驚。從來到這裡，顧堂叔和顧堂嬸兩人的態度就親近得不像是第一次認識的樣子，可他們又確確實實是第一次來揚州城。

好在用飯的時候，顧堂叔的注意力就被美食吸引住了。

姜娉娉三人只得壓下心中的疑慮，伴著顧堂叔和顧堂嬸的熱切目光，將飯用了。

等回到顧堂嬸準備好的客房後，姜娉娉將放在袖子裡的信拿了出來，還帶著點體溫。拆開信件，她一眼就認出了這是顧月初的字跡，他的字跡如挺拔的青竹，一撇一捺，板板正正的，帶著渾然天成的傲骨，卻不讓人覺得難以靠近。

不過在姜娉娉看來這字跡實在有些古板，就像顧月初這個人，規矩得很。她實在是有些不懂，怎麼會在這裡收到顧月初的信。

旁邊姜凌路和顧瑞陽也湊了過來，吵著要看。

姜娉娉下意識的將信件放了下來，背起手藏在身後。她說不清自己是怎麼了，以前他們之間相互看信件是再正常不過的事情，可現在她突然有些心虛。

說是心虛也不對，她自己都沒理清這種感覺。

好不容易將姜凌路和顧瑞陽打發走了，姜娉娉重新拿出信件，心跳不禁有些加快。她撫上心口，緩緩吐出一口氣，淡定淡定。滿滿幾頁紙，先是問了他們這一路上遇見了什麼趣事，又說起「冬白」自從她走後，瘦了一圈。

姜娉娉可以想到顧月初一本正經的寫出茶飯不思、相思成疾這幾個字時的模樣，這字句和他平時古板的模樣大不相同。

雖說是寫的「冬白」，可她卻不自覺的紅了臉頰，眼睛裡透出了笑意。這信件碎碎唸的直到最後，又說到怕她遊玩時忘記晉城還在等著她歸來的「冬白」，讓她記得回信。

姜娉娉看著這封信件，彷彿顧月初就站在她面前碎碎唸。

她覺得顧月初長大後和兒時一樣沒什麼差別，就是少了可愛的嬰兒肥，在她跟著姜凌路他們跑出去玩回來之後，他總是站在旁邊叨叨一些注意規矩之類的話，古板又莫名親近。

只不過直到最後，他也沒說是怎麼知道他們會來顧堂叔這裡的。

其實在剛剛拿到信的時候，她隱隱有預感是顧月初的來信，可又不確定，畢竟他們是突發奇想的要在揚州城開間「萬寶堂」，才正好來了顧堂叔這裡落腳；可信來得這麼快，彷彿顧月初早早就料到，與他們心有靈犀。

放下這些心思，姜娉娉又將這信看了一遍。

顧瑞陽這邊，顧月初的信件就比較官方了，短短幾行字，只寫道讓他們在顧堂叔家裡切勿多生事端，又囑咐他們出門在外，不可貪玩，最後問了下安好。

顧瑞陽對這樣的信件見怪不怪，是他堂哥的風格沒錯，簡短無閒話。

姜凌路就在旁邊，一起看完了這幾行字，正要說話，突然渾身僵住了。他終於感覺到了不對勁，看著顧瑞陽一動不動，最後呵呵一笑。

怪不得！怪不得！說起來他們三人和顧月初並不是同道人，他們愛玩鬧，顧月初重規矩；他們愛錢財，顧月初重大業。

可自幼時他們相熟之後，顧月初就一直在身邊。這麼多年過去，他本以為顧月初和他們一塊兒玩是因為顧瑞陽的緣故，可沒想到竟然是因為他的妹妹。

想起以前的種種，原來早有跡可循，顧月初早早就將姜娉娉圈了起來。他現在想起顧月初，哪裡還是以前的翩翩公子的模樣？分明是覬覦他妹妹的小人！

顧瑞陽被他這模樣嚇得後退了一步。「怎麼著？沒給你寫信，生氣了？這不是給咱們問好了，還有你的名字呢！」

說著將信件遞了過來。姜凌路正在氣頭上，看見這信，瞪了顧瑞陽一眼，走了出去，卻見姜娉娉屋裡的燈已經熄了，也沒辦法問了。他現在不清楚妹妹知不知道顧月初的心意，看她平時的樣子，應當是不知道的。

顧瑞陽撓撓頭，實在不知道這人是怎麼了，都說了這信上也有他的名字。

三人休息了兩日又開始忙萬寶堂的事情了，期間，姜娉娉經常看見姜凌路看著她嘆氣，問他怎麼了，他又不說。

萬一妹妹沒有那個心思，經過他一問，將這窗戶紙捅破了，才真的算是幫了顧月初呢！

姜凌路糾結著想說，又沒辦法說，他只能搖搖頭，將此事放下，但仍是平添煩躁，連帶著顧瑞陽這兩日也受了姜凌路許多白眼，讓他有些摸不著頭腦。

暫時將這件事放下之後，他們就開始忙碌起萬寶堂的事情。他們寄出去的信件，估計還要兩日才會送到晉城，就先著手找貨源，再忙萬寶堂鋪子的選址。

三人分工合作，姜凌路去找貨源，姜娉娉去繁華的街道找鋪子。

剩下顧瑞陽，他愛熱鬧，今日跟著姜凌路，明日跟著姜娉娉。每到晚上，三人再聚在一起，將白日裡得到的訊息彙整起來。

這樣過了大半個月的時間，他們三人幾乎是將整個揚州城轉了一遍。

以前姜娉娉喜歡逛鋪子，現在是逛得她頭痛，所幸讓她找到了符合要求的鋪子，和晉城的萬寶堂一樣，位在繁華地段。不過，或許是揚州城太過於繁華，相對著這鋪子的價格也就水漲船高。

姜凌路本來有些心動，可聽到價格之後，他們帶的銀子雖勉強能夠買下這個鋪子，可是這遠超出了他們的預算，要再買貨就不夠了。

他們商量著等到家裡的銀錢寄來了再決定，接下來就開始說貨源的事情了。

有了之前在晉城的經驗，姜凌路這次知道往哪個方向找了，在符合揚州城當地的物品基礎之上，再加上北方的特色產品，基本算是將貨源的事情敲定了。

他們還未決定，姜娉娉再去看中的鋪子的時候，碰見那鋪子東家將一行人送出去。鋪子東家看見她來，連忙說道：「小公子，與家人商議得如何了？剛剛離開的是京城來做生意的，也在問這鋪子，來了有幾次。想著是你先來問的，所以還是想問問你的意思。」

鋪子東家本來看姜娉娉一副公子哥兒的打扮，想著是哪家的小公子來做生意、體驗生活來了，可是接觸下來發現，這小公子頗懂生意之道。

姜娉娉這幾日與這東家接觸下來，知道東家的為人，又見他眼神清明，面上不似作假；同時她也觀察過剛剛那行人的言行舉止，瞧著的確像是從京城來的。她知道東家著急搬走，急著處理這鋪子，從她來問，又說等等，時間過去已有半月之久。

姜娉娉心知不能再等下去，當下決定先買下這間足足有晉城萬寶堂兩倍大的鋪子。「煩勞東家等了這麼些日子，我今日來就是與東家商定這事情的。」

雖說家裡的銀錢還未送到，可今日這個鋪子不可錯過。

接著她又說道：「只是銀錢還在家中，待我這隨從將我兩個哥哥請來，咱們再將細節敲定，這是訂金，您請過目。」

說著向身後的人使了一個眼色，將訂金的錢拿出來。她身後跟著之前雇傭的兩個幫工，因為姜凌路他們不放心姜娉娉一個姑娘家在外面奔波，雖說是作男裝打扮，可不能保證沒有意外。

還有一個原因，姜娉娉到處看鋪子，身後跟著兩個壯漢，明眼人一看自然知是大戶人家的公子，自然不會被人糊弄了去。

東家見姜娉娉這樣爽快，連忙將姜娉娉請去了裡間。

待姜凌路和顧瑞陽趕到的時候，姜娉娉和東家已經談得差不多了，等人到了，姜娉娉站起身來一一介紹。

那東家著實沒想到來的依舊是兩個少年，可他沒有放輕鬆。在剛剛的談話中，他又一次體會到了什麼是人不可貌相，這小公子瞧著脆生生的，矜貴得緊，可是比他之前一起談生意的老狐狸卻是不相上下。

等姜凌路加入之後，這東家是一點小心思也沒有了，剩下的只有佩服與好奇。佩服的是小小年紀為人處世卻如此老練，好奇的是什麼樣的大戶人家能養出這樣會做生意的孩子。

第四十九章

待鋪子的諸多事宜敲定，又過了幾日，姜娉娉想著家裡送來的銀錢和貨物該到了。可誰知，比家裡來得更快的是顧月初的信件與禮物。

看見顧月初寄來了信件與禮物，姜娉娉才想起來，明日是她的生辰。這也是她第一次沒有在家過生辰，有些想念起家裡的父母和親人，她這段日子忙著鋪子的事情，壓根兒沒想起生辰這回事。

不過顧月初的信件與禮物倒是準時到了，這讓姜娉娉不禁想起了之前的生辰。

每到生辰，她總能在前一日收到顧月初的禮物，她問過他為什麼總是提前送，後來他說，想要娉娉記得。然後生辰當天，他又總會趕過來見她一面，站在她面前，輕聲的說聲「生辰吉樂」。

不過明日顧月初肯定趕不過來揚州城了，算算日子，正是他考試的時候。

旁邊姜凌路和顧瑞陽看著顧月初給他們的信件，毫無疑問，又是短短幾行，是否安好，不可生事之類的話。

這段日子，顧月初的信件每隔十日，就會送到顧府。起初姜凌路還有些氣，以前沒看出來也就罷了，現在在他眼皮子底下還是這樣。

可是他偏偏不能直接說出來，自小他便是以姜娉娉為首的，所以有時他不只是娉娉的哥哥，他們的關係很多變，但兩人的地位一直是平等的，他不能直接用強硬的態度杜絕顧月初來接觸妹妹。

姜凌路只能旁敲側擊的說：「小小年紀，應當以學業為重。」

姜娉娉簡直不敢相信這是不愛學習的二哥說出的話，奇怪的看著他。

最後姜凌路輕咳一聲。「回去睡了，明日早起，咱們好好給妳過生辰。」然後再帶妹妹去選禮物，最好能讓她將顧月初的禮物給拋在腦後。

顧瑞陽也在旁邊說：「對對，咱們從開始忙起來還沒有好好歇歇呢！明日就交給我了，保證讓娉娉吃玩都盡興。」

姜娉娉兄妹二人看著顧瑞陽齊齊點頭。

顧瑞陽早就將揚州城裡好吃的、好玩的摸熟了，隔日他們將揚州城好好地逛了個遍。

生辰過後，家裡送來的貨物和銀錢也到了，一同送來的還有姜娉娉的生辰禮。是趙文、趙虎兄弟送來的，聽家裡的意思是說，以後就讓他們負責往返晉城和揚州城了。

吃食難以保存，王氏為了送來吃食，想了許多辦法，送來好些肉乾和晉城的風味，說他們在顧堂叔這裡叨擾多日，送些自家做的吃食，也是一番心意，倒是對了顧堂叔的胃口。

姜植送來了許多雕刻的木盒，自從家裡木工生意做大之後，這些小東西已經不需要他親自動手做了，都是由家裡的學徒、長工來做。但這次送來的木盒不一樣，很是精美，又婉約大氣，看來是結合了南方的特點製作的。是以，姜娉娉他們一眼就認出了這是姜植的手藝。與盒子一同到達的，還有一位木匠，說是過來幫忙做展架之類的木工活。

姜薇送來的衣服和首飾，有許多是萬寶堂的貨物，也有許多是送給妹妹的，她還特意在信件中交代，其中有一套娉娉一定會喜歡，說是從外邦人手上買來的，很鮮豔明媚的顏色，很適合娉娉。

姜宇送來了書籍和文房四寶，給妹妹的則是丹青顏料，說他碰巧看見就想到了娉娉，便差人送來；可姜娉娉卻看出，這丹青顏料絕不是平常之物，怕是千金也難得，她很少見到這樣純正的顏色。

枝兒爹娘和姜三叔他們也送來了禮物，還有大舅母他們準備得更多，就連姜老丈和姜老太太也送來了禮物。姜老太太是從這近幾年才開始送孫兒生辰禮的，之前收到姜老太太送的銀鐲子的時候，姜娉娉有些吃驚不敢收，還是王氏勸說。「給妳就收著吧。」

看完家裡送來的東西，姜娉娉他們此時此刻想家的心異常強烈，可萬寶堂的事情才剛剛開始進行，還不知道什麼時候可以正常運行，現在已到暮秋，天氣漸漸冷了下來，也不知道能不能趕在過年前回到晉城，回到涼山村，回到家裡。

思鄉情切，三人開始著手幹，將開辦萬寶堂一事提上了日程，只為能在年前趕回家裡。鋪子已經定了下來，好在家裡送來了許多銀錢，姜娉娉就開始忙著布置萬寶堂了。

姜凌路還是在忙著貨源的事，好在現在已經差不多定了下來。

顧瑞陽本是跟著姜凌路忙貨源的事情，可沒幾天他就覺得無趣，但他在萬寶堂轉了幾日也沒找到可做的事，這時候，姜娉娉看不下去了，交給他一個任務，說讓他將萬寶堂的人員給安排好。

顧瑞陽覺得這事有點趣味，接下這個任務，從頭忙到尾，先是去牙行招人，又給人講解培訓，每天倒是忙得見不著人。

經過一個多月的忙碌，萬寶堂終於定下開張的日子。

「都已經告訴他們了，明天要早一點到。還有娉娉明天不能睡懶覺。」顧瑞陽直接喝光一壺茶，在外忙了一天，累得不輕。他這一段時間總算將短工、長工、掌櫃、小二等人員都找好，也按照晉城萬寶堂培訓好了，可把他給累壞了。

姜娉娉也是剛得了點空閒，正想打盹，聽見這話氣得跳起來。「我哪有時間睡懶覺?!」她每天就睡三個時辰，她從來沒有這麼忙過，就連之前籌備晉城的萬寶堂也沒有這麼忙過。現在她算是知道了姜植多麼有先見之明，還好他送來了個自家的木匠，因為之前晉城萬寶堂的經驗，現在她有許多想法，說出來之後也就只有自家的木匠能明白，再由他帶領著揚州城的木匠開始幹活。

正說著話，姜凌路也從外面進來了，拿起茶壺剛想倒茶，見是空的，他在外面忙了一天，嗓子已經要冒煙了。

姜娉娉連忙道：「已經讓人送了，馬上到。」

話音剛落，新的茶水送到了，姜娉娉趕緊給他倒了一杯，待他喝完，問道：「怎麼樣？瓷器有沒有定下來？」

姜凌路這幾天都在找本地的瓷器，其實姜三叔也有送瓷器來，可是用在這揚州城卻是不太合適。

姜三叔家的瓷器雖說經過種種升級改造，已經比之前的陶罐好了太多，可是在這繁華的揚州城卻還是不夠精美。經過這一段時日的觀察，他們就發現了南北方的差異。比如吃飯用的餐具，這邊的精美細小，帶有雕花，種類繁多，精緻細膩，而晉城那邊的餐具樣式相對就基本一些，也沒那麼多的花樣。

想到他們剛到這兒的時候，姜娉娉笑了下，三個人點了五菜一湯仍是沒吃飽，只得又多點了兩個菜。

姜凌路放下茶杯，順了順氣。「這次成了，是他們這兒的老瓷器廠，以前風光得很，大半個揚州城都是他們的瓷器，可這些年經營不善，又加上沒有新意，被許多後起之秀拿走了市場。現在老東家退了下來，少東家剛接手，正是變革的時候，聽說咱們要在這裡開萬寶堂，當下決定讓步，給出了最低的價格。」

看得出姜凌路非常高興，瓷器的事總算是定下來了。

到了揚州城萬寶堂開業的日子，人聲鼎沸，和晉城的萬寶堂開業時相差無幾，這已經相當出乎意料了。

顧瑞陽抽空跑過來道：「全都是我這一段日子在鋪子門口像耍雜技一樣的吸引了好些人，吊足了他們的胃口。」

他自從找好幫工之後，便開始按照晉城萬寶堂的培訓方式開始教學，起初是在鋪子裡面教，姜娉娉嫌他們太吵，就讓他們去門口教學，美其名曰吸引人流，同樣也是廣告效應。

顧瑞陽覺得有理，竟然真的在鋪子門口開始教學，然後確實就像姜娉娉說的那樣吸引了不少的人，每天聚集在這裡看他教學。一傳十，十傳百，揚州城裡的人幾乎都知道了這條街這間鋪子要開一間萬寶堂了。

要說什麼是萬寶堂，為什麼叫萬寶堂，就有人解釋說裡面有千千萬萬的東西，應有盡有。

現在姜娉娉看著萬寶堂裡人聲鼎沸，打趣道：「是是是，都是咱們小陽子的功勞！」

他們在這兒說不了兩句話，又都忙開了，來的人確實多。

姜凌路在招待邀請來的官員，他一早就打點好這些，送了不少禮出去。畢竟他們是新來的，所謂強龍壓不過地頭蛇就是如此，和官府的人打好交道，會省去許多麻煩。

到了吉時，顧瑞陽就眼尖的看到顧堂叔來了，一同來的還有另外兩人，他們穿著便服，沒認出是誰。

姜娉娉他們連忙迎了上去，走近一看，發現顧堂叔竟然落後於同行的二人。這下有些拿不准這二人是何身分，竟然能讓顧堂叔落後他們半步。

要知道顧堂叔在揚州城這麼多年，本家又是晉城的家族世家，雖然平時不顯山、不露水的，在他們小輩面前平易近人好相處，可他在揚州城開著自己的酒樓，在生意場上有不少人願意賣他這個面子。

這次成立萬寶堂，顧堂叔就幫了不少忙。本以為這二人是顧堂叔找來鎮場子的，可現在看這模樣，倒不像是了。

姜娉娉他們有些舉棋不定，好在這時候顧堂叔連忙介紹了。

顧堂叔豎起了大拇指，說其中一人是揚州城的頭，在這揚州城做生意的，全仰仗這位大人了；又說要他們明日在顧堂叔的酒樓，好好的宴請這位大人。

那人笑著擺擺手，道今日不談公事、不談公事。

姜娉娉他們知道這人的重要性，連忙將他往雅間裡請。

顧瑞陽走在後面，給顧堂叔使了個眼色，低聲詢問。「怎麼請得動的？」

顧堂叔小聲的說：「這事說來話長，晚點再說，現在可得將這幾個主兒招待好了。」

而周圍的人，見到這位大人後，不由得神情恭謹。

本來以為這萬寶堂的東家是從北方來的，在揚州城沒有什麼勢力，加上又只見到幾個少年在張羅，便以為是哪裡來的富家子弟來做生意。現在看到連這位都來了，才發現原來這萬寶堂背後的勢力也是不容小覷。

也是，小門小戶的哪能開一間這樣大的鋪子呢！

姜娉娉也沒想到，只是幾位大人不過在萬寶堂走了一圈，錦上添花，便將萬寶堂在揚州城的地位抬高了一階。一直忙到了晚上，幾人才算是得閒，雖說有掌櫃的和幫工在，可他們還是需要看著。

等關店之後，姜凌路迫不及待的拿出算盤，噼哩啪啦一頓操作之後，得出今日賺的銀子數。不過姜娉娉卻將注意力放在了算盤上，這算盤還是幾年前她送給姜凌路的生辰禮。

其實家裡的生意做開做大之後，這個算盤便有些不那麼合適了。可這個算盤，姜凌路是走到哪兒就帶到哪兒，如今用得光澤鮮亮，珠圓潤滑，不過右上角裝飾的寶石掉了一個。

這幾年碰上不少合適的算盤，有搜羅到的白玉算珠的算盤，還有旁人送的，用罕見的小葉紫檀做的算珠，寓意好又帶著香氣，她本想讓姜凌路留著，可姜凌路舉起手裡的算盤晃了晃，說他有這個了。

此刻姜凌路抬頭，見她一直盯著這個算盤，笑了笑。

這算盤對他來說，不僅僅是普通的算盤，它的價值已經不能用現在的銀錢來衡量了，這算盤既是當初家裡銀子還不多時妹妹毫不猶豫買來的，也是妹妹和家人的理解與支持他做生意，他從開始到現在一直用著的算盤。

每當遇到難解或是煩悶之事時，他撫上那顆缺了寶石的地方，又輕輕的撥動算盤，聽著這清脆的聲音，心裡好像就定了下來，任何事都不足為懼了。

正想著的時候，顧瑞陽給掌櫃和小二等人發完賞錢過來了，他甩甩錢袋子，湊到姜娉娉旁邊，逗趣道：「給，這是今日給妳的賞錢，怎麼樣？大方吧！」

姜娉娉本不想理他，可看他那得意的樣子，輕輕拍了拍衣襬。「喲，顧公子今日倒是大方，何時將欠我們東家的三千兩銀子還了？也好讓我回去交差。」

顧瑞陽頓了一下，擺起了架勢。「休要胡言亂語，我竟不知何時欠了你們東家的銀子。」

「想不到顧公子竟是這樣言而無信之人，虧得我們東家這樣信任你，罷了罷了。」姜娉娉擺擺手，掩面假哭，朝著姜凌路道：「今日你我兄妹二人，只怕是難以交差了！」

姜凌路接著道：「咱們東家可不像顧公子這樣的人，他待人寬厚有禮，定不會為難咱們的。」

兩人一人一句，將他們口中的顧公子說成了背信棄義、言而無信的小人。

顧瑞陽拱手求饒道：「怕了怕了，咱們還是早些回去吧！我還想問堂叔怎麼請來了今日光臨的那幾位大人。」

他們稍作休息便回了顧府，顧堂叔正在大廳等著他們。

顧瑞陽立刻嚷開了。「堂叔，今日怎麼回事？上次問你的時候，不是還說請不來嗎？」

顧堂叔先是遞給姜娉娉一封信，又從另一個信封裡抽出信來。「這是月初寄來的，你們先看看再說。」趁著他們看信的時候，他說：「人不是我請來的，是月初。」

今日來的這幾位大人，在京城都有自己的勢力，盤根節錯，不用打聽都能知道今年殿試前三甲是哪些人，加上顧月初外祖家在京城的勢力，他算是打進了京城的圈子。

而顧家在揚州城也是數得上名的，顧堂叔也是經常和官府打交道，最重要的還是萬寶堂本身的名聲已經打響了，走的就是個響叮噹的路線。

是以，種種原因加起來，今日來的這些官員，都願意賣他們這個面子。

三人這才得知，顧月初在殿試中考進了前三甲。

姜娉娉還在想，難怪這次的信件遲了幾日。

看著妹妹手摩挲著信件的一角，神色恍惚，要拆不拆的樣子，姜凌路咬了咬牙，真真切切的體會到了，吾家有妹初長成。等回去了，管他顧月初是什麼前三甲，他非要找他算帳不可！

第五十章

又在揚州城待了一段時日，待萬寶堂步入正軌後，姜娉娉三人便開始著手準備回晉城。雖說揚州城的冬天也如春天般和煦溫暖，可擋不住他們三人的歸心似箭。從未離家這麼久，姜娉娉異常想念家裡的親人，想念鋪子裡的涼山烤鴨，想念涼山村的燈火通明的夜市和農家樂。

但現在距離過年不過月餘，也不知能不能及時趕回去。

這幾日收拾東西，出來一趟總想帶些東西回去給家人。雖然以後幾乎每個月趙文他們都會往返晉城和揚州城，根本不急於這次，可姜娉娉還是跑了很多地方，給家人準備禮物。

這一逛，又耽擱了幾日，留給路程的時間已經不多了。

收拾好東西之後，與顧堂叔拜別，他們三人便出發回晉城了。來的時候輕輕便便的，回去卻帶著好些箱子。

與來時遊山玩水的心情不同，他們急著趕路，一刻也不停歇。

越往北，天氣越冷，還好姜娉娉有先見之明，早早就備上了厚衣物。走到半路的時候，天空飄起了雪花。

在揚州城的時候，一整個冬天也沒見到一粒雪，這讓三個北方人還沒意識到冬天已經來好久了。

現在一下雪，感覺離過年就更近了一步。

越往北方，路上的積雪越深，在南方的時候還是走水路，現在水路結了冰，只得駕車回去，這一耽擱，剩餘的時間更少，又加上帶著許多箱子，走得慢了許多。

後來他們索性將行李箱子交付給一路向北的商隊，三人輕裝出發，加緊往家的方向趕路。

一路緊趕慢趕，好在，終於在臘月二十九趕回了晉城，明日便是除夕。

晉城已經下起了雪，路上已有積雪，抵達時已晚上，除了他們，路上就沒有其他行人了。他們去時雇了車伕，沒承想這次去了這麼長的時間，結束時多給了他們不少的工錢，也算是讓他們過個好年。

姜娉娉和姜凌路在晉城與顧瑞陽分別，現在天色已晚，本來顧瑞陽還想邀請他們去家裡歇息一晚，明天再趕回涼山村，因為他們趕了這麼久的路，到了晉城就連馬也踢踏著蹄子，不肯挪動一步了。

可現在姜娉娉連這一晚也等不了，只想立刻回去涼山村，明天就是除夕了。

然而這個時候回去涼山村，已經沒有公車了，只有萬寶堂還有拉貨的馬車可以用，這樣想著，他們就先去了萬寶堂。

路上經過姜家食肆，還有姜植的木工坊和姜薇的鋪子，都緊閉著大門，想著臨近過年，只留下看店的，其餘的幫工也都回去家裡準備過年了。

到了萬寶堂門口，拍拍門，裡面的夥計睡眼惺忪，打著哈欠問是誰。

姜凌路應了之後，那夥計驚喜道：「東家可算回來了！這幾日夫人天天來看，早早就將房間收拾好了。」

先是喝了兩碗薑茶下去，姜娉娉這才感覺到整個身子暖和了起來。

又吃了夥計端來的肉餅，她一嚐便知是王氏的手藝，還有枝兒娘做的豆腐菜。

她看向夥計，那夥計連忙解釋道：「這也是夫人一早吩咐下來的，想著東家快回來了，說是無論什麼時候回來都有一口熱飯吃。」

姜娉娉低下頭眨了眨眼睛，嚥下肉餅，娘從來不是這樣溫情性格的人，她小的時候沒少挨娘的巴掌，大了之後，忙著做生意、賺錢玩樂，反而有些沒有注意到身後的事。

此刻歸家心切，姜娉娉和姜凌路將萬寶堂這幾個月的帳本帶上，又撥出銀子讓掌櫃明日發放給幫工們。

收拾完這些，夜更深了。不顧夥計的勸說，姜娉娉他們冒著風雪，趕著馬車回去涼山村。路上雪深路滑，他們不敢走快，等到了涼山村，已經能聽見雞叫了。他們繞到後方，打算從後院的門進去。

姜凌路摸索了一遍。「果然！鑰匙果然在這裡。」

以前他們出去回來得晚了，總是喊王氏開門，剛喊一聲，王氏就應了，他們還以為王氏忙著事情沒睡，誰知道有一次回來得太晚，姜凌路悄悄翻牆進來開門，驚醒了王氏，他們這才知道，原來之前每次王氏都是等著他們回來。

後來姜娉娉就撒著嬌讓王氏早點睡，晚上看他們要是還沒回來，就將鑰匙藏在門口，等他們回來的時候自然就能開門了。現在他們靜悄悄的開了門，沒驚動爹娘，倒是驚動了斑馬線。

姜娉娉連忙噓了一聲，不讓牠鬧出動靜。

現在正是冷的時候，天上還飄著雪花，斑馬線見是他們倆，沒有叫出聲，尾巴都要轉出了風火輪，一會兒圍著姜娉娉轉，一會兒圍著姜凌路轉，開心得很。

在萬寶堂吃得飽飽的，回到家裡他倆又有些餓了，悄悄摸到廚房找吃的，身後跟著斑馬線，留下一串腳印。

廚房裡，也是滿滿當當，看樣子娘已經將過年的東西準備得差不多了。本來廚房的空間很大，但現在他們都不敢隨意轉身，轉個身都怕碰到東西發出響聲。

轉了一圈，兩人各自拿了一根小臂長的甘蔗準備回房啃。

斑馬線一直跟在兩人身後，最後跟著姜凌路回了屋子。

姜娉娉一回到房間，明顯感覺到了溫暖，沒想到就算他們不在家，房間裡的火炕也燒著。來不及收拾，她脫得剩下件裡衣躺在了溫暖的炕上，拿出甘蔗啃。

果然舒服！還是家裡好，在揚州城的時候，雖然不冷，可空氣潮濕，特別是冬天的時候，感覺又冷又潮，涼颼颼的。

她舒服的伸了下腳，碰到了一個毛茸茸的暖物。

「大橘，大橘，過來。」她悄聲說。現在夜深人靜，她不敢吵醒家裡人。

外面有雪光倒映進來，房間裡還能看個朦朧。

床上的大橘聽見聲音，喵了一聲，然後從被子裡爬了過來，用毛茸茸的小腦袋蹭蹭姜娉娉的臉，又喵了一聲。很奇怪，姜娉娉從這聲喵中，聽出了委屈，又好像是思念，好像在問她，怎麼去了這麼久啊？

姜娉娉悄聲答道：「乖啊，大橘，我也想你了，本來沒想去這麼久的，好在趕在年前回來了。」也不知道明日家人看到他們已經回來，驚不驚喜，意不意外。

「喵。」大橘又叫了一聲。

姜娉娉和大橘，一人一貓有問有答，有回有應，直到聲音漸漸弱下來，貓與人都進入了夢鄉。

伴隨著雞叫聲，王氏起了床，滿臉愁容。

已到除夕，也不知道兩個孩子何時才能回來，前幾日收到的信件，說是要回來了。前幾日都在下雪，也不知道路上好不好走，看著天色，今日倒像是放晴了。

外面傳來敲門聲，王氏本有些激動，以為是孩子回來了，可聽聲音，原來是來買烤鴨的，枝兒娘已經在前面給人打包好了。

王氏嘆了口氣，往廚房走去，越走越覺得不對，要是放在平時，斑馬線肯定是會出來的，今日倒是蹊蹺。她這樣想著，就往斑馬線住的屋子走，可沒走兩步，就發現地上多了一圈腳印。

昨天夜裡天上飄著雪，可看這腳印，卻像是不久前留下來的，肯定不超過兩個時辰；再看看這腳印的方向，是從後門進來的，還穿插著斑馬線的腳印，走往廚房去了。

再看，一個腳印往娉娉的房間了，一個腳印往前院小路的房間了。

這哪還不明白，是兩個孩子回來了！

她喜得一拍大腿。「孩子他爹，孩子他爹，娉娉和小路回來啦！」喊了之後，她又連忙收了聲音，想著兩個孩子趕夜路回來，估計還睡著，她靜悄悄地往姜娉娉房間走去。

打開門進去，又迅速關上，早上的空氣還帶著寒風。果然看到她心心念念的小女兒躺在床上睡著，她揉了揉眼睛，伸手將被子往上拉了拉。

還和小時候一樣，總是踢被子。

旁邊大橘聽見動靜，伸了伸小爪子，喵了一聲。

王氏連忙將手放在嘴邊，噓了下，用氣聲說：「讓她睡。」她看到一縷頭髮繞在閨女臉上，本想撫掉，可她剛從外面進來，手上還帶著寒氣，便放下了手。

姜植推開門，也走進來了，他腳步重，惹來王氏橫了一眼。

誰知人還沒靠近，又被王氏用眼神制止了。

「你身上有寒氣，別凍著咱們娉娉了。」又是用氣聲說的。

姜植無奈，只得聽王氏的。

兩人又靜靜的看了會兒小女兒，心中歡喜，今年過年還是團團圓圓的。

從閨女房間出來，兩人又去看了看小兒子，見他也還是睡著，便沒進去了。只是關門的聲音太大，好似將姜凌路吵醒了一下，不過他馬上又睡了過去。

過了一會兒，姜薇兩人也靜悄悄的過來看了看，見人睡著就沒喊醒。後面還有姜宇帶著侯淑靜，也過來看了看。

姜娉娉一覺睡到日上三竿，伸了伸懶腰，坐了起來，餓了。

看著床邊桌子上擺著睡衣，她記得睡覺的時候還沒有呢！

看這手藝和做工，像是大姊做的，穿上之後，暖和又舒服，也可以外穿。家裡應該有人知道他們回來了，也不知是不是都知道了。

姜娉娉推開門，外面太陽已經升得老高了，陽光照耀在雪地上，有點刺眼，她先喊了聲「娘」。

王氏立刻應了聲，從廚房裡出來。「起來了乖乖，快來洗洗吃飯，早就給妳熱上了，看看想吃點啥？」接著又說：「現在先吃點墊墊肚子，馬上午飯也該做好了。」

姜娉娉來到廚房，見大姊姜薇和大嫂侯淑靜在忙著端菜，舅母們和柳氏她們也來了，和王氏一塊兒忙著大鍋裡的燉肉菜，還有姜三嬸和姑母姜紅在涼拌菜。

一群人將廚房站滿了，看來今年是在自家過年。

姜娉娉端了碗雞蛋羹，跟在王氏後面打轉。「娘，妳知道我和小路回來啦？怎麼一點也不驚喜呢？」她還想著娘看到她會抱著她痛哭流涕呢！

王氏手上動作不停，俐落地鏟出一盤菜。「驚喜驚喜。」

「怎麼感覺這麼敷衍我呢，娘。」趁王氏還沒說什麼，姜娉娉連忙閃到一邊去，舀了一勺雞蛋羹放進嘴裡。「是大舅母做的！」

大舅母抬頭。「那可不，想著妳起來就該餓了。」

姜娉娉湊了過去，看見大舅母鍋裡燉的肉，將碗伸了過去。「給我來點，大舅母。」

看見姜三嬸拌的涼菜瞧著也不錯，又湊了過去嚐嚐。

吃完一圈，肚子也差不多飽了，跟在姜薇屁股後面去了前廳。

前廳裡人更多，顧家人也來一起過年了，擺桌子的擺桌子，放凳子的放凳子，姜宇身邊圍了一圈人在找他寫對聯。

比她早起的姜凌路身邊則是圍了一群小孩，鬧著他講在南方的趣事，還有帶回來的一些小玩意兒。

飯菜端上來之後，人到齊就開飯了，大人一桌，小輩們一桌，小孩子們也一桌任由他們玩鬧。

大人們說著一年中難忘的事，說著地裡的收成，又說起了涼山村聽說過了年後要有大發展，還說到這日子放在以前想都不敢想，吃穿不愁，生活富裕，有田有鋪子，有錢有閒。

姜娉娉他們小一輩的說著生意上的事，說著官場上的事，說著賺錢的事，說著去哪兒玩，又得了什麼新東西的事。

說著說著，話題不知道怎麼就說到了顧月初兄弟身上，姜凌路這才發現，原來顧月初早就打進了家裡。他瞧了瞧妹妹是何反應，她正和別人說笑，只是臉色有些紅，也不知道是不是因為梅子酒喝多了。

孩子們吃完飯在旁邊追逐打鬧，看樣子飯沒吃多少，倒是王氏做的蛋塔、蛋糕之類的甜食吃了不少。

到了下午，就開始貼對聯、包餃子，家裡人手多，姜娉娉只要帶著小孩子玩就可以了。想著出去消消食，她便帶著小孩們去了街上。

現在的涼山村已經是大變樣，相比縣城也不遑多讓，光是前面這條街，她從頭逛到尾，沒有半個時辰根本逛不完。

地上修好的路，道路兩旁的鋪子，後面坐落的農家樂院子，街上擺攤的、耍把戲的多得很，再往前走，就到了集市，集市上更熱鬧，還有搭的戲臺，賣糖葫蘆的、賣炸串的，各種小吃都有。就連路上的行人相比以前，衣物好看多樣，身上的首飾多了起來，樣式也新穎，個個臉上都洋溢著過年的喜慶。

逛了一圈，姜娉娉有點跟不上小孩子們的精力，太能玩了，她趕路的疲倦還沒緩過來。

「過來過來，排著隊，咱們回家。」

這些小孩倒是都聽她的話，一個抓著前面一個的衣角，排著隊回去了。

走到門口的時候，見姜凌路站在門口，姜娉娉納悶道：「站在這裡幹麼？」

姜凌路想著家裡來的那隻大尾巴狼，只覺得眼不見為淨。

「沒事沒事，咱們再出去逛逛。」他揚起笑道。

姜娉娉現在只想回去沙發上躺著。「你想逛街啊？正好帶著這些小蘿蔔頭逛街去吧！」

姜凌路拉不住，只能眼睜睜的看著姜娉娉進家門，最後咬了下牙還是撇下小蘿蔔頭跟上去。一進去，就見顧月初湊在妹妹旁邊，瞧瞧周圍人的反應，好像都不覺得有什麼。

姜凌路握了一下拳，走了過去，想擠在他倆中間，走到中途卻被顧瑞陽拉走。

「走走走，出去逛逛。」他實在受不了這些大人的熱情。

這邊姜娉娉看著顧月初遞過來的小盒子，說是從京城帶回來的，他覺得新奇，便想送給她。

姜娉娉抬頭看著他，見他滿心滿眼的都是自己，又移開了眼睛，看向旁邊盛開的紅梅，一時之間不知道該不該收下。知道他的心意後，之前很自然的事情似乎都變了樣，現在看著他的眼睛，心跳竟然不自覺的加速。

不過她沒有讓他等得太久，伸手接了過來。

她又連忙回房間拿出在揚州城買的小瓷器，送給顧月初。

她買了好些瓷器，每個人都有，只是這個瓷器不一樣，和顧月初有些相像，是個小古板。當時姜娉娉看到這瓷器，第一眼便想到了他。

顧月初接過之後，抿嘴笑了，用手指摩挲了一下。「我很喜歡。」

姜娉娉看著他乍然一現的笑，小古板雖然古板，顏值還挺高的。

姜、顧兩家的大人們對於他們的事是樂見其成、心照不宣的，瞧著兩人的互動面上帶笑，由著孩子們自由發展，順其自然。

顧月初和顧瑞陽兩兄弟沒待太久，又坐了會兒便回去了。

到了晚上，便是放煙花炮竹的時候了。姜植今年買了好多煙花，放在院子裡，還有些小煙花，是可以拿在手裡的，非常受小孩子們的喜愛。

不過必須要有大人看著才可以放，這個大人又是姜娉娉作代表。

家人圍坐在一起，姜植還弄來一個大火爐，烤著火暖和，王氏去拿了幾塊紅薯，一會兒的工夫，紅薯的香氣就飄散在空氣中。

大人們的交談聲，伴著孩子們的歡聲笑語，隨著騰起的煙花，一起升到夜空。點亮了星星，也點亮了記憶。

姜娉娉恍然想起剛出生時見到家裡破敗景象的疑惑，如今親朋好友一貫寵她、支持她，還得了個撥動她心弦的小古板，她投胎時沒被騙，確實是成為吃穿不愁，還擁有許多愛的千金小姐了！

——全書完

2024年3月出版

千金好本事

文創風 1241～1243

沒有白吃的瓜，當然也沒有白占的便宜。
想欺負人，總不能什麼代價都不付，
她敲鑼搞事剛好而已，戲要熱鬧才好看嘛！

鑼聲一響，好戲開場／青杏

說到濛北縣的雨神祭慶典，蟬聯七屆的雨神娘娘沈晞可是大人物，
能踩穩三丈高的木樁，甩袖跳起豐收舞，誰不誇她一句好本事啊！
這全得感謝去世的師父，偷偷收了穿越的她為徒，調教成武功高手，
她才能藉著武藝自創舞步登場表演，賺賺銀子照顧疼愛她的養父母。
慶典結束隔日，她偷閒去河邊釣魚，竟撈了個美人……不，是美男上岸。
她一時善心大發，帶全身濕透的他回家換衣裳，卻遇歹人襲擊，
看似弱不禁風的美男立時替她解圍，好身手又讓她驚豔了一把，
原來他是大梁顏值最高的紈袴王爺趙懷淵，因離京遊玩而意外落水，
為報答她的救命之恩，他乾脆幫到底，孰料審問歹人時挖出天大的八卦——
她的身世不簡單，並非普通的鄉野村姑，居然是侍郎府的正牌千金？!

若無相欠，怎會相見／茶楡

2024年3月出版

文創風 1238～1240

大力仵作青雲妻

專業不分男女，看看什麼叫真正的仵作！
不論是現代還是古代，屍體都會透露死者生前的遭遇，
就算缺乏專用器具，她也會善用知識與技巧，揭開一切謎底……

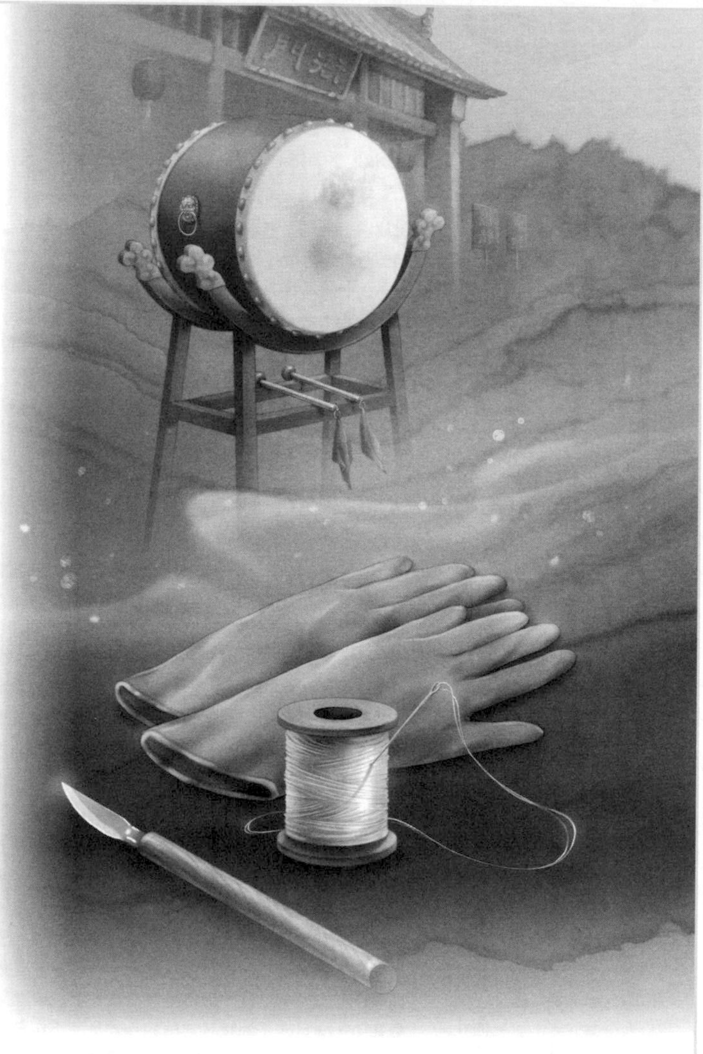

推理懸案創作達人／一筆生歌

穿越成鄉下屠戶的繼女，封上上以為這下不缺肉嗑了，
誰知人家對待她的方式卻是又要馬兒好、又要馬兒不吃草，
非但逼她餓著肚子上工，還叫她這姑娘家去殺豬，
搞得封上上年近二十歲，仍舊是乏人問津的單身狗。
幸虧她前世是擁有專業素養的法醫，還會推理案情，
幫著剛來就任的知縣大人應青雲解決疑案之後，
就這麼在衙門當起了仵作，向過去被奴役的生活說掰掰。
只不過呢，這應青雲不僅年輕有為，更是俊到沒人性、沒天理，
讓封上上認真工作之餘，不小心被迷得七暈八素，
決定追隨他到天涯海角，當個忠心的迷妹……